Hermann Hesse

每个人的内心深处都有一匹
甘于孤独又渴望被理解的荒原狼

[德]赫尔曼·黑塞 著

张黎 译

荒原狼

Hermann Hesse
Der Steppenwolf

北方联合出版传媒(集团)股份有限公司

万卷出版公司

目　录

译者序

20 世纪 80 年代，我在德国的一个小城市里实习，那时候到德国来的中国人不多，更不要说是在一个只有十几万人的小城里了。在街上偶尔遇见几个黄皮肤的华人，便有一种他乡遇故知的亲切感。那个年代还没有网络，想读到一篇完整的汉语文章是一种奢望。读到最多的汉语文字，就是经过十几天的漫长旅程，从家里寄来的亲人信件。读信的时候，我舍不得漏掉每一个标点符号，因为只有在家书的字里行间，我长期远离家乡而被冷漠的心才能得到些许的慰藉。每当我放下这些信件的时候，一种难以名状的孤独与寂寞便从四面八方侵袭而来。

　　我写这些，是因为在我翻开《荒原狼》这本小说的时候，刚刚读了开头，生活在异域中的我，便有了感同身受的惺惺相惜。

　　那是一个星期六的上午，又是一个百无聊赖的周末，逛旧书摊几乎成了我每个周末的必选项目。我懒懒地来到城边的旧物市场上，一个男人的前面，放着几本发黄的旧书。

　　"这本书多少钱?"我随手拿起了一本小说问。

"四马克。"男人答道。

"太贵了！"像这样的旧书，按常规的价格，两马克也算天价了。我当时的工资也不过每月十几个马克。

"不！这本书不是其他的书能比的，这是黑塞的小说！赫尔曼·黑塞！"男人强调着作者的名字。

20世纪80年代的中国，刚刚改革开放，人民群众对外国文学所知甚少。这是我第一次听到黑塞的名字，从男人的表情可以读得出来，黑塞绝不是一个普通的文学作者。

赫尔曼·黑塞（1877—1962）出生于德国西南部的一个牧师家庭，年轻的时候当过工厂的学徒和书店的店员。出于对文学的浓厚兴趣，他开始了卓有成就的写作生涯，陆续发表了《彼得·卡门青》（1904）、《在轮下》（1906）、《德米安：彷徨少年时》（1919）、《悉达多》（1922）、《荒原狼》（1927）等长篇小说，成为在那个时代名噪一时的高产作家。1946年，黑塞一举获得了歌德文学奖和诺贝尔文学奖。

那个男人说得对，黑塞的小说和其他普通的小说是不能相提并论的。

黑塞经历了一个特殊的时代，第一次世界大战刚刚结束，满目疮痍的德国百废待兴，人们在战争失败后的落魄中挣扎，又把心中的憋闷和在生活中的许多不如意凝聚成对新战争的期待。《荒原狼》的主人公，就生活在这样一个动荡的时代里，生活在现代与传统两个时代更替的夹层中。黑塞以描写人物的心理世界见长，又总是把自己在生活中的某些影子折射在他的小说之中。从这一点上看，《荒原狼》无疑是黑塞的代表作之一。

《荒原狼》讲的是一个男人的故事。主人公是一个喜爱文学和艺术的知识分子，他正直、善良、才华横溢，同时又孤僻、清高、难以融入平民的世界，而他自己又恰恰是一介平民。这种纠结的矛盾，形成了主人公错综复杂的多面性格，让他在现实的生活里陷入极度的痛苦中不能自拔。他把自己称作荒原狼，他认为在他的内心，确有一匹孤独、胆怯、残暴的荒原狼。人性与狼性，以及千百种动物的特性，构成了他内心复杂的精神世界。他看不惯平民的庸俗，又喜欢平民平淡而有秩序的生活；他不屑于世俗社会里的灯红酒绿，又流连于同两个舞女的爱情之间——玛利亚给了他感官上的快感，赫尔米娜成了他心灵的知己。小说的故事，从娓娓道来的平静生活开始，在人性与荒原狼的冲突中展开，然后抓住读者的心，引导着读者，走近了一个平实而复杂的灵魂。它通过生动而细腻的文字描写，把读者置身于小说主人公的世界当中，去触摸他的灵魂，去体验他的生活，它把一个灵魂与肉体相融合的立体世界展现给你，让你成为这部 3D 大片的主人公。这就是作者黑塞的手笔，就是他的作品不同于一般文学作品的精彩之处。

哈里·哈勒尔是一匹奔跑在荒原上的狼。"这是世界上最美的事情，我的心如你的妩媚充满甘甜。让我的牙齿进入你娇嫩的大腿，我要饱饱地把你的鲜血吸干，为了哀嚎在下一个孤独的夜晚。"小说的主人公写下了这首诗，他是一个疯癫的人，却在疯癫的时候，把自己嗜血的灵魂毫无保留地展现出来。《荒原狼》真的是一部坦诚的作品。

小说的主人公"荒原狼"是一个近百年前的人物，生活在与当今时代完全不同的世界里。他的人性与狼性，离不开当时的社会背景对他的个性产生的影响，也离不开培植这种多重个性的生活土壤。然而，百年的时光要想影响任何一种生灵的进化，都是无稽之谈。时代在变，基本的人性却不会有太大的改变。《荒原狼》就是一本探讨人性的书。任何一种社会形态，都有着它光明和阴暗的两个方面，都充满了矛盾和对人性的挑战。当我们站在魔幻剧场高高的魔镜前，几乎每一个人都能看见镜子里的荒原狼，看到自己人性的另一面，它在孤寂中流浪，在黑暗中嗥叫，在不断变化的生活境遇中表现出陌生的胆怯和痛苦的煎熬。我们在《荒原狼》中，能否读到自己，能否在哈里·哈勒尔的精神世界里，找到属于我们自己的荒原狼？这也是我读了这本书，从感情上与荒原狼惺惺相惜的另一个原因。

从我同黑塞"相识"到现在，三十多年的时光过去了。如今，我的头发也和荒原狼一样，"零星夹杂着灰白的颜色"。我的面前坐着一个年轻人，当我问到他的职业规划和对前途的展望时，我看到他的眼睛里闪动着混浊和迷惘。如今的青年，正处在传统与现代、动荡与安稳相碰撞、相交织的时代中。世界变化得如此之快，让人们应对起来措手不及。他们的痛苦与迷惘让我想起了荒原狼，那个不知来自世界哪个角落的陌生人。是的，当新的时代到来之时，当地球已经不再是原来的星球，我们这些地球上的乘客便都成了陌生人。

感谢伟大的作家赫尔曼·黑塞，感谢他写出了《荒原狼》这部伟大的作品，在这本书中，他用舞女赫尔米娜的一段话讲述了幸福的奥秘：

"你在你的灵魂里有一幅人生的画面、一种信仰、一种追求，你准备好了去实践、去承受、去牺牲。可你是否渐渐地注意到，这个世界并没有要求你去实践、去牺牲，以及去做这些类似的事情呢？你是否注意到，生活的本身并不是一部英雄史诗，里面只是要有英雄的角色和类似的东西而已。生活只是一个市民阶层舒适的房间，在这个房间里，人们满足于吃吃喝喝，可以来杯咖啡，织织袜子，打打纸牌，听听音乐，等等。如果谁不甘于此，心里还有英雄情结和崇拜诗人、圣人的美好情结，他就是一个傻瓜或堂吉诃德。"

其实，幸福从来都没有走远，只是人们失去了一颗知足的心。不过还好，我们可以借由《荒原狼》这部坦诚之作，跟随黑塞的浪漫，去努力探求生活的真谛。

荒原狼

出版者序言

本书的内容是一个男人留下来的自述，用《荒原狼》作为本书的书名，是因为他多次把自己称作荒原狼。关于这本书，是否需要一段序言这个问题，可暂且放在一边。不过，通过我对他的记忆和对他的一番描述，从而对荒原狼的书稿做一些补充，我认为无论如何都是十分必要的。其实我对他所知甚少，甚至不了解他完整的过去和他的身世，尽管如此，我必须说的是，这个人却给我留下了深刻的印象，让我对他有了一种惺惺相惜的感觉。

　　荒原狼是一个将近五十岁的男人。几年前的一天，他来到了我的伯母家，想租一处配有家具的房间。他租下了顶层的一个阁楼和旁边的一间小小的卧房。几天之后，他拿来了两个箱子和一个巨大的书箱，并在我们这里住了将近十个月。他是一个非常安静的人，独来独往。如果不是因为他住在我卧房的隔壁，偶尔会在楼梯上或走廊里遇上他，我们彼此几乎还是陌生人。这个人不善交往，非常孤僻，到目前为止，我还没有见过这么不爱交往的人。他就像他有时所自称的那样，是一匹荒原狼，是一个从另一个世界来的陌生、野性、易于受惊甚至非常胆小的生灵。是怎样的生活境遇和经历使他陷入了深深的孤独之中，他自己又是怎样把这种孤独视为他的命运，直到读完他所遗留下来的文字，我对他才有了一些了解。不，尽管如此，通过同他短暂的相遇和交谈，我在一定程度上和他还算有一面之交，他留给我的大致印象和我通过他的自述所获得的对他的了解，总的来说是一致的，只不过显得苍白肤浅，犹如管中窥豹。

　　荒原狼第一次出现在我伯母家的门口，是来寻找租房的，当时我碰巧在场。他是吃午饭的时间来的，餐后的碟子还散乱地放在桌子上，我还有半个小时就要去上班了。第一次遇上他的时候，他给我留下的那种特别的、非常双面的印象至今还难以忘怀。他拉了拉门铃，然后从玻璃门走了进来。伯母在昏暗的走廊里问他有何贵干。这位荒原狼没有接茬，也不报姓名，而是伸着留着短发的脑袋，翘着鼻子，神经质地嗅着四周说："嘿！这儿的味道不错！"他对着伯母笑着，慈爱的伯母也便微微一笑。可我却觉得他这种问候方式很滑稽，便对他有一些不满。

　　"好吧！"他说，"我是冲着你要出租的房子来的。"

　　当我们三人通过楼梯走向顶楼的时候，我仔细地打量了他。他的个头儿不是很高，但举手投足却像一个高个子的男人。他穿着一件时髦而舒适的冬大衣，其他的装束都很随便，胡子刮得很干净，头发很短并零星夹杂着灰白的颜色。我刚开始的时候对他走路的样子感到不爽，他的步伐显得有些疲惫和懒散，这同他干练、棱角分明的脸型以及他说话的声音和速度很不相称。后来我才知道，他当时生病，所以走路会让他感到疲劳。他那种特有的微笑，当时也让我觉得很不舒服。他观察着楼梯、墙面、窗户和摆在走廊上老旧的高柜子。看他的表情，他好像喜欢这里所有的一切，同时又好像不知什么地方会让他感到滑稽可笑。总而言之，他给人的印象，就像是从一个陌生的世界过来，或者从海外的某个异域过来，看到我们这里一切都很美，但对他来说又有些不可理喻的样子。我得说这个人礼貌，也还友好，他对这个房子、房间、租金和早餐都很满意，并立刻无条件地接受了一切。而对我来说，我还是感觉到在这个人的身上环绕着一种怪怪的、给人感觉不大好或者说有些敌意的气息。他租下了房间还有卧房，友好地聆听有关暖气、供水、服务和住房的一些规矩的介绍，对一切表示满意，并立刻支付了订金。不过他看起来心不在焉，似乎觉得他做的这件事有多滑稽而对租房这件事并没有认真对待，好像租房子、跟人们说德语这些事对他来说很新鲜稀奇，而他的心里却想着同租房毫无关系的事。这就是我当时对他的印象。如果忽略他举止上的一些小细节的话，我对他的印象还是不错的。首先是他的脸，一开始我就喜欢。脸上尽管有那种奇怪的表情，我还是喜欢。这是一张充满个性还有些悲伤的脸，又是一张清醒、充满思想、活力十足和睿智的脸。由此我便这样安慰自己说，他努力摆出的那种礼貌和友好的表现，完全没有一点傲慢的意思。恰恰相反，这里似乎包含着一些动人的祈求成分。我后来清楚地感觉到了这一点，便立即对他产生了几分好感。

在参观两个房间，还没有讨论完租房事宜之前，我的午休时间就到了，我必须得去上班了。我同他告辞，然后让伯母接着陪他。我晚上下班回来的时候，伯母跟我说，那个陌生人已经租下了房间并会在这两天搬进来，但他只请求不要到警察局去做居住登记。因为像他这样一个病人，来来去去办理各种手续，奔忙在警察局的各类办事窗口之间，他的身体受不了。我还清楚地记得，我听了这些是怎样震惊，并警告我的伯母说，一定不能答应他所提出的要求。

在我看来，这个男人自己所表现出来的不信任感和陌生感，同他害怕警察的状态正好吻合，他只是不想让自己作为嫌疑人引起警察的注意。我劝伯母说，从保护自己财产安全的角度考虑，在这种情况下满足他的要求可能产生不愉快的后果，无论如何都不能满足一个完全陌生的人提出的这种要求。可伯母说她已经答应了他的要求，她说她已经被这个陌生人的魅力迷住了。伯母就是这样一个人，她没有一次租房的时候，不是对她的房客充满了人性和友好的对待，给予像邻居人娘般或者是母亲般的慈爱，而过去租过她房子的某些房客也利用过她的这一点。每次在新房客到来的头几个星期，我总是要去挑新房客的一些毛病，而伯母却每次都是用她的温情去袒护他们。

而这一次，因为我对他不去警察局登记这件事很不愉快，所以我想至少要知道，伯母是否了解这位陌生人的来历和住在这里的目的。尽管在我中午离开以后他只待了很短的时间，但伯母还是了解了一些有关他的情况。他告诉伯母，他想在这个城市待上几个月的时间，去这里的图书馆，还要去看看城市的古迹。其实，把房子只租出去这么短的时间，并不符合伯母的想法，但很显然这位陌生人的到来和他那独特的表现让他博得了伯母的好感，在最短的时间里，房子就被租出去了，而我的反对却已经姗姗来迟。

"为什么他会说这里的味道不错？"我问。

伯母好像对这种提问早有准备似的，她说："我完全知道是怎么回事，在我们这里可以嗅到干净、整洁、温馨、踏实的生活，这让他很喜欢。他看起来好像久违了这种氛围并对此很渴望。"

好吧，即使是这样，"但是，"我说，"如果他久违了这种整洁而有规矩的生活，会发生些什么呢？如果他不讲究卫生，把所有的

8

东西都搞得乱七八糟，或者他每天晚上都酩酊大醉地回来，你该怎么办?"

"那就走着瞧吧!"她说完笑了起来，我也就不好说什么了。

事实上，我的担心是毫无根据的。虽然这位房客的生活方式谈不上有序而合理，但却没有给我们带来任何干扰或增添任何麻烦。直到今天，我们还都很愿意想起他来。但是，在内心里，在精神的层面上，这位陌生人给我和我的伯母带来了很大的麻烦，让我们不得安宁。坦白地说，直到今天我还不能摆脱他的影响。晚上我有时还会梦到他，尽管他在我的心里已经变得可爱起来，然而，只要想起有过他这么一个人，我的心绪就无法平静下来。

两天之后，车夫送来了这位陌生房客的东西。一个非常漂亮的皮箱给我留下了很好的印象，还有一个扁平的旅行箱，上面贴着一些已经泛黄的旅店标签和运输公司的标签，还有一些标签是来自海外的。看起来这个箱子有过很多旅行的经历，我也知道了他的名字：哈里·哈勒尔。

接着，他也出现了。也就是从这个时候起，我开始逐渐认识了这个特别的男人。尽管从见到哈勒尔的第一分钟起，我就对他充满了兴趣，可在他搬进来的头几个星期，我并没有刻意去接近他或是和他交谈。但坦白地讲，开始的时候我还是对他有一些关注的，有时会完全出于好奇的心理，趁他不在的时候走进他的房间，搞一些像间谍一样的小把戏。

前面我已经对荒原狼的外表做了一些描述，他给人留下的第一眼印象是，他是一个罕见的、具有非凡才能的人。他有着一张神采奕奕的脸，他那不寻常的柔和与充满活力的神色透射出他的精神世界是兴趣广泛、充满活力、非常细腻和敏感的。当他和人们交谈的时候，他总是显露出与众不同的风格，有着超出常规的独到的观点。他比其他人有更多的想法，而他的想法也更接近于冰冷的现实。他有着更成熟的思维和扎实的知识，就好像一个真正的思想者，一个不爱虚荣、从不炫耀也不愿意教训别人、不自以为是的思想者。这一切让我们不得不甘拜下风。

我还记得他的一句格言，这句格言不是他说出来的，而是他在一瞬间用眼神表达出来的。那是他在我们这里居住的最后一段日子里，一个很著名的欧洲历史哲学家和文化评论家在我们城市的一个大礼堂做报告，我成功地说服了对此本来不感兴趣的荒原狼一起去听。我们一同前往，肩并肩坐在礼堂里。报告人登上了讲台并开始了他的演讲。他在演讲的开头说了几句讨好听众的话，对众多前来捧场的人士表示感谢。他那矫揉造作、卖弄风雅的风格使那些对他有一些期许的听众们非常失望。就在这个时候，这位荒原狼飞快地瞥了我一眼，眼神里充满了对那些奉承话和演讲人的鄙视。啊！这是多么令人难忘和可怕的一瞥，这一瞥就足以写出一部书来了。他这饱含着淡淡的轻蔑但却重重的一瞥，让这位名人和他的演讲变得一文不值！与其说他的眼神中充满轻蔑，倒不如说充满悲哀，甚至是那种彻底的、绝望的悲哀。他的目光里包含着一种沉默的、理性的、在一定程度上已经成为习惯的那种失望的表达。他那失望的眼神中闪烁着的不仅是对那个演讲者和他的演讲的蔑视，而且是对整个局面、听众的期待和欢呼、整个一套开场白的蔑视——不，荒原狼的这一瞥，蔑视了我们的整个时代，蔑视了钻营、虚荣和浮夸，一切流于表面的表演，所有肤浅的灵魂——这一瞥所包含的东西比我们这个时代的和智力上的、我们的精神和文化上的无望与弊病还要深刻得多。他走进了所有人的心灵，用最短的时间说出了一个思考者、一个智者对尊严和人生意义的怀疑。他的眼神在说:"看看这些猴子吧!这就是我们,这就是人类!"所有的所谓名誉声望、所有的所谓聪明才智、所有的所谓精神成果、所有的所谓丰功伟绩、人类的伟大和神圣都在这里崩溃倒塌,这一切不过是一场猴戏而已!

我已经扯得太多了,把哈勒尔的一些基本的特点都介绍了出来,这本来不是我的计划和想法。我原来的想法是在讲述我和他认识的过程中,逐渐地勾画和展示他的人物形象。

在我说了这么多以后,如果还去具体讲述哈勒尔先生神秘莫测的"特质",我是怎样逐渐了解了这种特质产生的原因和意义,以及我所感受到的那种不同寻常的、可怕的孤独所产生的原因,就有画蛇添足之嫌了。最好是这样,我还是把自己尽可能放在后台,我不想来谈我对他的认识,也不愿意讲故事,或者去做心理分析,我只想作为一位见证者,还原这位留下荒原狼草稿的作者之本来面目。

当他走进伯母家的玻璃门,像鸟一样伸着脖子,对这所房子的味道称道的时候,从见到他的那一刻起,不知怎么就引起了我特别的注意,我对他的第一个直觉是反感。我的感觉是,他也许是一个病人,是精神上的某种疾病,或者是思想上、性格上的反常,这让我出于健康的本能必须保护自己。而我的伯母,虽然与我不同,她不是一个有知识的人,但却和我有着完全一样的感觉。随着时间的推移,这种对他防御的心理渐渐被一种同情心所取代。我以深深的同情心目睹了他那深刻而持续的痛苦和孤独、死亡了的心灵。在这段时间里,我越来越清楚地意识到,他那如同疾病般的痛苦不是源于他本身的自然缺憾,恰恰相反,是源于他巨大的才能和力量不能融合与平衡。我发现哈勒尔是一个能够承受痛苦的天才，就像尼采[1]所说的那样，他为自己造就了一种天才的、没有极限的、可怕的承受力。他的厌世主义不是源于对世界的鄙视，而是源于对自己的鄙视。当他在无情地抨击某些团体或者个人的时候，他从不把自己排除在外，而总是把他的利剑先对准了自己，他首先要憎恨和否定的人是他自己。

这里我也想补充一些心理学上的解释。尽管我对荒原狼的生活经历所知其少，但我可以完全有理由猜测，他从小一定有着充满爱心的父母和教师，但他们在教育上却非常严厉与虔诚。荒原狼就是在他们所谓"摧毁孩子的意愿"的基础上教育长大的。这种扼杀学生个性和摧毁孩子意愿的教育在他的身上没有获得成功。因为他倔强而坚韧，骄傲并有自己的思想。他的个性并没有被扼杀，相反却让他学会了憎恨自己。在他的整个一生中，他用全部的想象天才和全部的思维能力来反对自己，反对那些无辜和美好的事物。他成了一个完全的基督徒，一个彻底的殉道者，他用他所具有的所有的尖刻、批评、狠毒和仇恨来对准自己。而对他周围出现的一切，他总是勇敢而认真地去爱，去公正地对待，不让其受到伤害。"施爱于人"与"憎恨自己"一样深深地植根于他的心灵深处，而他整个一生却成了一个例证：不珍爱自己，那么便不存在对其他人的爱，自我憎恨的结果同可恶的自私一样，所导致的是可怕的孤独和绝望。

现在是我放下对他的一些看法，来谈谈事实的时候了。这些事实有些是通过我的间谍式的观察得到的，有些是通过伯母对他生活

1　尼采（1844—1900），德国哲学家、语言学家。

方式的观察得到的。他是一个爱动脑筋的思想家、一个埋头读书的书呆子，并没有从事什么实际的职业。他总是长时间躺在床上，经常快到中午的时候才起床，穿着睡衣从卧室走进客厅。客厅有两个窗户，宽敞而舒适。他只住了几天之后，客厅就完全不是老房客留下来的样子了。这个客厅随着时间的推移被堆得越来越满，墙上挂上了一些图画，贴上了一些图纸，有时也经常更换一些从杂志上剪下来的图片。一张南部的风景画，和一个德国县城的一些照片，都挂在那里，那显然是哈勒尔的故乡。在这些图片中间还挂着颜色鲜艳的水彩画，之后我们才知道，这些水彩画是哈勒尔先生自己画的。那里还有一个漂亮的年轻女人和一个小女孩的照片。有段时间墙上还挂过一张泰国的佛像，后来被米开琪罗[1]的《夜》的复制品替换了下来，再后来又换成了甘地[2]的画像。他的书不仅塞满了庞大的书柜，而且桌子上、漂亮的旧写字台上、长沙发上、椅子上、地板上放得到处都是书。书籍中插着的书签也在不断地变换着。书籍在陆续增多，他不仅不停地从图书馆拿回一捆捆的书，邮局还经常不断地邮寄来一些书。住在这个房间里的男人准是一个学者吧！整个房间里充满着浓浓的烟雾，四处散落着烟头和烟灰碟。然而大部分书籍并不是科技书，绝大多数是来自各个时期、各个民族的诗人的作品。很长一段时间里，在他整天躺着的长沙发上，放着整整六本厚厚的系列丛书《苏菲从梅默尔到萨克森的游记》，这是一部18世纪末的作品。一部看起来被经常翻阅的歌德[3]全集和一部让·保尔[4]全集，同样

1　米开琪罗（1475—1564），意大利文艺复兴时期雕塑家、画家。

2　甘地（1869—1948），印度民族解放运动领袖，有"圣雄"之称。

3　歌德（1749—1832），德国著名作家、思想家。

4　让·保尔（1763—1825），德国小说家。

还有诺瓦利斯[1]、莱辛[2]、雅可比[3]、利希滕贝格[4]的作品，几本陀思妥耶夫斯基[5]的合订本里夹满了写着字的卡片。在那张大一些的桌子上，常常会有一束鲜花摆在这许多书本和笔记本之间，同时还有一个布满了灰尘的颜料盒，旁边是一些烟灰碟，还有各种饮料瓶。一个外面包着草编套子的瓶子，里面装着他从附近小店里买来的意大利红酒，有时还会放一瓶法国勃艮第酒或西班牙马拉加酒。我曾经看到一个盛着樱桃酒的大酒瓶，在很短的时间就被他几乎喝光，酒瓶子里还剩下了点就被扔到角落里，布满了灰尘。我不想说我去偷偷窥视他的房间具备充足的理由，但我必须坦白地承认，尽管在他刚刚搬入我们的住宅时，他的所有表现引起了我足够的好奇心，但他那懒散而无序的生活方式确实让我感到厌恶和怀疑。我是一个生活非常有规矩的人，在工作上也习惯了为每天的工作内容制定很精确的时间表，而且我不抽烟，没有不良嗜好，对我来说，他丢在房间里的那些瓶子要比那些胡乱贴上的图画更令人厌恶。

　　像他的睡眠和工作一样，这位陌生人的饮食也是完全没有规律的。有时，他甚至几天都不出门，除了早晨喝一杯咖啡几乎什么也不吃。有时伯母只能看到一团香蕉皮放在那里，这就是他的一顿饭了。可有时，他又会到饭店里去大吃一通，时而在很好很高雅的酒店，时而在城郊的一些小饭店。他的健康状况并不好，除了由于腿脚的不便在上楼梯的时候显得十分吃力外，他看起来还患有其他的疾病。

1　诺瓦利斯（1772—1801），德国浪漫主义诗人、思想家。

2　莱辛（1729—1781），德国戏剧家、文艺批评家、美学家。

3　雅可比（1743—1819），德国作家、哲学家。

4　利希滕贝格（1742—1799），德国思想家、哲学评论家。

5　陀思妥耶夫斯基（1821—1881），俄国著名作家。

有次他说他几年来一直消化不好，而且常常失眠。我想这一定和他经常酗酒有关。后来，我不时会和他一起去他常去的酒馆，看到他怎样毫无节制地痛饮红酒，但不论我还是别人都没有见他真正醉过。

我永远也忘不了我们的第一次个人的接触，在这之前我们之间的认识，就好比一栋公寓里房间相邻的两位租客。那天晚上我从店里回家，惊奇地看见哈勒尔先生坐在第一层和第二层之间的楼梯上。他坐在楼梯的最上级台阶上，见我过来就把身体挪向一边想让我过去。我问他是不是感到身体不舒服，是否需要我陪他上楼。

哈勒尔盯盯地看着我，我马上意识到，好像我把他从某个梦境中唤醒了。他慢慢地露出笑容，那是让我经常感到沉重的那种美丽而凄苦的笑容。他邀请我坐在他的身边，我表示了谢意后说，我还不习惯坐在别人房间前面的楼梯上。

"是这样!"他笑得更厉害了，"您是对的。不过请您稍等片刻，我要让您看看，为什么我必须要在这里小憩一会儿。"

他指了指一楼那间住房前面的过道，那是一个寡妇的住房。在楼梯、窗户和玻璃门之间铺着地板，墙边摆着一个高高的边缘上镀着锡的硬木柜子。在柜子前面的地面上放着两个矮矮的台子，上面放着两个很大的花盆，一个花盆里种着杜鹃花，一个花盆里种着南洋杉。它们看起来非常漂亮，打理得干干净净，无可挑剔。这一点我也非常高兴地注意到了。

"您看!"哈勒尔接着说道，"在这样一个小小的地方放一株南洋杉，简直是太好了，每次路过这里的时候，我都不舍得离开，总要停留一下。您伯母那里也是一样，那里的味道好极了，一切都收拾得井井有条、整洁干净。而放着南洋杉的这个地方，是那样的纯净，打扫和清洗得一尘不染，看上去闪闪发光，甚至让人不忍心去碰触。

我路过这里的时候总恨不得尽力张开鼻孔呼吸，您也是这样来品味这里的味道吗？地板蜡和硬木松节油的余香与洗净的植物叶片融合在一起所产生的香气，体现着无与伦比的小康人家的纯净、认真和精细，反映了他们的责任心和在细节上的精心。我不知道谁住在这里，但我坚信在这扇玻璃门的后面，一定是一尘不染的小康人家的天堂，一切都井井有条，对每一个细小的习惯和责任都谨小慎微地付出。"

　　我没有插话，他继续说："您不要以为我是在说讽刺的话！亲爱的先生，您不要以为我会去嘲笑这种市井风情和有秩序的生活方式。没错，我自己是生活在另一个世界里的，也许在这样一个种着南洋杉的住宅里住上一天我都受不了。尽管我是一个苍老的、粗俗的荒原狼，但我也是一个母亲的儿子。我的母亲也是一位平民母亲，她种花，打扫房间、楼梯、家具和窗帘，尽力使她的住处和她生活的环境保持干净、整洁、有条不紊。我还记得南洋杉上松节油的气味，当我坐在这里的时候，看着这里寂静和整洁的小花园，我是那么高兴，这里还弥漫着母亲曾经给我留下的气息。"

　　他想站起来，却感到有些吃力，我过去搀扶他，他没有拒绝。我一直保持着沉默，但我却像我的伯母当初遇到他的时候一样，为这位怪人的魅力所折服。我们缓慢地走上了楼梯，来到了他的门前，他手里拿着钥匙，再一次打量着我，脸上充满了友好的表情："您是从店里回来吗？是啊！我对您的生意简直是一窍不通，您知道我生活得有那么一点与世隔绝，或者说处于社会的边缘。不过，我相信您一定喜欢读书或者读一些类似的东西，您的伯母跟我说过，您高中毕业而且希腊语很好。我今天早晨还读到了诺瓦利斯的一句话，可以给您看看吗？我想您一定会感到高兴的。"

他带我走进了他那弥漫着呛人烟味的房间，从一堆书里抽出了一本，翻了翻，然后又继续找下去。

　　"太好了，这句话简直是太好了！"他说，"您来听听这段话：人们应该为痛苦而骄傲，所有痛苦都是我们最宝贵的记忆。精辟！比尼采早了八十年！不过这不是我刚才提到的那句话，您等一下。哦！我找到了，是这么说的：大多数人在他们学会游泳之前都是不想去游泳的。这话很逗吧？他们当然不想游泳！他们在陆地上生活，不是生活在水里的。他们当然不会去思考，上帝缔造了他们是为了让他们去生活，而不是为了让他们去思考。是的，谁思考，谁把思考作为他的主业，那么尽管他在思考上会有所建树，却混淆了陆地和水域的区别，他就会被淹死。"

　　他深深吸引了我，让我很感兴趣。我在他那里待了一小会儿。从那以后，我们会经常在楼梯上或者大街上遇到，然后彼此说说话。开始的时候，包括在南洋杉旁的那次，我总有那么一点隐隐的感觉，就是他有那么点瞧不起我的意思，而实际上并不是这样。他对我和对南洋杉一样，给予了充分的尊重。他理性地意识到了自己的孤独，深信他是在水中游泳，是一种没有根基的漂浮。当他看到人们日常的生活，比如我准时去上班，或者同公务船或公共汽车上的司机交谈，他确实没有一点嘲讽的意思，而且他会真心感到兴奋。起初我也觉得像他这种贵族浪子，玩世不恭的性情确实夸张可笑。然而我越来越发现，来自真空的他，出于他的怪异和荒原狼的狼性，实际上他更加热爱我们这种小小的平民世界，把它当作一座安全的城堡。对他来说，这是一处可望而不可即的远方，一处无路通达的故乡和安宁之地。我们的女仆是一位老实巴交的妇女，每次当他遇上女仆的时候，他总是脱下帽子来，给予她充分的尊重。当我的伯母有时同他简短地交谈，比如谈到他的衣物需要缝补，或者注意到他大衣上的纽扣已经悬挂在衣服上摇摇欲坠时，他总是全神贯注地聆听，好像他正在全力以赴地通过一条窄缝挤进一个小小的、安宁的世界中，并在那里找到了家乡的感觉，哪怕只有一个小时也好。

在南洋杉旁的第一次交谈中，他把自己称作荒原狼，这个称呼让我有了那么一点惊诧和震动。他怎么可以这样称呼自己呢？！但很快我不仅适应了这种称呼，而且连我自己也这样称呼这个男人了。我认为至今为止，没有比"荒原狼"更恰当的词汇来称呼他了。一匹来到我们这里，来到城市，来到乌合之众中生活的、迷路的荒原狼，他的胆怯孤独，他的野性，他的烦躁不安，他对家乡的思念和他的无家可归，还有比"荒原狼"更确切的形象能够恰当地表现他的一切吗？

一次，我有机会观察了他整整一夜。那是在一个交响音乐会上，我意外地发现他就坐在离我不远的座位上，而他并没有注意到我。先是演奏亨德尔[1]的曲子，一曲优雅而美丽的音乐，而荒原狼却完全沉浸在他自己的思维中，把自己完全隔断在音乐和周围的环境之外了。他缩坐在那里，什么也没听，是那样孤独而冷淡，带着一副冷酷却充满忧郁的表情。然后又一个曲子开始了，是弗里德曼·巴赫[2]的一首短小的交响曲。我惊奇地发现，在几个节拍过后，我的这位怪人朋友开始露出了笑容并为音乐所感染，完全沉浸其中。并且足有十分钟的时间，他完全沉浸在幸福与美好的梦境之中，这使我对他的关注超过了对音乐的兴趣。当这段乐曲结束的时候，他才醒过神来，并从深陷的座位上挺直了身体，提起了精神，好像要走的样子，

1　亨德尔（1685—1759），德国著名作曲家。

2　弗里德曼·巴赫（1710—1784），德国作曲家、管风琴家。

但最后还是留在了座位上，继续听最后一支曲子。这是雷格尔[1]的变奏曲，是一支让很多人感到冗长乏味的曲子，荒原狼也不例外。他开始的时候还算全神贯注，但很快他就把两手插在口袋里，又陷入自己的思维中了，只是这一次不再有幸福和陷入美梦般的表情，而是充满了悲伤并终于显出不开心的样子，他的神情又变得遥远而陌生，灰暗而涣散，显得苍老、多病和愤愤不平。

音乐会结束后，我又在街上看到了他，并跟在了他的后面。他蜷缩在大衣里，无聊而疲惫地朝着我们的小区走去。走到一个老式的小饭馆前的时候，他停了下来，迟疑地看了一下手表，然后走了进去，我一时兴起也跟着他走进了饭馆。他坐在一个普通的小桌旁，饭馆的老板和服务员过来问候这位常客，我打了一个招呼，然后和他坐在了一起。我们在那里坐了一个小时，我喝了两杯矿泉水，他先要了一杯半升的红酒，然后又续了半杯。我说我刚才也在听音乐会，他却没有接茬。他看着矿泉水瓶上的商标问我，为什么不想喝点红酒，他来买单。当他听到我不喝红酒的时候，脸上又出现了那种无可奈何的表情说："是，你是对的！我也曾经常年过着简朴的日子，省吃俭用，可我现在正在受到水瓶座的影响，水瓶座是阴暗和潮湿的星座。"

我接着他的话茬玩笑地谈起他的这种星座的暗示来，并说他竟然相信星座占卜这回事，简直让我不敢想象。他又拾起经常让我受伤的那种礼貌的口吻来，说道："完全正确！真可惜，我连这门科学也不能相信！"

我起身和他告别，而他直到深夜才回来。我是他的邻居，所以

1　雷格尔(1873—1916)，德国作曲家、管风琴家、钢琴家。

听得清清楚楚，他的脚步声同往常一样，依然没有直接上床睡觉，而是在卧房的灯下待了一个小时。

还有一个晚上令我难以忘却。当时我一个人在家，伯母不在，大门的铃声响了，当我把门打开的时候，门口站着一位年轻的女士，她长得非常漂亮，是来找哈勒尔先生的。我认出她来了，因为我在哈勒尔的房间里见过她的照片。我指给她哈勒尔的房门，就退了回来。她在上面停留了一会儿，然后我听到他们一起走下楼来，热烈而愉悦地一边聊一边出了门。我的这位房客竟然还有一位情人，而且还是这样一位年轻、漂亮、高雅的女人，这让我非常惊讶。它推翻了我过去对他和他的生活的所有猜测，他又让我变得对他一无所知了。可不到一个小时他就回来了，是自己回来的，他迈着沉重而疲惫的脚步，吃力地走上楼梯，然后大概有一个小时的时间，他在房间里轻轻地走来走去，完全像一匹被关在了笼子里的狼一样窜来窜去。他房间里的灯几乎从深夜到清晨一直亮着。

我对他们之间的事一无所知，所能补充的一点情况是，我又一次在大街上看到了他和那个女人在一起。在这个城市的一条大街上，他们挽着手在散步，他看起来很幸福。我再一次感到了惊讶，他那曾经愁苦而孤独凄凉的脸上洋溢着孩子般天真无邪的光芒。我开始理解那位女人，也理解了伯母对他所做的一切。还是在那一天晚上，他看起来悲伤而凄苦地回到了家，我在大门口遇上了他，他还像有的时候那样，大衣里面裹着一个意大利葡萄酒的瓶子，而那瓶酒陪着他在楼上坐了半夜。他让我感到心痛，他是过着怎样一种绝望、失败、无助的生活呢！

我已经啰唆得够多了。我不想再继续描述荒原狼过着的那种自杀式的生活。但我并不相信，荒原狼会真的自杀。那一天，他在支付了所有的欠账之后，没有和我们告别，就突然离开了这座城市，并从此消失了踪迹。我们再也没有听到任何有关他的消息，并一直替他保管着几封别人给他寄来的信。除了在这里逗留期间所写的一些稿子以外，他什么也没有留下。他只是给我留下了一张字条，上面写着几行话，这些稿子，由我随便处理。

他的稿子讲述了他的一些生活经历，我不可能去验证它的真实性。我不怀疑他的稿子中大部分含有文学虚构的成分，但那不是他自己的肆意杜撰，而只是他的一种在表达上的探索，把可以看见的事件做外壳，去展现内心深处所经历着的心理历程。在哈勒尔的文稿中有一部分心理历程可能来自于他在这里居住的最后一段时光，并且我也毫不怀疑，确实有一部分是以真实的生活经历为基础的。在那段时间里，事实上我们这位房客的行为举止诡异多变，他总是不在家，有时甚至整个晚上都不在，他的书放在那里连动也不动一下。有几次我遇上他的时候，他看起来明显充满了活力，年轻了许多，心情愉悦。随之而来的便是沉重的压抑，他整天躺在床上，什么也不吃。那时，他就会和再次出现的情人爆发异常激烈的争吵，使得整座房子不得安宁。然后，哈勒尔就会向我的伯母道歉。

不，我坚信他不会自杀，他还活着，他还在一个什么地方拖着他疲惫的腿，在另一处陌生房子里的楼梯上走上走下；在一个什么地方凝视着光滑平坦的地板和打理得非常干净的南洋杉。他白天坐在图书馆里，晚上坐在一家饭馆里，或者躺在一张租来的长沙发上，在窗里聆听着这个世界和这里人们的生活。他知道自己不属于这个世界，但却告诉自己绝不能自杀。他那残存的信仰对他说，他要承受这一切，用自己的心去承受邪恶，直到心跳停止。他只能受苦致死。我经常想念他，他使我的生活不再轻松，他没有能力、没有力量也没有热情来支撑我、促进我，而是恰恰相反！可我不是他，我不会用他那样的方式来经营我的生活，我要的生活是一个小市民的生活，充满了安全感和责任心。这样我们才能以平静和友好的心态来想念他，我和我的伯母都很想念他，伯母谈他谈得更多，对他的一些事也比我知道得更多，只不过都深藏在了自己的好心肠里。

哈勒尔的这份文稿是怪异的，一部分是病态的，而另一部分却充满了美好的奇思妙想。坦诚地讲，如果不是它那样偶然地落在了我的手里，如果我不是事先认识这份稿件的作者，很可能我会把这篇稿子像垃圾一样地扔掉了。但是通过我对哈勒尔先生的相识和了解，我懂得了他，也部分读懂并认可了他的这些文字。如果我只是把他的这份文稿看作是一个孤立的、可怜的、情绪不正常的病人所写出来的病态的幻觉，那么我会考虑是否需要把它公之于众。可我在他的文字里看到了更多的东西，这是一个时代的记载。我知道哈勒尔是一个精神病人，可他的奇思怪想却不是一个人的奇想，而是我们这个时代的疾病。哈勒尔的神经症属于那一代人的疾病，而且患上这种疾病的人并不是这一代人中的弱者和低劣的个人，恰恰相反，他们是这一代人中最为强大、最有思想、最有才能的人。

哈勒尔的文稿，不管有多少建立在他们真实的生活经历上，毕竟都是一种尝试。他不是通过绕开和美化现实来掩盖这个时代的重症，而是直面现实，把这种重症淋漓尽致地展现出来。他用文字展示给我们，一次通过地狱的旅行，一次忽而充满恐惧、忽而令人鼓舞的前行，穿越阴郁而混乱的精神世界，以顽强的意志穿越地狱，直面乱世，与魔鬼的邪恶抗争到底。

哈勒尔的一段话给了我理解这一切的钥匙。一次，当我们谈论中世纪的恐怖之后，他对我说："这种恐怖实际上是不存在的。如果让一个中世纪的人活在我们的时代，他会对我们今天的生活方式感到更加残酷、可怕和厌恶。每一个时代、每一种文化、每一种风俗和传统都有自己的特征，都有着它的温柔和强悍，它的美好和残酷，都有着不可摆脱的痛苦和不能忍受的弊病。真正的痛苦，真正的地狱，是让人们陷于两个不同的时代、两种不同的文化和信仰的交替之间。如果让一个古罗马的人生活在中世纪，他会感到痛苦压抑；同样，让一个野蛮人生活在我们这样一个文明的时代里，他也会感到窒息。我们现在正处在这样的一个时代，整整一代人深陷在两个时代、两种生活方式之中，使得他们丧失了自己的认同感、他们的风俗习惯以及安全感和纯洁性。当然每个人对这种冲击的感受是不一样的。像尼采这类的人，他所承受的苦痛远远超过了一代人过去所承受的苦痛，他的孤独曾那么让人难以理解，而今天却有千百万人在承受着他当年的苦痛。"

在阅读他的手稿时，我常常会想起他的这些话。哈勒尔就属于深陷在两个时代里的人，属于那些完全失去了安全感和纯洁性的人，他们对人生的怀疑超越了他们本身所经历的折磨和深深的苦难。

这一切让我有了一个想法，我们应该去阅读他的这份文稿，于是，我决定把它发表出来。另外我也不想为它辩护或对它做出任何评价，请每一位读过这份文稿的人根据自己的良心去做出判断吧！

哈勒尔的文稿

——只为疯人而作

像过去的那些平常的日子一样，一天又过去了。我把这一天消磨过去了，用我最简朴和胆怯的生活艺术把它非常温柔地消磨掉了。我工作了几个小时，翻了几本旧书；我又像那些上了年纪的人那样疼了两个小时，吃了药粉，压住了疼痛，这让我舒服了一些；然后我又躺在浴盆里泡了个热水澡，感觉热烘烘的；我收到了三封邮件，通读了寄来的信和印刷品；我又做了深呼吸运动，为了图舒服就没有再做思维练习；去外边散步一个小时，看着美丽、柔软的云彩像一幅珍贵的羽毛画悬挂在天空上。这真的太美了，就好比躺在热乎乎的澡盆里或者读一本古书，但不管怎么说，这都不是一个令人陶醉、让人容光焕发的幸运日或者节日，而只是许许多多平常日子中的一天。这样的日子对我来说，是长期以来过惯了的平淡无奇的日子。一个上了年纪，对生活并不满意的绅士所过的，非常温柔的，还可以承受和容忍的，不冷不热，有着有限快乐的日子。一个没有特别的疼痛，不需要特殊关照，没有真正的苦痛，也没有绝望的日子。在这样的日子里没有激情和恐惧，倒变得平实而安静，我问自己，是否已经到了跟随阿达尔贝特·施蒂弗特[1]的时刻，用刮脸刀结束自己的生命？

谁尝过另外一种日子的滋味呢？带着痛风病的苦痛，或者那种根植在眼球后面的疼痛，会通过眼睛到耳朵的每一个动作把快乐变成痛苦，引发像被下了魔咒一般的头痛。还有那些灵魂死亡、内心空虚绝望的坏日子，在这些日子里，我们的土地遭到破坏，被那些上市公司掠夺，人类世界以及所谓的文化在这个充满欺骗、无耻、嘈杂的繁荣光环下，像一个小丑般狞笑着步步紧跟。让本来已经疾病缠身的我，把对这一切的忍受度推向极限。谁尝过这些地狱般的日子，就会非常满意如今这些普普通通、周而复始的日子；那么他就会怀着感恩之心坐在温暖的炉火旁，怀着感恩之心读着晨报，感谢今天没有爆发战争，没有出现新的独裁者，特别是在政治和经济方面没有揭露出什么乱七八糟的丑闻；他怀着感恩之心，用他那生了锈的古琴弹奏着一曲温和、愉悦、近乎欢快的感恩诗。用这样的感恩诗，用它的安静、温柔以及被麻木了的知足常乐来打发时光。在这种令人满足的时间消磨中，在这种温和的氛围中，在这种充满感恩的无痛中，我们看到了两样东西，一个是不断点头的周而复始之神，一个是头发略显灰白、烫了发的、唱着庸人之歌的诗人，宛如一对双胞胎的形象。

为了知足常乐，为了没有疼痛，去过那些可以承受、卑躬屈膝、不敢喊痛也不敢表露出高兴的日子，去过对一切只能低声耳语、踮着脚走路的日子，确实是一件很美的事。只不过对我来说，我却恰恰不能承受这种知足常乐的日子。在有过一段短暂的经历之后，我

1　阿达尔贝特·施蒂弗特（1805—1868），奥地利小说家，因病自杀。

对这样的日子，坦白地说，感到痛恨和恶心。我对这种生活感到完全绝望，并想以另外的方式来活，去走一条我能感到快乐，必要时也能感到疼痛的路。如果我有那么一段时间既无快乐也无痛苦，淡而无味地去承受那些所谓美好的日子，那么在我幼稚的灵魂里，我会感到阵阵苦痛和折磨，我会把那个生锈了的感恩面罩摔在沉睡着的知足之神充满惬意的脸上，宁愿在我的灵魂里能感受到熊熊燃烧着的、真正魔鬼般的疼痛，而不愿去享受宜人的室内温度。我的灵魂里将燃烧起对强烈感情的那种野蛮的渴望，对轰轰烈烈的生活的渴望。我对那种寻求和谐的、平淡无奇的、被标准化的、被阉割了雄性激素的生活充满了怒火。我的心里升腾着打碎和砸烂什么东西的疯狂欲望，比如捣毁一个仓库或一个教堂，或者干脆抽自己一顿。抑或去做非常发傻的事，比如把受人尊敬的那些偶像的假发撕下来，买几张去汉堡的火车票分给那几个逆反而渴望拿到票的小学生，或者去诱拐一个小姑娘，或者把代表着公民秩序的那几位模范典型的脑袋拧到后背上去。因为我首先从内心里痛恨和厌恶这些：心满意足、健康舒适，这种被培育、维护的乐观主义，这种被喂饱了的平庸。

我带着这样的心境，在夜幕降临的时候结束了我这难以承受的几天。我不愿像一个患病的人那样，一头栽进用热水袋温暖好的被窝，以这种完全平常和舒适的方式来结束我的一天。我想带着我对白天所做的那点事的不满和厌恶，恼怒地穿上鞋，穿上大衣，借着昏暗和夜雾进城去，去那个叫作"钢盔"的酒馆去，也就是像喜欢喝酒的男人所惯称的去"小酌一杯"。

我从阁楼走下了楼梯。那是一个很难攀爬的怪异的楼梯，一个彻头彻尾的平民的楼梯，一个被刷得干干净净、属于三个十分循规蹈矩的家庭的房子的楼梯，我的窝就在这座房子的顶层。我不知道以后会怎么样，但我这样一匹无家可归的荒原狼，一个小市民世界的孤独的仇视者，却一直住在非常典型的平民的房子里，这是我的一个旧日情怀。我不会住在宫殿里或者住在贫民窟里，而偏偏总是住在十分循规蹈矩、无聊透顶、一尘不染的那种小市民的巢穴里。这里弥漫着松脂和肥皂的味道，在这里，如果有人用力摔门或者穿着脏鞋走进来，都会把住在这里的人吓一跳。我喜欢这样的氛围，毫无疑问这缘于我的童年时代，我对故乡的思念引导着我，执拗地走进这种老旧、愚蠢的生活环境。好吧，我还喜欢这种反差，我的生活、我的孤寂、我的冷酷和忙碌，完全杂乱无章的生活，和这个平民世界里的家庭所产生的反差。我很喜欢闻楼梯上的味道，这是安静、整洁、规矩、礼节和温馨的味道。尽管我不喜欢小市民的生活，可这些味道却让我情愫满怀。我也喜欢跨过我房间的门槛。跨过门槛，门外所有的味道戛然而止。房间里，书籍随处堆放，烟蒂和酒瓶散落其间，这里所有的一切都混乱不堪、毫无秩序。这里所有的一切，书籍、文稿和思想全都记载和浸透着孤独者的困境、做人的难题，以及赋予毫无意义的人生新的含义的渴望。

现在，我正路过一棵南洋杉。在二楼楼梯旁的一个房间前面有一个前厅，毫无疑问，这里打扫得比其他的地方都要更干净，更完美。这个前厅光亮如新，堪称一座精巧而整洁的圣殿。前厅的地上铺着地板，人们踏上地板的时候，都要不由自主地放轻脚步。那里放着两个小小的凳子，在每个小凳上放着一个大花盆。一个花盆里种着杜鹃花，一个花盆里栽种着一株坚挺的南洋杉，一株被精心照料的、健壮的、笔直的小树，每一枝每一叶都像刚刚被水洗过一样闪着亮光。在这种时候，如果我知道没有人注意到我，我就会坐在南洋杉上方楼梯的台阶上小憩一会儿，合握着手，若有所思地望着下面整洁的小花园，把这里当成一个圣殿般的场所，让这种动人的场景和孤寂的微笑直达我的灵魂深处。我想象着在这个小前厅的后面，一定是南洋杉神圣的绿荫，一个摆放着闪着亮漆硬木家具的房间和那种体面、健康的生活：早早起床，安分守己，家庭团聚温暖而欢快，星期日去礼拜，早早睡觉。

我装作高兴的样子，一步一颠地跑在小巷里潮湿的沥青路上。泪眼朦胧中，我看着透过湿冷的迷雾闪烁过来的灯光和从湿湿的地面反射出的光亮，我想起已经被我淡忘了的青年时代。那时我是多么喜欢晚秋和冬天里昏黑阴暗的夜晚，是那么贪婪地陶醉在孤独与忧郁的情调里。半夜时分，我穿上大衣，顶着风雨奔跑在狂风肆虐、树木凋零的大自然里。当时也感受到了孤独，可当我跑回家来，坐在床沿上，在烛光下开始写作的时候，我便深深地陷入享受和诗意之中。现在，一切都过去了，杯子里的酒被喝干了，不会再斟满，我会为此感到可惜吗？任何已经过去的东西都不可惜，没有任何已经过去的东西会让人可惜，可惜的是今天，是现在，是所有正在度过的、无数个我曾经失去的每个小时、每一天。那些让我感到痛苦的日子，它没有给我带来快乐与激情。但感谢上帝，也曾经有过一些例外，有过那个时刻，尽管稀少但确实存在过，它给我带来了快乐与激情，它推倒了壁垒，然后又把迷失的我送回到充满生机的世界中。我悲伤而兴奋地努力回忆着我最近一次的这种经历。在一次音乐会上，演奏着一曲美妙而古老的音乐。当木管演奏到两个小节之间的时候，我觉得通向天国的门突然打开了，我在天空中飞翔，看到了上帝正在忙碌。我感觉到了神圣的灵魂之痛，我不再去反抗尘世间的一切，也不再害怕尘世间的一切。我接受一切，将我的心献给一切。乐曲演奏了不长时间，也许一刻钟，可这个场景却在那天晚上又回到了我的梦中。从那以后，在我所有凄凉的日子里，它总是在我的生活中悄悄闪光。在它闪光的短短几分钟里，我清楚地看到了上帝在我的生活里走过的金色足迹。它几乎总是被深深淹没在泥沼和尘土之中，但又重新闪现出金色的光芒，看起来永远不会消失，但又全无踪影。有一次是发生在夜里，当时我正清醒地躺在床上，突然说出一句美妙的诗句，那诗句太美了，美妙绝伦。我当时没有想到把这首诗写出来，而早晨起来的时候却再也想不起来了。如此绝妙的诗句就这样藏在了我的心里，就像大大的坚果被包在一个龟裂、老朽的外壳之中。还有一次是在读一首诗的时候，在思考笛卡儿[1]和帕斯卡[2]的思想时。另外一次是当我和我的情人在一起的时候，金色的光芒又一次亮起，沿着金色的足迹通向天堂。可在我们的生活中，面对着的是一片片建筑群、那些商业贸易、那些政治、那些人群。在这样一个容易满足现状、非常小市民化的、精神空虚的时代，想找得到上帝的神迹是多么困难啊！在这样的一个世界里，我无法与之苟同，也感受不到一点快乐。我怎能不变成一匹荒原狼，一个粗鲁的隐士呢？很长时间以来，我既不去剧院也不去电影院，几乎不读报纸，也极少去读现代的书。我不能理解，人们在拥挤的火车上，在人满为患的旅店里，在乐曲沉闷和嘈杂的咖啡店里，在酒吧里，在高雅豪华的小戏院里，在世界博览会上，在彩车游行中，在渴望受到教育的人参加的报告会上，在巨大的体育场上，会得到什么乐趣和快乐呢？所有这些对我来说可以得到的东西，却是千百万人去努力和钻营的东西，我不能理解，也不想同他们去分享这种快乐。与此相反，那些能给我带来喜悦、不平凡，让我心醉神迷，使

1　笛卡儿（1596—1650），法国哲学家、数学家。

2　帕斯卡（1623—1662），法国哲学家、数学家。

我得到提升的事物，那些对我来说为数不多的快乐时光，那些只有在文学作品中人们才能看到、寻觅到并热爱的东西，在生活中他们却认为是不可理喻、荒诞不经的。实际上，如果世俗是对的，如果咖啡厅里的那些音乐、这种大众娱乐、那种拥有满足于蝇头小利的美国式思维的人们是对的，那么我就是错的，我就是不可理喻的疯子，那我就是一匹荒原狼。我常常把自己称作荒原狼，在一个对它来说完全陌生的世界里迷路的动物，一个再也找不到属于自己的故乡、空气和食物的迷路者。

带着这种习惯的思维，我继续跑在湿冷的大街上，穿过了这座城市的一片安静而古老的街区。在对面，这个巷子的另一端，我最喜欢看的那座灰色的老城墙矗立在昏暗的夜色中，它夹在一座小教堂和一所医院之间，破旧不堪，年久失修。白天的时候，我经常把我的目光投在这座城墙粗糙的表面上，让我的眼睛休息一会儿。在市中心像这样安静、美好和沉寂的地方太少了。除了这里，几乎每半平方米就有一家商店、一家律师事务所、一个发明家、一个医生、一个理发师、一个治鸡眼的修脚工，每家都挂着他们的招牌。现在，我又看到了这座老城墙安静地躺在它的和平领地，哦，不，墙上好像发生了一点变化，在墙的中间，我看到一个带着尖形拱顶的漂亮的小门。我迷惑起来，因为我确实想不起来，这个小门是原来就有的，还是新建起来的。毫无疑问，它看起来很老旧，甚至可以说很古老，也许这个镶着暗色木头门板的封闭小门在几百年前曾是哪个暮气沉沉的修道院的过门，尽管这座修道院已经不复存在了，但它还有此功用。也许我曾经很多次见过这个门，但却根本没有注意到它，也许是这个门刚刚被翻新，所以才引起我的注意。不管怎样，我停下了脚步，站在那里，认真地看过去。我没有走过去，因为前面的路坑坑洼洼，有些泥泞。我站在人行路上向那里眺望，所有的一切都笼罩在浓浓的夜幕中。我发现门的周围好像放着一个花环或者是什么色彩斑斓的东西。我再努力地仔细看了看，过了小门有一块闪着亮光的牌子，好像牌子上还写了些什么。我睁大了眼睛还是看不清楚，最后，尽管道路泥泞不堪、又脏又湿，我还是走了过去。原来在门的上端，在灰绿色的城墙上投上了一块微弱的光幕，一些色彩斑斓的动态字母在光幕上时隐时现。我想，他们现在把这么好的一座古老的城墙也投上霓虹广告滥用了！我努力地辨认着几个转瞬即逝的单词，它们读起来很吃力，必须要一边读一边猜。这些单词的间距不同，苍白而微弱，瞬间便消失了。这个想用广告来做生意的人大概不是一个能干的家伙，可能也是一匹荒原狼，一个可怜的家伙。为什么他要在老城中一条昏暗的小巷子里，在这么一块墙上弄这个东西呢？而且又是在这样的雨天，没有什么人会绕到这里来的时候。那些单词为什么这样转瞬即逝、变化无常、难以辨认呢？慢！我终于成功地把这些词连贯起来了，是这样的：

魔幻剧院
不是所有人都可以入场

我想打开那个小门，可那个沉重的老旧门闩根本拉不动。那个霓虹广告不再闪动了，它好像可悲地领悟到了它的徒劳，突然就停止了。我往后退了几步，一脚沉陷在肮脏的路上，字母再也没有出现，这个表演结束了。我还久久地站在脏兮兮的地上，等待着，依然徒劳无功。

当我放弃了等待又回到人行道上的时候，几个带着彩色光线的字母从我的前面纷纷滴落下来，再通过沥青路反射到我的眼中。

我读道：

只对疯人开放！

我的脚湿漉漉的，感到有些凉，可我仍站在那里等了一段时间，什么也没有了。我站在那里想，那些投射在湿墙上的娇艳字母所闪烁着的鬼魅之光和沥青路上闪烁着的黑色光环是多么漂亮，多么让人兴奋啊！突然我的脑海中又想起了我过去的记忆中的一个片段，这不正是那闪着金光的足迹吗？它突然变得遥远，遥不可及。

我感到有些冷，继续前行，边走边重温着关于那条金色足迹的美梦，心里升腾起渴望，去寻找只对疯人开放的那家魔幻剧院的大门。我到市场的周围去转了转，这里不乏夜间娱乐场所，没走几步就会遇到悬挂着的招牌广告：女子乐队，杂耍剧，电影院，夜总会，等等。可这些都不适合我，说是对"所有人"开放的，这是对那些到处可以看到的拥挤在剧场门口的人群，对那些普通人开放的。尽管如此，我的悲伤还是有那么一点缓解的，毕竟那个来自另一个世界的问候曾经触摸了我，那几个彩色的字母曾经在我的灵魂里跳舞，并激起了我内心深处的共鸣，我又看到了金色足迹的微光。

我去了一家像父亲般年迈而慈爱的古老小酒馆，从我二十五年前第一次住在这座城市的时候起，这家酒馆毫无变化。老板娘还是当年的老板娘，客人还坐在同样的座位上，当年这些座位就摆在这儿，用的杯子还是当年的样式。我走进了这家古朴的酒馆，这里是一个避风的港湾，就像南洋杉旁的那座楼梯。虽然在这里，我找不到故乡的感觉也找不到我的同路人，这里只是一个舞台前的观众席。

在这个舞台上，那些陌生的人们表演着陌生的节目，但这个安静的地方另有所值：这里没有人群，没有喊叫，没有音乐，只有那么几个安静的本地人坐在没有铺桌布的木桌旁（没有大理石，没有搪瓷板，没有长毛绒，没有黄铜），每个人的面前只有一杯夜饮，一杯美味、踏实的葡萄酒。这里也许都是一些老顾客，我看着面熟，一群十足的庸人，在他们的家里一定摆着一座傻乎乎的知足之神，前面放着膜拜的祭坛。也许他们和我一样，是一群孤独而无礼的家伙，用酒精来麻醉破碎的理想，他们也是荒原狼、一群可怜的穷鬼。我也不知道他们都是些什么人。也许他们中的每一个人都在想家，在失望，在试图改变自己的处境，结婚的人在寻找年轻时代的那种气氛，年龄大的官员沉浸在他的学生时代。所有的人都在那里沉默着，他们都在喝着酒，和我一样，宁愿喝上半升阿尔萨斯酒，也不想去看女子乐队的演出。我坐了下来，像一条抛锚停靠的船，也许一个小时，也许两个小时，刚喝了一口阿尔萨斯酒，我忽然想起来，今天除了早餐吃了面包，到现在还什么都没吃。

　　人可以吞下所有的东西，这简直就是奇迹！我读了十分钟的报纸，我的眼睛看到了一个毫无责任感的幽灵，它把别人的话在嘴里反复咀嚼，储存，然后不经消化再吐出来。我就这样看了整整一个栏目。然后，我吞下了一大块牛肝，这牛肝一定是从被打死的小牛身体里割下来的。还是我的阿尔萨斯酒最好喝！我不喜欢那种香味四溢，因特殊味道而著名的烈性酒，至少不是每天都喜欢。很多的时候我喜欢那种味道纯正的、淡淡的、并没有什么名声的简朴的农家酒。这种酒可以多喝一点。它的味道甜美而温和，有着农家的、蓝天与泥土的、树木的味道。一杯阿尔萨斯酒，一片烤得精致的面包是所有餐桌上的最佳美味。现在我已经吃了一份牛肝，这对很少吃肉的我来说，是一份别致的美味，然后我又要了第二杯酒。这真是一件怪事：不知在哪一处河谷中，健康善良的人们种下葡萄并把它酿成酒，让远方世界上的那些失望的人们、那些默默品酒的平民和那些一筹莫展的荒原狼们从他们的酒杯中汲取一点勇气和好心情。

管他怪不怪呢！能有一份好心情，是一件美事！报纸上套话连篇的文章让我浮起了淡淡的笑意，我突然想起了已经淡忘的那首木管演奏的轻音乐曲，就像一个闪光的肥皂泡在我面前升起，五彩缤纷，映着缩小了的世界，然后轻轻地破灭。如果这首小乐曲能在我的灵魂深处悄悄扎根，有一天能重新开放出美丽的花朵，我就没有彻底迷失。我是迷失的动物，不能理解周围的环境，这首小曲对我这种愚笨的生灵来说，是有它的意义的。它就是我心灵中的应答信号，用来接收来自远方天堂的呼唤。我的脑海里汇集出千百张图画：

在意大利帕多瓦城的一座小教堂的蓝色穹顶上，乔托[1]画上了天使的翅膀，在天使的旁边走着哈姆雷特和戴着花环的奥菲利亚[2]，他们是世界上所有的悲哀和误会的美好比喻。那边是热气球驾驶员吉亚诺索，站在燃烧着的氢气气球上吹着号角；匈奴国王阿提拉·斯莫尔茨勒手上拿着他的新帽子；婆罗浮屠[3]堆积成山的雕塑耸入云霄。这些美好的形象鲜活在多少人的心里，可是还有更多不知名的图画和音乐，通过我的眼睛和耳朵，抵达我内心深处的它们的归宿。医院的那堵墙，老旧、风化、斑驳的灰绿色上布满了裂纹和风化后的痕迹。谁能给它一个回答？谁把它摄入了自己的灵魂里？谁钟爱它？谁在感受它渐渐褪淡的颜色所焕发的魅力？那些镶嵌着柔和插图的

1　乔托（1266—1337），意大利文艺复兴初期画家、雕塑家和建筑师。

2　哈姆雷特和奥菲利亚，莎士比亚创作的悲剧《哈姆雷特》中的男、女主人公。

3　印度尼西亚爪哇岛上的大佛寺。

教士们的古旧书籍，那些被本国民众淡忘了的一两百年前的德国诗人的作品，所有那些曾经被翻烂了的书册，那些老音乐家们的手稿和印刷品，那些记录着乐谱、被牢牢装订、发黄了的笔记本……谁来听他们那充满激情、渴望而妙趣横生的声音？谁在同他们当初的世界完全不同的时代里倾倒于他们的精神和魅力？屹立在古比奥山顶上的那棵坚韧的小柏树，它被落石砸得弯曲爆裂，但却顽强地活了下来，长出了新的、稀疏的树冠，谁还会想到它？谁还能欣赏那位住在二楼，把南洋杉修饰得极为精致的勤劳的家庭主妇？谁会在晚上去阅读莱茵河上空由云雾凝聚成的文字？只能是荒原狼。谁能在自己生活的废墟上找到破碎的意义，承受着毫无意义的痛苦，得像个疯子一样生活，却希望能在最后的迷乱中更多地揭示自己，并悄悄地向上帝靠近？

女老板又想为我斟满杯子的时候，我捂住酒杯站了起来。我不想再继续喝下去了。那金色的足迹如一道闪电，让我想到了圣人，想到了莫扎特[1]，想到了满天的群星灿烂。我又可以呼吸一个小时了，我又有了生命，我可以生存，我不需要去承受苦难，我不必害怕，不必羞愧。

当我从已经安静的街道上走出来的时候，冷风卷着细雨敲打着街灯，闪电把路两旁的玻璃照得忽明忽暗。现在去哪儿呢？此时此刻，如果我会魔术，我就给自己变出一座路易十六风格的音乐厅，小巧而美丽。在这个音乐厅里，几个出色的乐师为我演奏两三段亨德尔和莫扎特的乐曲。我想我一定会把这清凉、雅致的音乐喝到肚子里去，就像众神畅饮琼浆玉液一样。如果我现在有一个好朋友，

1　莫扎特（1756—1791），奥地利作曲家、钢琴家和小提琴家。

也许住在随便哪一处阁楼上，他此时正好坐在烛光下思索，旁边放着一把小提琴。我会打破夜晚的宁静，毫无声息地爬上弯弯曲曲的楼梯，给他一个意外的惊喜。我们可以一起聊天，一起听音乐，度过一个超脱尘世的夜晚。过去我曾经享受过这样的幸福，然而这一切随着时光的流逝，离我渐行渐远，慢慢被时间冲淡。此时此刻与彼时彼刻之间横着一段凋零的岁月。

我缓缓地踏上了归家的路，把大衣领子高高地立了起来，手杖敲在潮湿的路面上。我只想慢慢往回走，一旦我回到我的那间阁楼，回到我那小小的伪故居，一个我不喜欢也不惦记的地方，那么我在兴奋中所度过的这个冬日雨夜也就算过去了。现在，我向上帝祈祷，我不想毁掉今晚这么好的情绪，不会让雨，或风，抑或是南洋杉来破坏我的心情。如果没有室内乐队，如果我也没有一位身边放着小提琴的朋友，那么我就让那些美妙的乐曲在我的心中奏响，我可以伴随着我呼吸的节奏，轻轻地哼唱，继续为我自己演奏。我一边想着一边走着。不，没有室内音乐和朋友，其实也无所谓。那种对温暖可怜的索求不是很可笑吗？孤独意味着独立，它不正是我希望的吗？不正是我长期以来努力争取的吗？是的，独立很冷酷，但同时也是静谧的，那种美妙的静谧，就像广阔的、寒冷而寂静的宇宙，宇宙间，旋转着满天星斗。

我走过一家舞厅的时候，里面一阵强烈的爵士乐扑面而来，热气腾腾，自由奔放。我驻足下来，又是这种音乐，我是那么讨厌它，却又被它暗暗吸引。尽管我抵制爵士乐，但它总归要比现在所有的学院音乐要好得多，它的粗犷而快乐的狂野深深地刺激了我的本能，表现出一种质朴而坦诚的情欲。

我站了一会儿，倾听着血淋淋、赤裸裸的音乐，嗅着舞厅里洋溢着的气氛，真是爱恨交加。抒情的那一半音乐，甜蜜温柔而多愁善感，而音乐的另一半表现得狂野感性而充满活力。整首曲子，把这两部分和谐地结合在了一起。这是一曲没落的音乐，罗马的末代皇帝们想必听到的就是类似的音乐吧！当然同巴赫[1]和莫扎特的音乐相比，这种音乐不过是瞎胡闹，可当你把这种音乐同我们的现实生活相比照，它却是我们现在全部的艺术、全部的思想、全部的表象文化。这种音乐有一个最大的优点就是它的坦率，它那讨人喜欢的、诚实的黑人特质，它那快乐、天真的情感。这种音乐里有一部分黑人的味道，也有一部分美国人的味道。对欧洲人来说，强大的美国人却充满了稚嫩而天真的孩子气。欧洲也会变成这样吗？欧洲是否正走在这种演变的路上？我们这些欧洲旧时代真正的传统音乐和文艺作品的鉴赏家和推崇者，难道是一小撮明天就会遭人遗忘、耻笑的精神病患者？难道被我们称作所谓文化、所谓精神、所谓灵魂、所谓美好、所谓神圣的东西，不过是一个早已经死去的幽灵，只有我们这几个冥顽不化的家伙还把它当成具有生命的东西？也许从来就没有过什么真实的、活生生的东西，我们这些老顽固所固守的，也许一直不过是一个供奉神灵的万神殿？

　　我徜徉在老城区里，那座小教堂在灰暗的夜色中时隐时现。我又突然想起了晚上在那神秘莫测的尖拱门前的经历，那个神秘莫测的广告牌，那些可笑的、跳着舞蹈、闪着光的字母。写着什么来着？"不是所有人都可以入场"，还有"只对疯人开放"。我带着审视的目光向老墙望过去，心里在默默地想，魔幻会重新开演，广告牌上的字会邀请我这个疯子进入这个小门。也许在那里，会有我所渴望的

1　巴赫（1685—1750），指约翰·塞巴斯蒂安·巴赫，德国作曲家。

音乐在演奏?

深色的石墙在漠然地看着我,隐在浓浓的夜雾中,隐在它的梦境里。没有门,也没有尖拱,只有黑暗和一堵没有门的墙。我微笑着向它走去,友好地向它点头:"好好睡吧,石墙,我不会惊醒你。总会有一天,他们会来将你拆毁,或者在你的身上贴上那些贪婪的广告。可你现在还在,还那么美丽而安静,还那么让我喜欢。"

突然从漆黑的小巷里闪出一个人来,蹿到我眼前,吓了我一跳。这是一名夜归者,走起路来一副疲惫的样子,穿着一件蓝色的衣服,戴着帽子,肩上扛着一根杆子,杆子上挂着一张广告画,肚子上系着一条带着箱盒的皮带,就像年货市场上小商贩系着的那种皮带。他疲惫地向我走来,没有看我一眼,要不然我会和他打招呼,递给他一支雪茄的。走到下一个路灯下的时候,我想看看杆子上的红色广告写着什么,可那张广告在杆子上晃来晃去,根本看不清楚。我喊住了他,请他给我看看那张广告。他站在那里,把杆子放平,我终于读到了曾经翩翩起舞的那些字母:

无政府主义者的晚会!

魔幻剧院!

不是所有人都可以入场……

"我终于找到了!"我高兴地喊道,"是什么晚会?在哪儿啊?什么时候?"

他又快步走了起来。

"不对所有人开放!"他心不在焉地说,声音里显露出困乏,快步离开了。他已经烦了,他想回家。

"站住！"我一边喊着，一边追过去，"您的箱子里放着什么？我想在您这里买票！"

他一边走着一边机械地把手伸进他的箱子里，从里面抽出一个小册子来递给我。我把它迅速地放进口袋，当我想打开大衣纽扣掏钱的时候，他已经拐进了一扇大门，关上门消失了。院子里传来他沉重的脚步声，先是踩在铺着石头的路面上，然后上了木质楼梯，就再也没有声音了。这个时候我也突然感到累了，时间确实是太晚了，我也该回家了。我疾步如飞，很快就穿过了沉睡的城边小巷，来到了我居住的区域。它位于两条壕沟之间，这里有一些小巧玲珑但却很干净的出租房，房后是一些草坪和藤蔓植物，在这里居住着一些政府雇员和退休的人。走过草坪、常春藤和一排排冷杉树，我来到了家门口。我打开门锁，把门灯按亮，关上了玻璃门，走过被擦得发亮的柜子和盆景，打开了我的房门。进入了我那所谓的家。在那里，靠椅、炉子、墨水瓶、画盒、诺瓦利斯和陀思妥耶夫斯基都在等待着我的归来，就像母亲或者妻子、孩子、侍女、小猫小狗在等待着他们期待的人归来一样。

我脱大衣的时候，手无意中碰到了那本小册子。我把小册子从大衣兜里拿出来，那是一本薄薄的，用差得不能再差的纸张打印的小册子，就好像《在元月出生的人》或者《我怎样能在八天内年轻二十岁》那种市场书摊上兜售的小册子。

我靠在椅子上，戴上了眼镜，不禁被这个小册子封面上的题目吓了一跳，突然有了一种相遇有缘的感觉，封面上写着：《论荒原狼——只为疯人而作》。

接着，我怀着极度的兴奋，一口气读完了小册子中的内容。

论荒原狼

——只为疯人而作

从前有一个人，名叫哈里，号称荒原狼。他用两条腿走路，还穿衣服，他是一个人，不过他实际上是一匹荒原狼。那些有着很高智商的人们学到的东西，他也学到了很多，他是一个相当聪明的人。他所没有学会的，就是没有学会满足于自己的生活。他真学不会，他是一个不满足的人。也正因如此，他内心每时每刻都知道，或者说他相信他知道，他其实甚至不是一个人，而是一匹来自荒原的狼。他喜欢和聪明的人们争论，他是否真的是一匹狼，是否在他出生之前，由一匹狼托生成了人。或者他出生的时候是人，却有狼的灵魂；或者像传说中的那样，他本来是一匹狼，由于某种怪病长成了人形。比如，也有可能是这样的：一个人在他童年的时候非常野性，不受驯服，没有规矩，他的教育者便试图彻底铲除他身上的野性，却恰恰让他形成了一种信念，他实际上是一只野兽，不过是披上了一层被驯化的外衣，看起来像个人类。人们可以围绕着这个题目长时间地讨论，甚至写出一本书来，但这对荒原狼起不到任何作用。因为对他来说，是一匹狼通过幻术进入了他的心灵，还是由于驯化者的鞭打使他的灵魂具备了狼性，这根本无关紧要。不管别人怎样想，或者他自己怎样想，对他来说都毫无价值，都不可能把狼性从他的身体里拉出来。

荒原狼有两种天性，一种是人类的天性，一种是狼的天性，这就是他的命运。这种命运既没有什么特殊，也并不罕见。幸运的是，有许多这样的人，他们具备着狗的、狐狸的、鱼的、蛇的性格，而这些天性并没有给他们造成多大的困扰。对这些人来说，在他们的身上，人与狐狸、人与鱼的特性共存，和平共处，甚至互有帮助。有些人由于具备这样的多重性格而促进了他们的成长并为人们所羡慕，甚至所具备的狐狸的天性或者猴子的天性多于人的本性，还为他们带来了更大的运气，这是众所周知的。但对哈里来说却恰恰相反，他的人性和狼性并不能和平相处，也少有互相帮助，而是始终处于敌对的状态，当他的其中一种天性显露出来的时候，另一种天性便会因此而承受痛苦。当这两种天性在同一血液和灵魂中处于敌对状态时，他的生活状态将会非常糟糕。是的，每个人都有自己的命运，没有人活得容易。对我们的荒原狼来说，他感觉自己一会儿像狼，一会儿又活得像人，就像其他所有的混合生物一样。当他是狼的时候，他的人性总是在观察、判断并在窥伺的状态下瞄准对方；当他是一个人的时候，他的狼性也是如此。比如，当哈里作为人类有一个美好的想法，或者有一种纯洁而高尚的感受时，抑或去做一件所谓的好事的时候，他的狼性就会亮出牙齿，大笑着，用它那血腥的嘲弄告诉他，对一个荒原上的野兽来说，他演的整台戏是多么可笑。这只荒原狼从心里完全懂得，怎样才能让他快乐，那就是在荒原上孤独地奔跑，嗜血，或去追逐一匹母狼。在狼看来，人类的一举一动看起来都是那么滑稽、可笑、愚钝、虚荣。当哈里感觉到自己是一匹狼的时候，也恰恰如此。当他痛恨时，对人类所有的虚伪、矫揉造作和变态的习俗充满敌意时，他就会向他们露出牙齿。也就是说，他身上属于人性的部分始终处在窥伺的状态，观察注视着他的狼性，把它称作畜生野兽，他那简单、健康、野蛮的狼性使他所有的快乐都腐烂、变质。

这就是荒原狼所做的一切。人们可以想象，哈里的生活，既不快乐也不幸福。当然也不能说他有多么不幸。尽管他自己总是表现成那个样子，其实每个人都像他一样，总认为自己的苦难是最深重的。任何人都不能这么说。身上没有狼性的人，不会为此而感到幸福。即使再不幸的人生也有阳光明媚的时刻，也总会有一朵幸福的小花盛开在沙土与岩石之间。荒原狼也是一样。尽管他大多数时候感到不幸福，这是不可否认的，可当他爱上别人，而别人也爱他的时候，他也能让他们感到不幸。当所有的人在他那里得到爱，人们所看到的只是他的一个侧面。有些人把他当作一个高雅、聪明和充满个性的人，可一旦发现了他身上的狼性，就又否定了自己的判断并感到失望。他们一定会这样的，因为这也是哈里所期望的。同所有人一样，哈里希望人们能接受他的全部，而不是只去爱他讨众人喜欢的那部分，他不想隐藏他的狼性去欺骗别人。也曾经有过这样一些人，他们恰恰喜欢他身上的狼性：自由、野性、难以驯化、危险和强壮。而当这只野蛮而凶恶的狼显露人性的一面，渴望着美好和温柔，还想听莫扎特的音乐，还在阅读诗歌并向往人类的理想时，他们又感到特别失望和悲伤。正是他们的失望和恼怒，荒原狼才把他的分裂型性格和他的两面性带到他所接触到的所有陌生人的命运之中。

如果谁以为自己了解荒原狼，可以想象到荒原狼那可悲又破碎的生活，那么他一定错了。他还需要很长时间来了解荒原狼的一切。他不知道，凡事皆有例外。在一定的情况下，上帝更喜欢一个罪人胜过喜欢那百分之九十九的好人。他不知道哈里恰恰就是这样的一个例外，并也有他幸福的时候。他一会儿是狼一会儿是人的特质，使他可以纯粹而不受干扰地呼吸、思维和感受。在非常偶然的时候，狼性和人性可以和平共处，彼此相爱。他们不是一个在睡觉，另一个处于清醒，而是两者结合在一起互相补益，一方使另一方加倍地成长。在这个男人的生活中，全世界哪里都一样，所有的习惯、日常的活动、人所共知的和合乎常规的东西看起来都有一个目的，在这里或那里做一次短暂的停留，穿越那些不寻常的地方，达到那超乎常理的奇迹，得到上帝的恩宠。不管那些短暂的、难得的幸福时光能否缓解和抵消荒原狼糟糕的命运，使得幸福与痛苦的天平保持平衡，或者甚至只有几个小时短暂而强烈的幸福，能否补偿他所承受的所有苦难并略有盈余。这样的问题还是让那些闲人去思考吧，这个问题也是这条狼在他悠闲无聊的日子里所常常苦思冥想的。

在这里我想指出的是，其实有相当多像哈里这一类的人，很多有些名声的艺术家们就属于这种类型。这些人都有两个灵魂，两种本性：一种属于上帝，一种属于魔鬼；既有母亲的血液，也有父亲的血液；有享受幸福的能力，也有承受痛苦的能力；既互相敌视，又彼此相互纠葛、相互渗透。在哈里身上的狼性和人性就是如此。这种人的生活是非常不平静的，有时，在千载难逢的幸福时刻，他们的幸福感是那样强烈，美好得不可言喻。这种短暂的幸福像海上的巨浪一样卷起高高的泡沫，这种昙花一现的幸福是那样光彩照人，充满了魅力，让所有人为之动情。当那珍贵的、转瞬即逝的幸福泡沫在苦难的海洋上腾起，这一切就像一部艺术作品。在这部作品里，一个受难者在某一刻战胜了自己的命运，他的幸福如一颗明星放射着光芒，而那些看见这一切的人，把它作为神圣的东西，将其看成自己的幸福梦境。不管这类人的行为和作品被称作什么，从根本上来说，这类人根本就没有生命，也就是说，他们的生活是无形的，是不存在的。他们不是英雄、艺术家或者思想家，而是像那些法官、医生、修鞋匠或者教师那样，他们的生活总是在充满痛苦的动荡和波涛汹涌之中，总是被不幸和剧痛撕裂，他们那罕见的经历、作为、思想和作品通过混乱的生活状态向人们炫耀着个性的光辉，而当人们并不愿意看到这些的时候，他们的生活则变得肤浅和毫无意义。这类人的思想是危险可怕的，他们认为整个人类的生活也许就是一个可恶的错误，是远祖母亲留下的不幸的怪胎，是大自然所做的一次野蛮的、恐怖的、失败的试验。在这些人中还产生了其他的想法，认为人类也许不仅是一种半理性的动物，还是上帝的孩子，上帝让其永生。

每种类型的人都有自己的标志和特质，都有他们的美德和恶习，都有他们的罪孽。荒原狼也有自己的标志，他是一个喜欢夜晚活动的人。早晨对他来说是最糟糕的时刻，他惧怕早晨，因为早晨没有给他带来过任何好的东西。他从来没有在任何一个早晨高兴过，中午之前他没有做过任何好事，也没有遇上过任何让他高兴的事。一直到下午的时候，他才慢慢感到温暖，有了活力。而到了晚上的时候，如果赶上他的好日子，他会感到充实、活跃，有时还会兴高采烈、意气风发。他的这种特质与他对特立独行的需求有关，没有人比他对独立性怀有更深的热爱。年轻的时候，他还很穷，他就努力去给自己挣面包，只是为了给自己争取一点点独立的东西。他从来没有为了钱，为了富裕的生活，为了女人或权力出卖自己。他把自己全身心投入到为自己争取权益和幸福的事业中，来保护自己的自由。让他在某一天去担任个什么职位，看别人的眼色，对他来说是不可想象的，也没有什么比这更让他痛恨和感到恐怖的了。办公室、写字间或者官方的某一个位置，他都从心里非常抵制，恨得要死。他曾经做过一个被关在兵营里的梦。凡遇到这种情况，他都知道怎样从里面逃出来，但经常要付出沉重的代价，这就是他的强大和美德。在这方面，他不屈不挠，坚定不移，这就是他刚直不阿的个性。正是这种美德使他的命运总和痛苦系在一起。他和所有人一样，凡是他出于本能固执地追求和努力的东西，都可以得到，然而过多却并无裨益。开始的时候，这是他的梦想和幸运，然后又成为他苦涩的命运。掌权人由于权力而毁灭，有钱人因为有钱而毁灭，卑躬屈膝的人毁于奴役，喜欢享乐的人毁于享乐，而荒原狼则毁于他的独立性。他达到了他的目的，他是那样的独立，没有人可以对他指手画脚，他也不需要去迎合任何人。他可以自由而独立地去做自己的事。每一个强大的人，都能在真正的动力下毫无瑕疵地达到所追求的目标。但是当哈里得到了自由之后，他突然发现，他的自由意味着死亡和终结。他孤零零地站在那里，这个世界以一种可怕的方式把他冷落在寂寥中，人们不再同他来往，他也不去与人交往，这种与人隔绝的孤独就像越来越稀薄的空气，让他窒息。这样一来，独处与独立不再是他的愿望和目标，而是他的厄运，成了对他的审判。当他怀着渴望和美好的愿望展开双臂，要重新建立起同群体的联系时，一切变得覆水难收，人们已经不再理他了。此时他不恨任何东西，也不和任何人过不去。相反，他有很多朋友，也有许多朋友喜欢他，但他觉得那只不过是出于对他的同情和浮在表面上的友谊。他们邀请他，送他礼物，写友好的信件给他，但却没有人真正地走近他，建立起真正的联系。这种交往带不来任何东西，没有人想和他共同分享生活。于是他被笼罩在孤寂的空气里，一个宁静的氛围中，周围的一切都从他的身边溜走，他成了一个人际交往的低能儿。正因如此，他也就失去了与人交往的意愿和渴望，这些成了他生活状态的重要标志。

他的另一个特征是，他是具有自杀倾向的群体的一员。这里必须指出的是，如果只把真正自杀的人称作自杀者是错误的。因为很多自杀的人只是由于偶然的念头自杀的，其实这些人本来不属于具有自杀倾向的群体。他们没有自己的个性，没有显著的特征，没有坎坷的命运，很多自杀的勇士从整体的个性和特征来说，并不属于具有自杀素质的人。相反，那些具有自杀倾向的人，相当多的一部分人其实并没有付诸行动。哈里就属于这一类自杀者，他没有必要一定有强烈的求死欲望，他也可以不作为自杀者而存在着。自杀者的本质特点是，他只是作为孤立的自己存在着，不管是对还是不对，他总是感觉自己是大自然中一个面临特别的危险、充满疑虑和受到威胁的嫩芽，总是感觉自己特别没有安全感，特别容易受到伤害，就好比站在一座陡峭的山崖顶端，哪怕受到一个小小的外部冲击或者自己一阵微弱的晕眩，就会从悬崖上跌落下去。在这种类型的人中，他们的命运轨迹里，自杀其实是一个微乎其微的小概率事件，至少他们自己是这样想的。这种情绪往往在年少的时候就可见端倪，并始终伴随着他们的一生。他们的生命力其实并不是非常微弱，相反，这些自杀者表现出强烈的韧性以及对生活的追求和勇敢。正如有些人因为一点小病就会发烧一样，这些敏感、神经质、我们称其为"自杀型人格"的人，每遇到一个小小的震动，就会产生强烈的自杀念头。假如我们有一种关于人类的勇气和责任感方面的科学研究，而不是对机械的生命现象的探究，假如我们有诸如人类学、心理学那样的科学，那么上述的这些现象也就尽人皆知了。

刚才我们关于自杀的这些说法，自然涉及的都是心理学表面的东西，只是物理学上的一点东西。如果从玄学的角度去看待，则完全是另一回事，而且也会清楚得多了。从玄学的角度讲，那些自杀者在个性上表现为具有负罪感。他们不再去完成或者去构建自己所设定的生活目标，而是把这些问题的解决归结于母亲、上帝和宇宙。就他们本身而言，他们完全没有能力去自杀，因为他们深知自杀是罪孽。而对我们来说，他们就是自杀者，因为他们不是通过生，而是只能通过死亡找到解脱之法。他们自暴自弃、自我毁灭，又回归到本源。

就像某种力量可以由强转弱一样（在某种特定的情况下则必须由强变弱），相反，典型的自杀者却能经常把他们显现出来的虚弱变得强而有力。哈里，我们的荒原狼就属于这种情况。像千百万荒原狼一样，按照自己的想法，哈里时刻准备着走向死亡，这不是一个年轻忧郁症患者的幻想症，而是他恰恰从这样的想法中获得了安慰和支持。同所有他这种类型的人一样，每当生活中出现波折、痛苦和不幸时，就唤醒了他内心深处的渴望，从死亡中得到解脱。逐渐地，他却从他的本能中建立了对他有益的人生哲学。他坚信，车到山前必有路，给予他力量，让他学会享受痛苦和窘境，当他真正到了穷困潦倒的时候，他学会了苦中寻乐，并饱尝痛苦中的快乐。

"我倒是想看看，一个人对他的苦难究竟具有多大的承受力！如果这种痛苦达到了我所能承受的极限，我只需要把死亡之门打开，从苦难中逃出来！"许许多多自杀者，正是从这样的理念中获取了超凡的力量。

另外，所有的自杀者都熟悉怎样同自杀的企图做斗争。他们知道他们的灵魂落在何处，自杀对于他们尽管是一个解脱，但却是一个不太体面、有违道义的紧急出口。从根本上来说，让生活本身来战胜自己、扼杀自己，总要比用自己的手结束自己的生命要崇高、美好得多。这种对自杀的认识，这种心中有愧的观念促使大多数的自杀者同他们自杀的企图展开了持续的斗争。他们在战斗，就像惯盗同他的恶习斗争一样。荒原狼对这种斗争非常熟悉，他用不断更换的武器抗争，在大约四十七岁的时候，他产生了一个幸福但不乏幽默的想法，这个想法让他感到快乐。他把五十岁的生日定为他自杀的日子。在这一天，他同自己约定，由自己根据那一天的情绪，来决定是否使用那个逃避生活的紧急出口。对他来说不管发生了什么，去经历患病、穷困、痛苦、苦难，所有这一切都设定了它们的有效期，最多也就是持续几年、几个月、几天而已。时间进入倒计时，实际上他所承受的灾难如今要轻得多，而同样的灾难，放在过去他会觉得太深重、太长久，痛入骨髓。当他不管由于什么原因特别不顺的时候，当他的生活更加荒芜、更加孤独、更加野蛮，他经受到更多的痛苦或者失落的时候，他可以对着他的痛苦说："你就等着吧，还有两年，我就是你的统治者！"然后，他就陷入甜蜜的幻想之中，在他五十岁生日那天的早晨，一封封祝福的信如期而来，而他紧握刮脸刀，告别了所有的疼痛，关上了大门。痛风、愁绪、头疼、胃病也就随风而去了。

　　下面我们还要对荒原狼的单个形象特征做一个观察，也就是说明他同"市民阶层"的关系。通过观察分析，我们可以把种种表象归结到一些基本原则当中，因为我们所选择的现象都是由荒原狼的表现提供的，那么我们就把他同"市民阶层"的关系作为我们分析和观察的出发点吧！

按照荒原狼自己的理解，他把自己完全置身于市民阶层之外，因为他既没有家庭生活，也没有什么功名心。因此他认为自己是一个独行者，就像一个怪人，一个有病的外来移民。同时又是一个富有天资、出类拔萃的人。他在潜意识里就蔑视那些有钱的俗人，并为自己不是那种俗人而感到骄傲。然而，从某种意义上来说，他又生活在俗世当中，甚至完完全全就是一个平常的人。他的钱在银行里，他用钱资助他的穷亲戚。他很讲究衣着，但却看起来很平常，并不惹眼。他同警察局、税务部门以及类似的官方相安无事。他强烈渴望在普通市民的小圈子里生活，住在一个安静、稳定、居住着家庭的房子里。那里有整洁的花园，保持着光洁的楼梯，笼罩着小康人家的规整和简朴的气氛。他喜欢自己有那么一点恶习和乖张的行为，喜欢自己有那么一点脱俗，与众不同，才华横溢，但他绝对不会到毫无市民阶层特点的穷乡僻壤居住。他既没有在官宦人家和社会精英那里居住过，也没有同犯罪分子或被剥夺政治权利的那些人一起生活过。他总是居住在普通市民的圈子里，同他们的风俗习惯、氛围始终保持着联系，尽管他对这种庸俗一直持有抵制和叛逆的态度。此外，他就是在小市民的教育下长大成人的，在这些教育中，他获取了大量的来自世俗世界的概念和规矩。在理论上他至少对妓女不抱有偏见，但从个人角度上却不能把妓女同他自己完全等同起来看待。他把那些谴责国家和社会的政治犯、革命者或者精神领袖当作自己的兄弟，但却保持着市民阶层的尊严，从不对小偷、入室盗窃犯和性犯罪分子抱有宽容的心态。

这样他就把自己的本质和行为分成了两个部分，一半用来赞同和支持，一半用来斗争和否定。他是在一个充满文化教养的家庭里长大的，有着已经形成的道德规范。他灵魂的一部分，长期以来一直试图最大限度地从世俗中体现自己的个性，从世俗的理想和信仰中解放出来，而他灵魂的另一部分，却始终保留在世界的规则中。

　　所谓的世俗，其实就是人类一直所处的状态，就是一种对平衡的尝试，就是努力地把人类状态中无数的极端和它的对立面平衡在折中的状态下。我们可以举出一对这样的例子，比如圣人和放荡者的对立，这样我们的所谓平衡的比喻就易于理解了。一个人可以把自己的全部或者他的精神献给上帝，做一个拥有神圣的思想、胸怀理想的人。他也可以恰恰相反，凭着自己的本能去生活，投身于自己感官的欲望当中，他做的全部努力，就是去获得一时之快。一条路通向圣洁，做精神的殉道者，把自己献给上帝；一条路通向纵欲，做欲望的牺牲品，把自己献给放荡和堕落。在这两者之间应该取得一个动态的平衡点，他不需要放弃，也不需要献身；既不需要狂热，也不需要禁欲；他决不做殉道者，也不必自我毁灭。相反，他的理想不是牺牲自己，而是要保持自我，他的努力既不是为了什么神圣的东西，也不要走向反面，那种无条件的付出与索取对他来说都是不能忍受的。他既要为上帝服务，又想满足自己的欲望。他想做一个正人君子，但也想在地球上活得稍微舒服一点。他想把自己暂时放在两个极端之间，在一个温和而舒适的地带生活，没有暴雨，没有电闪雷鸣。他以放弃生活中的某些东西为代价，成功地做到了这一点，也不再去承受那种由于奋不顾身的极端生活所带来的紧张和刺激，因为那种紧张的生活是以放弃自我为代价的。世俗的平民社会把自我看得比什么东西都重要，何况还只是发展得并不成熟的自我。放弃了那种亢奋、紧张的生活方式，得到了对自我的保持和生活的安全感；放弃了对上帝的狂热，他收获了心安理得；放弃了纵欲，收获了愉悦；放弃了自由，收获了闲逸；放弃了热血沸腾，收获了宜人的气氛。因此，从本质上来说，平民的进取动力很弱，他们小心翼翼，战战兢兢，很容易被统治。为此，他们只能以多数来代替权力，以制度来代替暴力，以投票来代替责任。

很显然，这个懦弱而胆小的群体，尽管占有着很大的数量，但他们的特性决定了他们在这个世界上的角色，就好比落在狼群里的一只羊羔。然而我们看到了，尽管在强权时代，这些平民被挤在了墙角，受尽压迫，但他们却从没有衰亡，甚至有时看起来还统治着世界。为什么会这样呢？既不是因为他们中的英雄众多，也不是因为他们具有高尚的品德，更不是因为他们有聪明的大脑，或者有强大的组织，才把他们从衰落中挽救出来。当一个人的生命力过于脆弱，世界上便没有什么灵丹妙药能维持他的生命了。然而市民阶层活了下来，强大而繁茂，这是为什么呢？

答案是：因为有了荒原狼的存在！事实上市民阶层中真正有活力的并不是那些普通的市民，而是那些数目众多却并不循规蹈矩的局外人，这些人由于理想的模糊和伸缩性，也被包括在该阶层之中。在市民阶层中，始终活跃着相当数量的一部分强大而野性的人群，荒原狼哈里就是其中的一员。他的行为尺度远远超越了普通人，他成为一个特殊的个体，他在仇恨与自我仇恨中享受快乐，在沉思冥想中亢奋不已。他蔑视规则，蔑视世俗的道德和基本的常识，但却依然被囚禁在世俗的囚笼里不得解脱。因此，还有更多阶层的人们围绕在纯粹的市民阶层周围，有成千上万充满活力和智慧的人们，他们尽管把自己置身于世俗社会之上，但在生活中又不得不去适应世俗社会。他们还带着世俗社会中的那份童真的感觉，生活中还有那么一点被紧凑的节奏所感染，他们总还是保留着一些世俗社会的东西，对它百依百顺，为它服务。这符合反证论的基本原理：不反对我，就是支持我！

让我们来审视一下荒原狼的内心世界吧。荒原狼把自己定位在高度个性化的非市民阶层之中，因为所有高度发展的个体都是反对自我并趋于重新毁灭的。我们可以看到，他既有强烈的动力要成为一个圣人，又有强烈的动力成为一个放任者。然而，出于某些懦弱和懒散，他又不能投身于自由而野蛮的世界中，他仍然游离在艰难哺育着他的世俗社会的母体星空中。这就是他在这个世界所处的空间，这就是他所受到的制约。大多数知识分子、艺术家都属于这个类型，只有他们其中的强者才能突破笼罩在世俗世界的大气层，进入无垠的太空。而其他的那些人，他们或者听天由命，或者妥协气馁，他们瞧不起市民阶层，却又属于这个阶层，并且为了能够生存下去，不得不最终肯定它，为它加油打气，为它大唱赞歌。这虽然没有让无数的生计走向悲剧，但也让他们遭遇了一定的不幸和厄运。在不幸和厄运的地狱里，他们的才能变得成熟，结出累累的硕果。那些挣脱出去的少数人，获得了没有约束的人生，以令人敬佩的方式走向毁灭。这些人是少数，他们属于悲剧性的一群人。而那些被约束在世俗社会中的人们，他们的才能被世俗社会追崇，提供给他们的是第三王国，一个虚构的，但却拥有着主权的世界，那就是幽默。那些不安分的荒原狼，那些始终承受着痛苦的生灵，却走向了悲剧。这些不具备足够的能量让他们冲破世俗进入星空的人，感受着来自无垠太空的自由呼唤，却不能让这一切成为现实。如果他们的精神在痛苦的折磨中足够强大并充满韧性，那么给他们留下来的出路，就是用自我安慰的方式，生活在那个虚构的幽默剧中。在第三王国中，总是要保留某些世俗的味道，尽管纯正的世俗平民并不能完全懂得。这个虚构的世界，实现了所有荒原狼的各种丰富多彩的理想。不仅圣贤和破落的人被同时礼遇，社会的两极彼此谦恭靠近，连普通的俗人也被拉到赞美诗中。那些拥有上帝慈悲的圣贤们可以接受一个罪犯，同样罪犯也可以去赞美圣贤，但这些处于两个极端的人却不能接受那些平庸的、处于中间地带的平民。只有在这个虚拟的幽默里，才能完成这些不可能实现的事情，它用舞台上棱镜的光芒照耀着所有的角落，把各类人群合为一体，它是那些境遇悲苦、怀才不遇的人们的伟大发明。身居在这个世界，好像又不在这个世界；尊重法律，却又居于法律之上；占有财富，好像又一无所有；放弃某些东西，好像又不需要放弃——所有我们所喜欢的东西，所有对生活高品质的要求都得以实现，只有幽默能做到这一点。

如果荒原狼具有足够的天才和智慧，在他那杂乱而闷热的地狱里，成功地熬制出这样的魔酒，透出一身汗，似乎就可以把自己挽救出来。不，他还需要很多东西，他只是拥有了希望。谁喜欢他，同情他，谁就愿意他被拯救。假如他在做过这番努力之后依然被保留在世俗阶层里，那么他的痛苦会变得不可忍受。他对世俗世界就失去了爱与恨的感觉，当作耻辱并深受折磨的依附感也同这个世界的联系中断了。

为了哪怕在最后一刻能跃入理想的太空，荒原狼也必须自己来面对一次这样的冒险。他必须深入地探索自己内心世界的混乱，理智地过滤自己的灵魂。摆在他面前的是，他那问题百出的生活状态是不易改变的，他想一次次地摆脱本能的羁绊进入完全理性的生活，再从理性的哲学回到他狼性的迷醉状态中，对他来说是遥不可及的。人与狼之间，不需要戴着感情的假面具，他们之间需要的是赤裸裸的面对。然后他们或者彼此勃然大怒并永远分手，从此再不见荒原狼，或者在虚拟的幽默之光下，彼此结下理性的姻缘。

哈里有可能会在某一天遇到这样的机会。比如哪一天他学会了认识自己，他手里拿着我们的小魔镜，遇上了不朽的人物，或者也许在我们的魔术剧里结识了那个能让他被忽视的灵魂得到解放的人。有千百万次这样的机会在等待着他，被他的命运深深地吸引。所有世俗社会的人们都生活在这种具有魔法般可能性的气氛中。这种可能性用"虚无"两个字便足以概括。当闪电照进现实，一切都会一目了然。

虽然荒原狼从没有把他内心所经历的概况表露出来，但他也明白这所有的一切。他知道他在整个世界大厦中的位置，他也知道永恒的东西，他预感到并惧怕这种自我相遇的可能性，他知道手里有这样的一面镜子，他满心苦楚地想要用这面镜子照照自己，但又对这种苦楚怕得要死。

在我们这篇文章的结尾，我们再来研究一个最后的假设，来解决一个最基本的错觉。所有的这些论述，我们对理解所有问题进行阐释和心理学分析，都需要某个工具，即理论、神话、谎言的辅助。一个诚实的作者不会忽略这个问题，应该在文章的结尾澄清这些谎言。当我说到"上面"或者"下面"的时候，其实就已经表明了我的观点，因为只是在我们的思维中有上下之分，只有在抽象的概念里才有，而这个世界本身并无上下之分。

简而言之，荒原狼就是一个虚拟的人物。如果哈里把自己当作一个狼人，认为自己由两个互相敌对、互相对立的生物所组成的时候，这也不过是一个被简单化了的神话。哈里并不是狼人，如果我们没有经过认真思考就接受了哈里自己创造和相信的谎言，把他真的看成是一个双重生物，把他当成荒原狼来对待并加以说明，那么我们也只是希望利用这个错觉来加深人们对问题的理解，我们现在应该做的是，力求使这种错觉得到纠正。

把人分隔成狼与人这两部分，就是分成了本能与精神这两部分。通过这样的划分，哈里试图找到能够解释他的命运的方法。这是一个过于简单化的分法，是对真理的粗暴违背和对矛盾的错误解释，他认为这些矛盾正是他痛苦的根源。哈里发现在他的身体里有这样一个"人"，即一个充满了思想、情感、文化和具有温顺与高尚性格的世界；同时，他还在自己的身上发现了一匹"狼"，即一个充满了欲望、野性、残暴和具有卑劣、粗鄙个性的黑暗世界。尽管他身上体现出来的这两种特性完全对立，他却一次又一次地发现，狼与人在某种时刻、某个幸运瞬间可以融洽相处。要是哈里想在他生活中的每一个时刻，在他的每一个行为中，在他的每一次感受中来确定，哪一部分是属于人的部分，哪一部分是属于狼的部分，他便马上陷入困境，他那整套美妙的理论便会整个破产。因为没有哪个人，即便是原始的奴隶，即便是个傻子，也不会简单得如此可爱，把自己只看作是由两个或者三个主要部分组成的，而像哈里这么复杂的人，如果只被分成狼和人两种元素，无疑是一个极其幼稚天真的行为。哈里绝不是由两种元素组成的，而是由上百种、上千种元素组成的。他的生活和其他人一样，不仅仅在欲望和精神之间，或者在圣人和懒汉之间那样只在两极间摆动，而是在千极、不计其数的多极之间摆动。

　　像哈里这样具有高智商的聪明人能把自己称作荒原狼，是他相信，可以用一个非常简单、粗暴和原始的形式来表现他那丰富而复杂的生活场景，这一点并不奇怪。人的思维能力是有限的，常常没有能力达到一个很高的高度。那些精神丰富、受过很好教育的人也是如此，他们透过眼镜片所看到的世界和他们自己，是那样的天真、简单、公式化，他们中的大多数甚至也是这样观察自己的！一切事物都是表里如一的。所有人来自天生的、潜意识的需求，就是把每个人都和自己想象成一个整体。当这个幻觉经常被撼动的时候，他又总是把它重新修复好。当一个法官面对杀人犯的时候，他看着杀人犯的眼睛，在短短的一瞬间，他听到杀人犯在用法官的声音说话，并在法官自己的内心里发现了犯人的感情冲动、能力和他产生犯罪行为的可能性，法官在接着的一瞬间很快又重新回到自我的躯壳中，复原了一个法官的心灵世界，并遵从法官的义务判处杀人犯死刑。如果那些富有才能、性格温和的人朦胧感觉到自己有着性格上的多面性，如果他们像其他天才一样打破了那种单一人格的幻觉，认为自己的人格也是多方面的，是由许多的自我连接在一起的，那么只要他把这些说出来，大多数人就都会把他们隔离起来，利用科学把他们确诊为精神病患者，不让人们从这位不幸者的口中听到真实的声音。为什么不能说话？为什么不能把事情说得明白？对于那些有思想的人来说，这些东西本来是应该知道的，把它表达出来就不符合这里的规矩了吗？当一个人喊出，人们所想象的单一的自我可以扩展为两个元素的时候，他其实已经是一个天才了，但同时他也成了罕见的、可笑的、与众不同的怪人。而事实上本来也没有纯粹的自我，也没有被天真地认为纯粹的单一的个体。每个个体都拥有着一个丰富多彩的世界，一个小小的星空，一个由多形态、多梯度、多状态、多传承、多种可能性组成的混杂体。每个人都力求把这个混杂体当作一个单个的单元来看待。当他们谈到自我的时候，总是把自我当作一个简单、形状固定、轮廓清晰的形象。对每一个人（包括最高超的人），经常出现这样的错觉是必要的，就好比为了生命的持续，必须呼吸和吃饭一样。

这种错觉源于一个简单的传导。每个人都有一个身体，而灵魂不是统一的。在文化作品中，即使是在精粹的作品中，传统上他们总是被处理成看起来完整的、统一的人物。对至今为止的文学创作，专家们评价最高的是戏剧，这不无道理。因为戏剧提供了最大的可能性来展示自我的多样性，戏剧展示给我们的是一场剧中的每个单个的人物，他们都不可避免地被包容在一个唯一的、统一的、封闭的身体里，这样在我们粗心的观察中，便形成了身体与灵魂都是一个统一体的错觉。原始美学对所谓的性格戏剧给予了最高的评价，因为在性格戏剧中，每一个舞台形象都是一个单一的整体，个性鲜明，容易识别。由远而近，人们才有了一种朦胧的感觉——也许这一切都是廉价的表面美学。如果我们把那些美丽的，对我们来说不是与生俱来，而是挪用古典的美学概念使用在我们伟大的剧作家身上，我们就错了。这些概念都是从可见的躯体出发而发明的，它原本就是一个"自我"或一个人物的虚构。这样的美学概念在古印度的作品中是没有的。在印度叙事诗中的主人公并不是一个人，而是一个人物群体，是一系列典型人物所形成的一个整体的集合。而在我们的现代作品里，在人物和性格塑造的面纱背后，这些作者们还完全不懂得去表现一个多面性的灵魂。谁想认识到这些，则必须把这些作品中的人物形象不当作一个单个的个人，而是当作一个部分，一个方面，当作一个更高一级群体单元所拥有的不同的侧面。我把它看作是作品的灵魂。谁能在这样的角度去看浮士德[1]，那么对他来说，浮士德、梅菲斯特[2]、瓦格纳[3]以及其他人物都会变成一个整体，一个完整的个体。只有把他们当作一个更高层级的整体，而不是作为孤立的形象来看待，我们才看到了灵魂中真正的本质。浮士德说过一句名言，这句名言对学校的教师们来说是最熟悉的，也得到了小市民们的赞赏："啊！在我的胸膛里有两个灵魂！"而他却忘记了，在他的胸膛里，还有魔鬼梅菲斯特和其他很多灵魂。我们的荒原狼也相信，他的胸膛里有两个灵魂（人和狼），并因此感到胸膛拥挤不堪。心胸、躯体总是只有一个，可身体里的灵魂却不止两个或者五个，而是数不胜数。人是一个包着千层皮的洋葱，是一件由无数纤维织成的衣物。古代的亚洲人对此非常清楚。佛教的瑜伽，为揭示人性的妄想发明了详尽的技术。人类的游戏是充满趣味和丰富多彩的，印度人千百年来都在为揭示这个幻想而努力，而西方人也为了支持和加强这种尝试而付出了同样多的努力。

在这个基点上来观察荒原狼，我们就清楚了，为什么

---

1 德国民间传说中的魔法师。他与魔鬼立约，死后将灵魂出卖给魔鬼，换取人间欢乐。歌德长篇诗剧《浮士德》以此传说为题材。

2 浮士德传说故事中的魔鬼之名。

3 瓦格纳（1813—1883），德国作曲家，著名的古典音乐大师。

荒原狼会因他的两面性而承受着那样多的痛苦。他相信，如浮士德所说，在一个胸膛里拥有两个灵魂已经是太多了，甚至会撕裂他的胸膛，而事实上在一个身体里拥有两个灵魂太少了。如果让哈里在如此简单的模式中去理解他的灵魂，他那可怜的灵魂将蒙受奇耻大辱。哈里知道，尽管他是一个受过良好教育的人，但在某些方面又像一个目不识丁的野蛮人。他称这种现象为一半是人，一半是狼。对此他相信他已经走到了尽头，筋疲力尽了。他把自己得到升华和良好培育过的精神财富归结到自己"人"的部分，而把所有的贪欲、野性和浑浊归结到自己"狼"的部分。而在实际生活中，不存在如此简单到像贫乏的傻瓜语言一样粗糙的思维。如果哈里用这种愚蠢的"狼"方式来解释这一切，他只是在加倍地自欺欺人。我们所担心的是，哈里把他远远超出人性的部分算作人性的部分，而把远远超出狼性的部分算作狼性的部分。

　　哈里和所有人一样，也相信自己知道"人"是什么，而其实他完全不知道自己是不是知道人是什么。只是在梦中或者其他自己完全不能控制意识的情况下，他才模糊感觉到人是什么。他不想忘记这种模糊的感觉，并想尽可能把它变成自己的意识。人其实没有固定和持续的形态，尽管他们中的智者有着完全不同的观点，而不变的形态只是古代先知们的理想。人有着更多的探索和过渡，就好比从精神通向自然的一座狭窄而危险的桥梁。来自内心深处的目标驱使着他走向精神、走向上帝，而内心的向往又吸引着他回归本源、回归自然。他的生活就这样充满恐惧地震荡在两种力量之间。这时人们理解"人"的概念，人不过是一个暂时的世俗协议。这种协议禁止和拒绝粗野的欲望，而要求人们具有一点理性、文明和去野蛮化，不仅允许有那么一点精神，而且要促进精神方面的建设。在这种协约下所定义的"人"，如市民阶层的理想一样，是一种妥协让步、小心翼翼而天真的尝试，去抵御被称作本性的原始母亲，去抵御被称作精神的原始父亲以及他们的强烈需求，以便能够在他们之间的缓冲地带栖息下来。为此，市民阶层能够容忍把自己所谓的"个性"，出卖给所谓的国家的凶神恶煞，玩弄着使其两者对立的把戏。他们今天把人判为异端者烧死，明天把人判为罪犯绞死，后天则为那些曾被他们判死的人树立起纪念碑。

　　人类还不是完美的造物，而是一种精神的要求，是一种遥远令人神往而又可怕的可能性的存在；在通向这个可能性的每一小段的道路上，那些今天被送上了断头台，明天又为他们建造起纪念碑的人，注定要经历可怕的痛苦和狂喜。在荒原狼的身体里，除了狼的因素，也有归为人性的东西，他的大部分同世俗社会中常规的庸人没有什么区别。要成为一个真正的人、一个神圣的人，哈里确实有过这样的想法，并且向着这个方向犹疑地迈出了几小步，但却因此付出了非常痛苦的代价和撕心裂肺的孤独。去努力迎接更高的挑战，走一条真正的、在精神上所寻找的修身之路，一条狭窄的通向圣人的道路，他对此的胆怯浸在灵魂的深处。他的感觉是对的：这条路会通向更大的痛苦，通向剥夺权利的放逐，通向最后的放弃，也许会通向断头台。尽管在道路的另一端是可以永垂不朽的东西，但他也不想为此承受所有的痛苦，并一次次地赴死。尽管他比世俗平民更清楚修身的目的，可他还是佯装不知，也不想知道，绝望地依赖自我和绝望地求生是一条通向永远死亡的必由之路，相反，客观地面对死亡、放下包袱，义无反顾地自我奉献是通向永生的道路。在他崇拜的不朽人物中，比如莫扎特，最后他还是以一种世俗的目光来看待莫扎特的，像那些学校的教师那样，把莫扎特的功绩归结为他那与众不同的天分，而不是他那伟大的献身精神和乐于吃苦的精神、他对市民阶层的理想的漠然和对极度孤独的忍耐。包围着这些受苦之人和这些修身者的世俗空气，稀薄得如同冰封的宇宙以太。这是客西马尼花园[1]式的孤独。

尽管如此，我们的荒原狼在自己的身上至少还是发现了浮士德式的两面性。他发现在他的身体的单纯性里不包含灵魂的单一性，他顶多只是走在一条通往和谐理想的漫长的朝圣路上。他既不想消除自己灵魂中的狼性，成为一个完整的人，也不想放弃自己灵魂中的人性，作为一匹狼活在一个统一的、不可分割的生命中。也许他从来就没有真正认真地观察过一匹现实中的狼，也许他看到了，动物其实也没有单一的灵魂世界，在它那美丽结实的躯体背后，也隐藏着多种多样的追求和状态，也有着沟沟坎坎，它也在承受着痛苦。不！伴随着"回归自然"的口号，人们总是走向充满痛苦和无望的错路。哈里再也不会完全成为一匹

1　耶路撒冷附近的果园，据说是耶稣基督经常祷告与默想之处。

狼。如果他又成为狼，那么他就会看见，狼也绝不是那么简单和质朴，而是多面和复杂的，狼在他的胸膛里也同样有两个或者至少两个灵魂。谁渴望像狼一样去生活，他一定是患了遗忘症，像那首歌中唱的："哦！好快乐，还像个孩子一样！"歌者是一个充满同情心、感情丰富的男人，这首歌是歌唱欢乐的孩子的，他希望回归自然，回归纯洁无瑕，回归生命的初始。但他却完全忘记了，孩子其实也并不快乐，他们也要面临很多属于自己的冲突，他们也有着许多矛盾，也在经受着折磨。

　　从来就没有什么回头路，既回不到狼，也回不到孩提时代。万物之始从根本上就不是无瑕的，也不是单纯的。所有的创造物还有那些看起来最单纯的东西，在造物之始，就已经是有罪的了，就已经是多面性的了。它早已被抛进肮脏和变化的洪流中，再也不能逆流而归了。那条通往纯洁、本源和上帝的道路不会回头，而是蜿蜒向前，它不再通向狼，不再通向儿童，而是一直通向罪孽，一直深深地陷入造就人的修身之路。可怜的荒原狼，你就是自杀也毫无用处，你只能踏上通往修身成人的漫长、艰难、充满苦难的道路，你的两面性会不断加倍，你将越来越复杂下去。这种复杂化的过程，并不是让你的世界越来越拥挤，也不是让你的灵魂越来越单纯，而是让你不断扩展的、痛苦的灵魂去接受越来越多的世界，并最后容纳进整个世界，直到结束的那一刻，才最终平静下来。这条路是佛祖走过的路，是每个圣人走过的道路。无论是自觉的还是不自觉的人，一直到他们从冒险中取得成功。每一个生命的诞生都意味着同太空的分离，意味着同上帝的分离，意味着隔离，意味着充满苦难的新生。重新回归太空，消除痛苦的个性形成过程，修身成神意味着，他的灵魂不断扩展，直至能包容整个宇宙。

这里所说的人，不是在学校、国民经济学、统计学中所指的那类人，也不是在大街上游荡的千百万人，他们不过是海滩的沙砾或海滩上激起的水花。那样的芸芸众生多几百万少几百万都无所谓，他们只是一个物质的存在，没有其他的意义。不，我们所说的人，是那些拥有高级意义的人，是经过漫长的修身之路所要成为的目标人物，是帝王式的人物，是那些不朽的圣人。这样的天才并不像我们认为的那样稀少，但也不像文学作品、世界历史甚至报纸上所提到的那么常见。对我们来说，荒原狼哈里就已经有足够的天才去尝试修身成人了，而不是在遇到困难和痛苦的时候，都要可怜而愚蠢地说自己只是一匹荒原狼。

人们在修身之路上用荒原狼和"两个灵魂"来救赎自己，同样也是喜忧参半的，就如同他们对世俗社会的胆怯的爱一样。一个懂得佛的人，一个对人类的天堂和地狱都有所了解的人，本不应该生活在一个充斥着基本常识、民主和世俗教育的世界里。因为胆怯，他才生活在这样的世界里。当这个世界的空间排挤他的时候，当小市民的空间对他来说过于拥挤的时候，他就把这一切都归咎于"狼"，而不想知道，有时候狼恰恰是他身体中最优秀的部分。他把心灵中所有野性的部分都归结于狼，并感觉到狼性是凶恶的，是危险的，是吓人的噩梦。而他相信自己是一个艺术家并具有绝佳的眼光，他不想看到在他的灵魂里除了狼以外，还有许多其他的东西。除了撕咬的狼，还有狐狸、龙、虎、猴和极乐鸟在他的灵魂里。他也不想看到整个世界、整个天堂花园里那些优美的和可怕的、大的和小的、强大的和柔弱的造物在狼的童话里被压迫、被囚禁。同样，真正的人在他灵魂中被虚伪的人和俗世庸人压迫和囚禁。

可以想象这样一个花园，里面种植着千百种树木、鲜花、水果、菜蔬。如果花园的主人不能区别哪种植物是可吃的，哪些是不能食用的，那么百分之九十的花园面积对他都是无用的。他会摘下娇艳的鲜花，砍伐掉珍贵的树木，或者用憎恶和猜疑的目光看待它们。荒原狼对他灵魂中的无数鲜花就是这样做的，那些不在人性和狼性框架内的东西，他则视而不见。他把所有的东西都归结为人性。所有懦弱的、愚蠢的、麻木的、卑微的，只要归结不到狼性里的东西，他都归结到人性之中。同样还有强大和高贵，只要他还没有能力掌控，便也划到狼性之中。

让我们告别哈里，让他继续在他的道路上孤行。如果他沿着他那艰难的道路到达目的地，当他成为永生的圣贤，他会怎样来回顾他所走过的那条荒芜的、摇摆不定的崎岖小路，他会怎样对着荒原狼投以振奋的、责备的、同情的、快乐的微笑！

当我读完了这篇文章，我突然想起来，在几周之前我曾经在夜里写过一首很特别的诗，内容也是有关荒原狼的。我在堆满了东西的写字台上翻寻，终于找到了那首诗，读了起来：

我，荒原狼奔跑在荒野，

白雪皑皑覆盖着整个世界，

桦树上飞起了一只孤鸦，

却不知野兔和麋鹿在哪里停歇！

麋鹿是那样让我迷恋，

捕到它，用我的牙齿和利爪做一顿美餐。

这是世界上最美的事情，

我的心如你的妩媚充满甘甜。

让我的牙齿进入你娇嫩的大腿，

我要饱饱地把你的鲜血吸干，

为了哀嚎在下一个孤独的夜晚。

一只野兔也可以让我美美充饥，

黑夜里暖暖的兔肉浸透着甜蜜，

之后这一切将同我告别，

这就是生活送给我的兴趣？

我尾巴上的毛发已经变灰，

我再也看不清自己的尾，

去年死去了我的妻子，

我还在奔跑，梦想着麋鹿的美味。

跑着、梦想着，还有那只野兔，

听着风在冬夜里凄厉地吹，

灼热的喉咙喝着荒野里的雪，

将贫瘠的灵魂奉献给地狱的魔鬼。

现在，我的手里有两张图片，一张是我用诗歌形式写出的自画像，它像我一样哀伤而胆怯；另一张是冷峻但却同我的外形酷似的画像。作者从居高临下的角度作为一个局外人给我画了这张画像，他对我了解得多一些，当然不如我对自己了解得更多。这两张画像放在一起，一篇是我那忧郁而粗糙的诗歌，另一个来自一位没有署名的作者。这两者都让我的心隐隐作痛。它们都是对的，都毫无掩饰地写出了我绝望的生活，明确地指出了我不可忍受、难以维持的生活状态。这条荒原狼该死，他应该用自己的手来终结他所憎恨的生活，或者他必须熔化在重新认识自我的死亡之火中，撕下自己的面罩，变成一个新的自己。这个过程对我来说既不陌生也不新鲜，我知道这个过程，每当我处于彻底绝望之时，我都多次亲身经历了这个过程。每次在这种刻骨铭心的经历中，我都把当时的"自我"打成碎片，每一次，来自内心深处的力量都把心中的自我唤醒并摧毁。每一次，我生活中最珍惜、最心爱的部分都欺骗了我，并从此消失。有一次，我失去了我的声誉和全部的财产，我不得不学会放弃那些以前为我脱帽鞠躬的人的尊重。还有一次，我的家庭生活在一夜之间破碎了，我精神失常的妻子把我从家里和舒适的生活中赶了出来。爱情与信任突然变成了仇恨和殊死的争斗。邻居们用可怜而鄙视的目光望着我，从此，我就开始了孤独的生活。又过了若干年，在那艰难、苦涩的日子之后，在经历了极度的孤独和疲乏的自食其力的生活之后，我又为自己建造了一个崭新的、具有苦行主义精神的生活和理想，重新得到了相对安静和高品质的生活，并投身于抽象思维的实践和有着严格规律的冥想沉思。就在这个时候，我的生活状态又一次被摧毁，一次性地丢掉了他们那珍贵而高尚的意念。我在荒芜而紧张的旅行中周游世界，迎接我的是不断堆积的新的苦痛和罪孽。每一次在撕去面具，让理想破碎的时候，我的灵魂便走向可怕的空虚和寂静。让人喘不过气来的困苦、孤独，与人毫无交往的生活状态，就像一个空旷而荒芜的地狱，那里没有关爱，只有绝望。就像我现在一样，又在这样的地狱中行走。

不可否认，我在每一次生活的动荡之后，都会从中获得些什么。比如获得了自由、振奋的精神和深刻的认识，同时也获得了孤独、不被理解和冷漠。在世俗社会的眼里，每次这样的动荡都在改变着我的生活，一直在走下坡，离正常的、合理的、健康的生活越来越远。这些年来，我成了没有职业，没有家庭，在外漂流的人。我被隔绝在所有的社会组织之外，独来独往，没有人喜欢我，被许多人怀疑，同主流观念和道德有着持续而强烈的冲突。虽然我生活在世俗的圈子里，但从我对这个世界的总体感觉和想法来看，我就是这个世界的一个陌生人。宗教、祖国、家庭、政府在我这里被贬值，同我毫无关系。那些装腔作势的科研所、行会、艺术协会让我恶心。我的世界观，我的品位，我的整个思想，曾经让我作为一个有才能、讨人喜欢的男人脱颖而出，而现在的我蓬头垢面，粗鲁野蛮，常常遭人怀疑。在每一次痛苦的转变中，我都获得了一些模糊的、难以捉摸的东西——而我却为此付出了沉重的代价，一次比一次更艰难、更困苦、更孤独、更受伤害！说真话，我没有任何理由想在这条路上继续走下去，这条路总是把我带到越来越稀薄的空气中，如同尼采的《秋歌》中所写到的烟雾一般。

哦，是的。我熟悉这些经历，这些转变决定了一个让人棘手的问题，我太熟悉这一切了。我熟悉这些，就好比一位虚荣而又毫无所获的猎手熟悉猎取兔子的动作；就好比一位股市的操盘手熟悉投机的时段，什么时候赚钱，什么时候有风险，什么时候踌躇，什么时候破产。我真的应该去从头经历这一切吗？难道还要去经历所有的痛苦和所有致命的错误？难道还要再去认识卑贱和无用的自己？难道还应再次经受向命运屈服前那强烈如同死亡般的恐惧？为了避免再去承受这样的痛苦，从这条路的尘沙中逃出来，难道不是聪明和简单的方法吗？显然，这样更明智也更简单！不管怎样去看《论荒原狼》的小册子中有关自杀的观点，谁也不能阻止我借助煤气、刮脸刀或者手枪来让我不再继续痛苦下去，我真的受够了生活中的苦涩和疼痛，没有人能阻止我获得快乐。不！绝对不行！世界上没有任何力量非让我再去经历一次同样的遭遇，让他们来看一场死亡的表演；没有任何力量让我再来一次重新改造，让我来一次脱胎换骨。这种重新的改造最终不能给我带来和平和安宁，而只是一种新的自我毁灭，一种新的自我塑造。虽然自杀是愚蠢、懦弱和卑鄙的，它是一个无奈而可耻的出口，但从痛苦的碾压中摆脱出来，有一个可耻的出口也是人们心中所愿。这里没有什么高尚情操和英雄主义的表演，这只是一个简单的选择，一个在微小的痛苦和无尽的、不可想象的、灼伤般的痛苦之间所做出的选择。在那么艰难、疯狂的生活中，我当够了高贵的堂吉诃德。把理性摆在英雄主义的名誉之前会让我更舒服，够了！别跟我提什么英雄主义了！

晨光懒洋洋地透进了窗户，这是一个阴郁、糟糕的冬雨天气，我终于下决心上床去睡觉了。在我就要入睡的一瞬间，《论荒原狼》的小册子中那引人注目的段落像闪电一样掠过脑海，就是关于不朽圣人的那个段落，它勾起了我的一段回忆。我想起有的时候，甚至在不久前，我曾经有过同圣人近在咫尺的感觉，那是在一曲古老的音乐节奏中，我享受到了圣人的智慧，那是冷静、明亮和带着坚定的微笑的智慧。它在我的脑海浮现，闪烁着光芒，然后熄灭。睡意像一座山压在我的脑门上，让我沉沉入睡。

我大概是中午时分醒来的，并立刻进入了一个清醒的状态。那本小册子和我的诗歌在我的小柜上放着，在我最近的一片生活的乱麻中，我的决定正在用冷酷的目光打量着我，而且经过一夜的睡眠，它变得更加坚定起来。不必着急去做，我的死亡决定不是一时的冲动，它是一个成熟的、可以保存下来的果实，它正慢慢地长大并变得沉重。命运之风正把它掀动起来，下一阵风就会让它掉落。

我在我的旅行药箱里放着有效的止痛药，那是一种有着特别效果的鸦片猛药。我很少服用，常常几个月也不会动它。只有当我身体的疼痛到了不能忍耐的程度时，我才会服用这种强烈的麻醉剂。我在几年前曾经做过一次尝试，可惜它不适合用于自杀。那段时间，我被绝望包围着，于是吞下了足够杀死六个人的剂量，却没有死。我沉沉入睡，几个小时都处在完全的麻醉之中。然后呢？我简直太失望了，我的胃剧烈地抽搐起来，我在朦胧中醒过来，不由自主地把所有的毒汁都呕了出来，然后又睡去了，直到第二天的中午才终于苏醒过来。那是一次可怕至极的苏醒，我的脑袋像被火灼了一样地疼痛，感觉空空荡荡，几乎完全丧失了记忆力。除了有一段时间的失眠和恼人的胃痛以外，毒药没有留下任何副作用。

不必再考虑使用这种东西了，我要采用另一种形式来践行我的决定。当我再次进入不得不使用鸦片的处境时，我应当让自己不再为了短暂的解脱去饮用药品，而是选择永久的死亡，一种用子弹或者刮脸刀这种确实可靠的手段才能实现的死亡。这样情况就清楚了，等我五十岁生日的时候，就按照《论荒原狼》的小册子所提供的有趣的方案来做！可还要等上两年，对我来说，时间确实有点太长了，也许只等一年，或者一个月，或者明天就干，死亡的门是敞开的。

我不能说我的决定让我的生活发生了显著的改变。这个决定只是让我在困难面前变得无所谓了。在使用鸦片和喝葡萄酒的时候，也有那么一点无所顾忌了，再有就是对忍受的极限有了那么一点好奇心，好像没有别的了。而那个晚上的另一段经历对我的影响似乎还要更大一些。有时我还会把《论荒原狼》的小册子再通读一遍，当我感到一种无形的魔力正英明地引导着我的命运的时候，便怀着感恩之心全神贯注。当我感到这本小册子甚至还不能理解我生活中的那些特殊的情绪和压力时，就又对这本小册子的冷静和清醒持有嘲弄和蔑视的态度了。文章中关于荒原狼和自杀者的一些论述，本来是写得非常好的，也是一种理性的表达。针对某些人来说，是富有智慧的抽象论述，而我不是这类人，我有我自己的灵魂世界，我有我自己独有的、独一无二的命运。我觉得用这么稀疏的网是网不住我的命运的。

然而，比其他的东西更加令我印象深刻的是那堵教堂的围墙。我的脑海里不断浮现出对这堵墙的幻想和想象，墙上那跳跃的霓虹灯字母所形成的告示同《论荒原狼》的小册子所给出的暗示是完全一致的。我有了一种指望，那些来自陌生世界的声音强烈地刺激了我的好奇心，并让我的思维一连几个小时沉浸其中，我越来越清楚地听到了那些闪烁的文字给予的警示："不是所有人都可以入场！""只对疯人开放！"我一定是一个疯人，并同正常的"普通人"相去甚远，当我听到那个声音的时候，就是那个世界在同我交谈。我的上帝，难道我距离正常人的生活、存在以及正常的思维还不够远吗？难道我不是早就从正常的生活中游离出来了吗？我还不是个疯人吗？然而，在我的内心深处，我非常理解这种呼唤，要我疯狂，要我抛弃理智、克制和世俗的东西，投身于一个波涛汹涌、无法无天的灵魂世界、幻想之国。

　　有一天，我又一次走上街道去寻找那位身背广告牌的人，多次经过了那堵看不见门的围墙，在那里窥伺守候。在我无功而返的时候，我在城市的马丁区遇上了一队出殡的队伍。当我看到跟在棺木后面缓缓而行的送葬人和他们痛苦的表情，我就在想：这个城市里，这个世界上，是否有这样一个人，他的去世会让我感到失落？如果我死了，又会对谁有什么影响呢？如果是过去的话，这个人会是艾莉卡，我的情人，是的，会是她！可我们长期以来一直疏于联系，我们见面的时候，不吵架的情况很少。现在，我甚至都不知道她住在哪里。她有时到我这里来，或者我到她那里去，因为我们都很孤独，都是很难相处的人，在我们的灵魂中，我们病态的心灵上，我们不知道在什么地方有着相似的地方，所以虽然我们之间存在着问题，但我们还有着某种联系。如果她知道我死了，也许她会舒一口气，有一种如释重负的感觉？我不知道，我甚至完全不知道我的感觉是否靠谱。人必须生活在一个正常的状态下，按照常情推理，才能对这一类的事情有所了解。

　　我一边想着，一边带着这样的一种情绪跟随在送葬队伍的后面，并随着那些送葬的人一起到了墓地。那是一个现代的，用水泥筑起的墓园，配有火葬场，设施很齐全。死者并没有火化，而是被放在了一个简单的墓穴前，我看着牧师和其他专同尸体打交道的秃鹫们——殡仪馆的员工开始履行他们的职责。他们努力使殡葬仪式看起来庄严肃穆，于是在喧闹的戏台前，他们的表演丑态百出、矫揉造作、装腔作势，俨然成了一幕滑稽剧。看吧！他们的黑色职业装垂落着，他们想方设法把送葬者引入悲痛的气氛中，迫使他们在死亡的尊严面前低头屈膝。但这一切努力都是徒劳，没有人哭泣，看来死者对所有人来说都是多余的，没有送葬者被他们引入虔诚的气氛之中。当牧师一直用"亲爱的基督徒"来称呼送葬的人们的时候，那些商人们或者面包师们以及他们的妻子呈现出充满商人气质的沉默的脸，带着尴尬的严肃，虚伪、狼狈，其实目前能够让他们动心的愿望只有一个，就是让这个不自在的葬礼仪式立刻结束。现在，葬礼结束了，送葬队伍中站在前面的两个人上前去同葬礼的主持人握手，然后走到离得最近的砌在草坪边缘的石阶边上，蹭掉从墓穴那里沾到鞋上的泥巴。他们脸上的表情很快就恢复到常态了。我忽然在人群中看见了一个很面熟的人，他好像就是那个背着广告牌，把《论荒原狼》的小册子送给我的那个男人。

我相信我认出他来了。就在这个时候，他转过身来，弯下腰去，非常笨拙地把他的黑色裤腿挽到鞋的上方，然后在胳膊下夹着一把雨伞跑掉了。我追了过去，赶上他的时候，我向他点头，可他看起来却没有认出我来。

"今天没有什么晚间演出吗？"我问道，并向他使了一个眼色，就是同谋者之间互相意会的眼色。可对我来说，已经好长时间没有丢过这样的眼色了，以我现在的生活方式，我几乎已经忘掉了这种搭话的方式。我感觉自己只是做出了一个傻乎乎的鬼脸而已。

"晚间演出？"男人嘟囔着，用一种陌生的表情看着我，"哥们儿，如果你有什么需求的话，请您去黑鹰酒吧！"

事实上我已经不再肯定他还是不是那个人。我失望地向前走去，我不知道要走向哪里，没有目标，没有努力，没有责任。生活是苦味的。我感觉到那不断加剧的恶心已经达到了高峰，生活是这样把我排斥和抛弃。我愤怒地奔跑着穿过这座灰色的城市，到处都弥漫着土地和坟墓的潮湿。不！在我的墓地里不允许站立这些对尸体感兴趣的秃鹫，那些穿着道袍、发一通基督怜悯和伤感的秃鹫。啊哈！无论我望向哪里，无论我把我的感恩送到哪里，都没有任何快乐和召唤在等待着我，我也感觉不到任何诱人的东西。到处散发着消耗殆尽的腐朽味道，散发着欲壑难填的恶臭，一切都陈旧、枯萎、荒芜、虚弱、枯竭。亲爱的上帝，为什么会变成这样？我曾经是一个展翅欲飞的年轻人、诗人、一个艺术女神缪斯的朋友、一个周游世界的行者、一个热情洋溢的理想主义者呀！为什么我会到了这步田地？我麻木了，我仇恨所有人，包括我自己。所有的感觉都变得迟钝，那深深的烦恼以及内心的空虚与绝望，这一切是怎样缓慢地、悄无声息地落在我的头上的？

当我路过一家图书馆的时候，遇上了一位曾同我有过交谈的年轻教授。几年前，我在这个城市的最后逗留期间，曾多次去过他的住处拜访，同他探讨东方神话的课题，这是我当年投入了相当精力的研究。这位学者正迎面而来，身体僵硬，眼睛近视，当我拿定主意要从他身边溜过的时候，他认出了我。他非常热情地扑了过来，这让正处在悲惨境遇中的我，心中不禁泛起一丝感激之情。他是那样高兴，那样兴致勃勃，他回忆起我们之间谈话的那些具体细节，并肯定地对我说，他对我曾经给他的启发满怀感恩之心，并经常想起我来。从我们那次交谈以后，他和同事之间的讨论就再也没有像那样受益和收获满满。他问我，什么时候来到这个城市的，我谎说来了几天了。他问我为什么没有去看他。我望着这位教养良好的男人，看着他英俊的脸，心里却觉得这个场景本来是非常可笑的，可我却非常乐于去享受这一切，就像一条饿狗嗅到了面包的温暖，贪婪地吞咽着这份爱，美美地咀嚼着对方给予自己的认同。荒原狼哈里动情地微笑着，干燥的喉咙里流动着唾液，不由得情不自禁地违背了自己的意志，臣服在这位学者面前。是的，我急忙继续说谎，说我只是从这里路过，由于学习太忙，加上自己身体不适，否则早就去看望他了。而当他邀请我干脆就在今天晚上到他家里去做客的时候，我接受了他的邀请并表达了我的谢意，还请他向他的夫人转达我的问候。这样不停地说话和微笑，搞得我脸颊的肌肉都疼了起来。我对这种紧张的交际已经不习惯了。而当我，哈里·哈勒尔，此时站在街上，受宠若惊、谄媚恭维、彬彬有礼、献着殷勤，对着这位和善的先生微笑，对着他的那双近视眼和一张帅气的脸微笑之时，另一个哈里也在旁边微笑，他狞笑着站在那里，心里在想，我怎么会有这样一个奇特古怪、颠三倒四和谎话连篇的兄弟啊！两分钟以前，我还在对着这个深恶痛绝的世界露出愤怒的牙齿，而现在被人第一次打招呼，刚得到一个可敬的老实人善意的问候，就那样感激涕零，受宠若惊，连连称是，说着恭维的话，就像一个小猪崽一样，享受着那一点温情、崇敬和友好，沉浸其中，摇头摆尾，打着滚儿。就这样，两个哈里，两个格外不招人待见的家伙站在教授面前，他们互相嘲讽，互相观察，互相吐着轻蔑的口水。他们总是处在这样的一个境地，那么这就出现了一个问题：这难道原本就是人类的愚蠢和弱点吗？这就是一个普通人的命运吗？或者，这种天性的自私、毫无个性、感情上的龌龊肮脏和两面性是否就是人类和荒原狼们的特征？如果这些卑鄙的劣质本来就是属于一般的人性，那么我对这个世界的歧视就能够借助新的力量来摧毁人类所具有的卑劣的品质。如果这些品质只是我个人的弱点，那么我也就有了纵情地自我蔑视的理由和依据。

两个哈里之间的冲突使我几乎忘记了教授的存在。他忽然让我感到难堪，我赶紧同他告别。我久久地望着他的背影，看着他从光秃秃的大街上走远，迈着又绅士又有些滑稽的步伐，那是一个有着坚定信仰的理想主义者的步伐。当我把强劲的手指弯屈而又重新伸直的时候，我的内心深处正爆发一场残酷的战争，一场与潜藏在深处的痛风病的斗争。我必须坦诚，我把自己当猴耍了，我竟然接受了晚上七点半去赴宴的邀请，而由此把锁链套在了自己的脖子上。这个锁链就是去承担全部的义务：礼貌，那些冗长的科学闲话，以及思考观察一个陌生家庭的幸福。我怒冲冲地回到了家里，把白兰地兑上水，用它吞下了治痛风病的药丸。我躺在睡椅上想读点什么。我总算读了一段《苏菲从梅默尔到萨克森的游记》，这是一本 18 世纪出版的旧书，很让人痴迷。这时我突然又想起了那个邀请，我现在还没有刮胡子，我还得衣冠得体。真是见鬼，我干吗要做这些！好吧，哈里，起床吧！把你的书放一边去，打上肥皂，把你的下巴刮出血来，穿好你的衣服，好让人看着舒服！我在抹肥皂的时候，蓦然想起墓地里那个肮脏的土坑，就是今天埋葬那个陌生人的土坑，继而又想起了那些无聊的送葬者们紧皱着的脸，这简直是太可笑了，可我却一声也笑不出来。在每一个肮脏的土坑里，在牧师每一句愚蠢尴尬的演说中，在葬礼上每一个愚蠢尴尬的表情上，在所有由板材和大理石构成的十字架和墓碑那凄惨的景象前，在所有铁丝和玻璃制作的假花里，结束的不仅仅是一个陌生人的生命，明天或者后天，那里结束的也不仅仅是我的生命。不是那个在送葬者的窘迫和虚假中被埋在肮脏中的生命，不，结束的不仅仅是这些，这里结束了一切！我们所有的努力，我们的整个文化，我们的整个信仰，我们生活中所有的快乐和兴趣，一切都病入膏肓，一切也都要埋葬在肮脏里。一个墓园就是我们的文化世界，在这里，耶稣基督、苏格拉底 [1]，还有莫扎特和海顿 [2]、但丁 [3] 和歌德都不过是锈迹斑斑的墓碑上黯然失色的名字，它的周围站着那些窘态百出、谎话连篇的哀悼者，如果他们还对这些上面刻着对他们来说无比神圣的名字的墓碑持有信仰，他们就要付出点什么。哪怕诚恳地对着地下的世界说出一点点悼念和绝望的词汇也好。可是他们什么也没有做，只是站在墓碑旁窘迫地微笑。恼怒中，我又抓破了我下巴上的那个老地方，用药水敷了一会儿伤口，然后换下了刚刚换过的领子。我完全不知道我为什么会这么做！我完全没有任何兴趣去接受什么邀请！可我身上哈里的那一部分又在演戏，把那个教授称作和蔼可亲的家伙，渴望着那么一点人的味道，向往着闲聊和与人交往。我回想到教授美丽的妻子，想到在一个友好的主人家里度过一个美好的夜晚真的让人心旷神怡，这种想法促使我在下巴上贴上了一块英国膏药，让我穿好了衣服，系上一条体面的领带，我温柔地说服了自己，打消了按照自己的意愿留在家里的想法。

同时我在想，像我这样穿好衣服出门，去拜访教授，然后或多或少地带着虚伪同他交流，所有这一切并不是我自己的意愿，可大多数人每时每刻都在强迫自己违心地去做事，去生活，去处理事务。他们互相拜访，聊天交谈，坐在办公楼里度日，所有这一切都是被强迫、机械的、违心的。这一切都可以用机器来做或者根本就不必去做。这种永不停歇的机械式生活妨碍了人们，正如妨碍了我一样，去认识并体会到这种生活方式的愚蠢和浅薄、疑点重重、绝望的悲

1　苏格拉底（前469—前399），古希腊哲学家。

2　海顿（1732—1809），奥地利作曲家，维也纳古典乐派的代表人物。

3　但丁（1265—1321），意大利诗人，代表作品有《神曲》《新生》等。

哀和荒芜。是的，他们是正确的，他们总是正确的，他们就是在生活中玩弄着他们的小把戏，去追逐他们认为重要的东西，不像我那样，总是去抵制那些让人不愉快的被机械化了的生活方式，这让我脱离了人们习惯了的生活轨道，从而陷入生活完全空虚的绝望之中。虽然我在我的文章中有时对人性竭尽歧视和嘲弄之能事，但也不会有人认为我要把这些过错怪在他们的身上，不会认为我在指控他们，不会认为我想让其他人对我个人的苦难负责！但是，我已经站在了生活的悬崖边，随时可能落入无底的深渊。在这种时候，如果我还去对其他人做出假象，还说这些机械式的生活是为我而运转，还说我属于这个一直演戏的童真世界，那么我就是在说谎，就是做着不地道的事。

晚上的夜色也变得美丽起来。我走到我的这位老熟人的门前停下了脚步，向上面的窗户望去。他就住在这里，我想，他就这样年复一年地工作着，读书写论文，去研究古亚洲和印度神话的联系，并乐在其中。因为他相信他所做的这些事的价值，他相信科学，他是科学的奴仆，他相信知识和知识储备的价值，因为他一直相信进步，相信发展。他没有经历过战争，他没有被迄今为止作为理论基础的爱因斯坦理论震撼过，他认为那是数学家的事。他从来没有想过，在他的周围，一场新的战争正在孕育之中。他认为犹太人和共产主义都值得憎恶，他是一个好人，一个没有思想、自得其乐、把自己看得比什么都重要的孩子，他真的很让人羡慕。我打起了精神，走了进去，一个穿着白围裙的女仆迎上来，从潜意识中我预料到了她会把我的帽子和大衣放在什么地方。我被她引领到一个暖和的房间里，请我在那里稍等。我没有祷告，也没有合眼小憩，出于好玩的本能，我顺手抓起了身边的一个小物件。那是一个小镜框，镜框后面是一个硬纸壳制成的斜支架，把小镜框斜支在一个圆桌上。这是一幅蚀刻版画，画的是诗人歌德，是一幅个性鲜明、梳着精致的发式、设计精美的白发老人的头像。他的脸上既不缺少众所周知的神采奕奕的眼神，也没有一丝朝臣脸上所覆盖的那种孤独和悲伤。这幅画凝聚了艺术家全部的心血，他成功地赋予了这位传奇般的老人一种学者风范，把这位老人克制与忠诚的品德表现了出来，全面地塑造了一位真实、美好的老者形象，而又不失对其思想深度的表现，使得这个作品能够在千家万户成为艺术的装饰品。那些勤劳的艺术家们以这种蚀刻版画塑造了无数人物，救世主、基督圣徒、英雄骑士、精神领袖、权威的领导者，等等，而这幅画同那些画比起来毫不逊色。也许只有那些著名艺术家的杰作才能够这样刺激我，并压抑着我。无论如何，画中这个高贵又自信满满的老歌德形象分明是在向我呐喊，它在告诉我，这里不该是我来的地方，这简直是天大的不协调！这里是有良好修养的先哲们或者是民族英雄的家，而不是荒原狼待的地方。

　　如果这个时候房子的男主人进来，对我来说可能是幸运的，我可以找一个适当的借口赶紧告退。可进来的是他的夫人，我知道我已经没救了，只好听天由命。我们互致问候，而紧接着，不和谐之事便接踵而来。夫人带着美好的祝福，说我的气色看起来很好，而我自己则完全清楚，自从同他们分别以后，这些年我老了许多。当她跟我握手的时候，我那患有风湿的手指感觉到隐隐作痛，我真的老了。然后她又问我，我亲爱的夫人如何，我不得不告诉她，我的夫人已经离开了我，我们离婚了。当教授走进来的时候，我俩都很高兴。他首先对我的到来表示热烈的欢迎，房间里立刻充满了温馨和诙谐的气氛。他的手里握着一张报纸，是他订阅的一份军国主义主战派所办的报纸。他同我握过手之后，用手指点着报纸讲述道，这里有一个和我重名的人，也叫哈勒尔，是一个时事评论员，这家伙一定是一个没有祖国概念的人，是一个恶心的家伙。他开大帝的玩笑，并认为从战争爆发的那天起，负主要责任的是他的祖国而不是其他的敌国。大家都知道他的观点。这家伙是个什么东西！你看，这次够这家伙受的，编辑部把这个家伙狠狠地修理了一通，让他当众出丑。

他发现我对这个话题并不感兴趣，于是我们的话题就又转到了其他方面。他们夫妇俩真的没有想到，他们所谈论的那个恶心的家伙就坐在他们的面前，那个恶心的家伙就是我。何必惊动他们让这夫妻俩心里不安呢！我暗自偷笑，现在来看，今天晚上想过得愉快一点，肯定是没有希望了。现在，我还能清晰地回忆起当时的场景。当教授把哈勒尔称作卖国贼的时候，我的内心里聚集着沮丧和绝望，这种感觉从目睹了下葬的情景回来以后在我的心里不断堆积，越发强烈。它成为一种野蛮的压力，使我的下半身能够感觉到由此带来的苦痛，逐渐变成了一种令人窒息的、对自己命运的恐惧感。我有感觉，有什么东西正在窥视着我，让我总觉得我的背后存在着危险。恰巧在这个时候我们被告知，晚饭已经准备好了。我们步入餐厅，当我尽力地想聊些无关紧要的话题时，我就越吃越多，完全失态，而且我的感觉越来越糟。我的上帝啊，我一直在想，我们为什么要跟自己过不去呢？我已经明显感觉到，这家主人的感觉也并不舒服，只是在强颜欢笑。是因为我的反应显得麻木迟钝，还是他的家里本来就发生了不愉快的事，就不得而知了。他们也问了我一些无法坦率回答的问题，对这些问题我是给不出一个正确的答案的，我便立刻开始谎话连篇，所说的每一句话都要令我作呕。为了转移话题，我终于开始讲述起我今天看到的那个葬礼来。可我完全不在状态，我的幽默从一开始就让人哭笑不得，我们越来越话不投机。在我的身体里，荒原狼正狞笑着露出牙齿，而在餐后吃甜食的时候，我们所有人都沉默了。

我们又回到我之前待的那间房间去喝点咖啡或者烧酒，也许这样可以调节我们之间沉闷的气氛。可就在这时，尽管那幅画放在一个小柜的边上，我还是看到了那位诗人。我的眼睛离不开那幅画，其实我不是没有听见来自内心的警告的声音，可我还是把那幅画拿在了手里，并开始同这位教授争论起来。我满脑子都是这样的想法，目前这种状态我再也忍受不下去了，要么调动起我这位主人的情绪，让他感动，同意我的观点，要么干脆彻底决裂。

"我希望，"我说，"歌德实际上看起来完全不是这个样子！这样的浮华，一副高贵的样子，向这些尊贵的观赏者们抛着媚眼，在一个男人的外表下面却有着一个多愁善感的情感世界！是的，人们可以反对他，可以在很多方面指责他，我也经常有许多看不上这个傲慢老头儿的地方，可把他的形象塑造成这个样子，不，这太离谱了。"

女主人斟满咖啡，脸上一副被深深伤害的表情，匆匆走出了房间。教授用一半难堪、一半责备的口吻对我说，这幅歌德的画像是他妻子的，而且她非常喜欢这幅画。"假如您的观点是正确的，您也不应该用这么刻薄的表达方式，何况我并不认同您的观点。"

"这一点您说得对！"我附和了一句后说，"可惜这是我的一个缺点，也是我的一个习惯，总是尽量地选择刻薄的词汇去表达，歌德在他高兴的时候也是这么做的。而这个惹人喜爱的、庸俗的沙龙式歌德是绝对不会有如此刻薄、真实、直接的自由表达的。我向您和您的夫人表示歉意，请您转告她，我是一个神经病，同时，也请您允许我同您告别。"

教授先生对我的观点又提出了一些异议，然后又话题一转，讲到我们以前的一些讨论是那样让人兴奋不已，我对密特拉¹和克利须那²的一些看法曾经给他留下了非常深刻的印象，他是多么希望今天也能是这样，等等。我对他表达了谢意，并说，他的这番话非常亲切友好，不过我对克利须那的兴趣和对谈论科学的那些兴趣一样，已经消失殆尽。我还告诉他，我今天还多次欺骗了他，比如说我根本不是才来这个城市几天，而是已经有几个月了。我在独居，已经不大适合同体面的家庭来往了。第一，我一直情绪很糟糕，又患有痛风病。第二，我常常醉酒。另外，为了收拾好这个残局，至少不至于作为说谎的人离开这里，我必须对这位尊敬的先生说清楚，他今天真的深深伤害到了我。在对哈勒尔的观点方面，他像一个愚蠢的、固执的、无聊的官员，作为一个值得尊敬的学者，与此是不相称的。那个被你称为恶心的、背叛祖国的家伙就是我，如果是一个有基本思维能力的人，一个懂得理性和热爱和平的人，而不是一个盲目的或者放任一场新的战争的人，那么他就会懂得，我的观点对我的祖国和世界会更好一点。好吧，听天由命吧！

说完我站了起来，同歌德和这位教授告别，然后走到更衣间把我的东西从挂衣钩上拽下来，逃出了这个地方。在我的灵魂里，一匹因为受虐而兴奋的荒原狼在嗥叫着，在两个哈里之间正发生着激烈的冲突。因为我清楚地知道，这个晚上不愉快的经历对我来说，比对那位恼火的教授来说具有更大的意义。对于他来说，不过是一次失望和一次微不足道的恼火，而对我来说，这次聚会是最后一次

1　波斯的太阳神和契约之神。

2　印度教的黑天神。

的失败和逃遁，是我同世俗社会，同那些假道德和假修养的世界告别，这是荒原狼的全面胜利。这是一次同失败者和逃跑者的告别，是我自己发布的一个破产宣言，是一次没有安慰、没有胜利、没有幽默的告别。我同我曾经的世界和故乡告别，同世俗社会告别，同那些风俗习惯以及那些真才博学告别，就好比一个胃溃疡患者告别煎猪排一样。我在街灯的照耀下狂怒地奔跑，愤怒并悲痛欲绝。这是多么悲惨、羞耻而又倒霉的一天啊，从早晨到晚上，从墓地到教授的家里。凭什么？为什么？还过这样的日子，还去喝这样的烂汤，有什么意思吗？不！今天晚上我就要结束这场闹剧！哈里，回家去！切断你的喉咙，这一天你已经等得不耐烦了！

在深深的痛苦之中，我奔跑过整条街道，当然我曾经做过一些傻事，朝善良人家的沙龙装饰上吐唾沫，这确实太不体面，够变态的，可我真的不能不这么做，我控制不了自己。我不能再忍受这种温文尔雅、虚伪的生活。而现在，正像我所表现出来的那样，我再也不能忍受这种孤独，就连属于我自己这个阶层的人群，我也有说不出来的痛恨，他们让我恶心。我在我自己的真空地狱里喘不过气来，我在垂死挣扎，哪里有我的出路？没有！啊，爸爸妈妈！啊，我青年时代那遥远的圣火！啊，属于青年时代的无数欢笑、工作和向往的生活！对现在的我来说，什么也没有留下。没有任何懊悔，只有恶心和疼痛。我觉得我的生活从没有像此时此刻这样让我感到痛苦。

在一个僻静的城郊酒店里，我小憩了片刻，喝了一点矿泉水和白兰地，我又继续奔跑起来，就像被魔鬼追赶，沿着老城那弯弯曲曲的坡路跑上跑下，穿过大街，路过站前广场，继续前行。我计划着进到火车站里去，看一看墙上的火车时刻表，喝点葡萄酒，让我的思绪安静下来。走得越近，我好像越清楚地看到了魔鬼的灵魂，那个让我感到惧怕的鬼魂。它让我回家，让我回到我的那间斗室里去，在绝望的面前保持沉默！我不回去，我不会返回我的住处，不愿返回到那张摆着好多书的桌子旁边，不想返回到对面挂着情人照片的那张长沙发上，因为还没到我必须拿出刮脸刀把我的喉咙割断的时候。当这种自杀的画面在我的头脑里不断清晰之时，我的心脏就跳得越快。我惊恐万分，我惧怕死亡！是的，我对死亡有着极度的恐惧。尽管我看不到任何出路，尽管恶心、痛苦和绝望已经把我包围、掩埋，尽管没有任何东西还能让我产生欢乐和希望，但对自杀，我还是有说不出的恐惧。我害怕自杀时的最后一刻，我害怕那冰冷、锋利的刀刃切进我自己的肉里！

　　我没有办法驱逐自己的恐惧。今天在绝望和恐惧之间也许恐惧还是胜利者，而每个早晨、每一天，摆在我面前的都是新的绝望，自我歧视使得绝望的程度不断加深。我把刀久久地握在手里，然后又一次次扔掉，这种重复的动作也许要一直持续到终于把自己杀掉。不如干脆今天就动手。我这样理智地告诉自己，就像对一个胆小的孩子说话。可这个孩子并不听我的话，他跑掉了，他想活下去。我颤抖着继续在这个城市里游走，绕了很多路，就是不想回去。总是有着回家的意识，又总是犹豫不决。我滞留在一个小酒馆里，一杯酒下肚，又喝了第二杯，我鼓励自己继续走下去，围着我的目的地转圈，围着那把刮脸刀转圈，围着死亡转圈。我精疲力竭地坐在一个台阶上，那是一口井的边缘的一块镶边石，我待了一会儿，听着自己的心跳，擦着滚在额头上的汗水，然后远远地跑开了，带着对死亡的恐惧和对活下去的强烈渴望跑开了。

　　我就这样游荡着，一直游荡到深夜，在一个偏僻的、我并不熟悉的城边，进了一家酒馆，窗户里传出强劲的舞蹈音乐。入口处有一个陈旧的标牌：黑鹰酒吧。里面是一个喧闹的场，人声鼎沸，烟雾缭绕，红酒的味道和喊叫声混杂在一起。后面的大厅里人们在跳舞，舞蹈音乐震耳欲聋。我停留在前厅里，那里装修得很简易，都是一些衣着简朴的人，有的还穿得很破旧。从这里可以看到后面的舞厅里，时常出现一些衣冠楚楚的身影。我在人潮的推搡下涌入了这个房间，被挤到了自助餐台边上的一个桌子旁，一位美丽而白皙的姑娘坐在靠墙的桌边，穿着一身薄薄的、领口很低的舞衣，头上戴着一朵已经枯萎的鲜花。女孩见我走近，便向我投来了专注而友好的目光，并微笑着往旁边挪了一下，为我让出了一个位置。"我可以坐在这里吗？"我问了一下，然后坐在了她的旁边。"当然可以。"她说道，"你是谁？""谢谢。"我说，"我没法回家了，我不能回去，不能，我想留在这里，如果您允许的话，和您在一起。不，我不能回家。"

她点着头，好像听懂了我的意思。正在她点头之时，我注意到她那从前额垂到耳边的鬈发，而那朵枯萎的花是一朵山茶花。从对面传来刺耳的音乐，而在餐桌旁，餐馆的女服务生高喊着顾客的订单。

"你就留在这儿吧。"她说。她的声音让我感觉美妙极了："你为什么不能回家了呢？"

"我不能回去，家里有东西在等着我——噢不！我不能回家，回家太恐怖了。"

"那就待在这儿，过来，先擦擦你的眼镜，你什么都看不见了。好吧，把你的手绢给我。我们喝点什么呢？布尔热葡萄酒？"

她为我擦好了眼镜，这下我看得更清楚了：她有一张白皙而紧致的脸，涂成血红色的嘴唇，明亮的灰眼睛，光滑而冷峻的前额，耳朵前面垂着短短的鬈发。她表情中带着善意和那么一点点讥笑的成分，她要了一杯葡萄酒，和我碰了一下杯，碰杯的时候，她的目光向下一扫，停留在我的鞋上。

"我的天哪，你是从哪儿来的？你看起来好像是从巴黎徒步走过来的，穿这样一双鞋可不能到这儿来参加舞会。"

我不置可否，微微笑了一下，让她继续说下去。她给我的感觉好极了，这让我感到不可思议。过去我是一直回避这样的年轻姑娘的，总是用怀疑的眼光来看待她们，可此时此刻，我却偏偏和这样的姑娘在一起，而我对她的感觉不错——从我进来，她就一直和我在一起，她对我是那样呵护，而这种呵护恰恰是我需要的。她那带着讥笑的口吻，也正是我需要的。她为我订了一份夹肉面包，命令我吃下去。她给我斟上酒，让我喝一口，但不要喝得太快，然后夸我真听话。

"你很乖！"她兴高采烈地说，"你不会给任何人添麻烦。我们打个赌怎么样，你一定很长时间没有对别人的话言听计从了。"

"是的，您赢了，可您是怎么知道的呢？"

"这不算什么本事！服从就好比吃饭和喝水，谁长期缺少，对他来说就显得更为重要，不是吗？你想服从我吗？"

"很愿意。您什么都懂！"

"你真让人省心，也许，朋友，我还能告诉你，是什么东西在家里等待着你，你在害怕些什么。可你自己知道是什么，我们不需要谈论它，是吗？简直是胡闹！一个人要想上吊，那他就上吊好了，总有他这么做的理由；他要想活着，那么他就要为他的生活操心，没有比这更简单的事了。"

"哈！"我喊了起来，"如果能这么简单就好了！向上帝发誓，我对自己的生活已经操劳得够多了，可一点用处也没有。上吊也许是一件很艰难的事，这我不知道，可生活却要艰难得多！天知道，究竟会有多么艰难！"

"现在，你就会看到，其实生活就像小孩子过家家一样简单！我们已经有了个开头，你把你的眼镜擦干净了，然后还吃了饭，喝了酒。现在我们就去刷一下你的裤子和鞋，这很必要。然后，你再和我跳一个狐步舞。"

"您看！"我赶忙喊道，"我是对的！没有什么要比不让我听从您的指挥更遗憾了，但可惜我现在执行不了您的指令，我根本就不会狐步舞，也不会跳华尔兹和波尔卡舞，这些舞我都不会，我从来就没学过跳舞。现在您可以看到了，不是所有的事情都像您认为的那么简单。"

漂亮的红嘴唇女孩微笑着，晃动了一下她那梳理得有点像男孩发式的头。我看着她，脑海里浮现出一个女孩，她的名字叫罗莎·克莱斯勒，是我孩提时代曾经爱过的第一个女孩，她同罗莎很像，只是罗莎有一双棕色的眼睛和深色的头发。不，我不知道这位陌生的姑娘让我想起了谁，我只是知道，她来自我那遥远的少年时代，或者童年时代。

"慢着！"她叫道，"慢着！你不会跳舞？一点都不会跳吗？一步都没有跳过？天知道，你竟然说你在生活中曾经做出过多少努力！你错了，年轻人，像你这样的年龄不该犯这样的错误。如果你从来不想跳一次舞，你怎么能说你曾经为你的生活做了许多努力呢？""不学则不能。"她笑着。

"但你一定学过阅读和写作，对吧？或者也学过算术，可能还有拉丁语和法语什么的，让我来猜一下，你一定在学校里就读了十年或者十二年左右，也许你还在哪里读了大学，甚至取得了博士学位，懂得汉语和西班牙语。是不是这样？好吧，但你却没有花一点钱，用一点时间来学会跳舞！"

"这要怪我的父母。"我辩解道，"他们让我学习拉丁语和希腊语等这类东西，但却从来没有让我学过跳舞。跳舞在我家乡那里并不流行，我的父母也从来没有跳过舞。"

她冷冷地看着我，眼中是满满的蔑视。她的表情让我回忆起少年时代的一些东西。

"是的，你的父母难脱罪责！你没有去问问你的父母，今天晚上是否可以进这个黑鹰酒吧吗？你问过了吗？你说他们已经死了很长时间了？怪不得呢！你在青年时代就那么乖乖听话，没有想过学习跳舞，就算是这么回事！尽管我并不相信你小时候会是一个模范男孩！那么后来呢？后来这些年，你都做了些什么呢？"

"啊，"我坦陈道，"我自己也想不明白。我读了大学，玩音乐，读书，写书，旅游……"

"你的生活也太有意思了！你总是做着困难和复杂的事，却没有学过简单的事？没有时间？没有兴趣？谢天谢地，幸亏我不是你的妈妈。可你做出的样子，就好像尝尽了生活中的千辛万苦，却没有从中得到任何收获，不，不是这么回事！"

"您别再责骂我了！"我祈求道，"我知道，我疯了！"

"什么？你别跟我来这套！你根本就没疯，教授先生！在我看来你一点也没疯，你只是做出了一个傻傻的样子，可对我来说，你是真正的教授。过来吧，再吃一小块面包！然后接着讲！"

她又给了我一小块面包，往上面放了一点盐，抹了一点芥末，先给自己切下来一小块，然后又让我吃。我就吃了。除了跳舞，她让我做什么我就做什么。坐在一个人的身边，服从一个人，她刨根问底，她命令你做这做那，她让你完全短路，这样的感觉简直是太舒服了！如果那位教授和夫人在几个小时前也是这么做，我会省去多少烦恼！不！这样也很不错，没有那段烦恼，这段经历也就从我的身边溜走了。

"聊了半天，你叫什么名字?"她突然问。

"哈里。"

"哈里？这是一个男孩子的名字！别看你的头发上有那么几块发灰，你就是一个男孩，哈里！你是个男孩，你应该让人能够关注到你！我不再说跳舞的话题，可你的头发怎么会这样乱？你难道没有妻子，没有情人?"

"我已经没有妻子了，我们离婚了。我有一个情人，她住得离这里很远，我很少见到她，我们之间的关系也不是很融洽。"

她从牙缝里轻轻吹着口哨。

"你看起来是一个很麻烦的先生，没有人留在你的身边。那么现在说吧，今天晚上究竟发生了什么，让你满世界这么兴奋地跑来跑去的？和人吵架了？输钱了?"

这让我怎么说呢？

"您看！"我开始说起来，"本来这是一件非常小的事。一个教授邀请我到他家里去，我可不是教授，我本来是不应该去的，我已经不大习惯坐在人家的家里闲聊天，这种事我已经不懂得怎样去做了。可我还是到了他的家里，当我把我的帽子挂起来的时候，我就有了一种不好的预感，也许我很快就要戴回这顶帽子了。是的，在教授家的桌子上有那么一幅画，一幅愚蠢的、让我很不舒服的画像……"

"怎样的一幅画像？为什么会让你不舒服?"她打断了我。

"是，那是一幅歌德的画像，您知道，诗人歌德。他这个人和他的外表看起来是不一样的，人们完全不了解这一点，他已经死了一百年了。而现在某个现代的画家，按照他自己的想象画了一幅歌德的画像，这幅画让我感到很不舒服，使我很生气，我不知道您能不能明白我的意思？"

"我非常能够理解，放心吧！继续讲下去！"

"其实我过去同这位教授就有观点不同的地方。他和几乎所有的教授一样，是一个伟大的爱国者，他在战争期间揣着一副真实的好心肠来欺骗人民，可我却是一个战争的反对者。我是那种极个别的人。好吧，我接着说下去，我原本就不应该去看那幅肖像的……"

"你确实没必要这么做！"

"首先是歌德的肖像让我感到很不舒服，我非常喜欢歌德，当时我还在想，我现在是坐在一个同样喜欢歌德的人家里，他们喜欢歌德的地方可能和我是类似的，而且歌德在我们的心目中应该有一个近似的形象。可现在在他们把这样一幅没有品位、扭曲又谄媚的肖像放在这里，还觉得这幅画漂亮至极。他们完全没有注意到，这幅肖像所表现出来的精神和气质与歌德的精神和气质恰恰是相反的。他们感觉这幅画好得不得了，他们可以这么认为，但对我来说，就凭这一点，我对这种人就再也没有任何信任，没有友谊，没有任何亲和的感觉，我们也不属于同一类人。本来我和他们也没有什么深交。我当时真的非常愤怒和悲伤，我感觉到非常孤独，没有人能懂我，您明白吗？"

"这很容易理解，哈里！然后呢？你把这幅肖像画扔到他们的脑袋上去了？"

"没有，我只是臭骂了一通，就跑走了，我想回家，可是……"

"可家里也没有妈妈来安慰或数落你这个傻孩子呀！哈里！你几

乎让我为你感到难过了，你真是一个与众不同的孩子。"

显然，她的举止已经让我体会到了母亲般的温暖。她递给我一杯葡萄酒。我就像和妈妈在一起一样，只是此时的她，是那么年轻漂亮。

"好吧！"她继续说道，"事情是这样的，歌德在一百年前就死了，哈里非常喜爱他，在他的想象中，歌德是那么美好，他多想让歌德的外表和他心目中的歌德是一样的，哈里有这样的权利，不是吗？可那个画家，他也迷恋歌德，然后就画了一幅歌德的肖像，他没有权利这样做，教授也没有权利这样做，没有人有权利这样做，因为哈里不接受这样一幅画，他不能忍受这些，然后他就臭骂了一通，跑开了。如果他是个聪明人，他只需要去嘲笑那个画家和教授；如果他是个疯子，他就应该把歌德的画像砸在他们的脸上。而他不过是一个弱小的孩子，所以他就要跑回家然后去上吊——我完全听懂了你的故事，哈里，它是一部滑稽剧。你让我嘲笑你！慢着点！你别喝得那么快！布尔热葡萄酒是要慢慢喝的，喝得太快会让身体发热。什么都要人告诉你，小男孩！"

她的神色严肃而凝重，就像一位六十多岁的家庭教师。

"哦！好吧！"我带着恳求的语气，心情大好，"那就告诉我所有的一切！"

"我还应该告诉你些什么呢？"

"所有您想告诉我的，都告诉我！"

"好吧，那我就说点什么。已经差不多一个小时了吧，我一直把你称作'你'，而你却一直用'您'来称呼我。总那么拉丁式的、希腊式的，把话说得那么复杂。如果一个女孩对你称呼'你'，而你对这个女孩也不反感的话，你就要对她也称呼'你'。好吧，你又学了一点新东西。第二点呢，我知道你的名字叫'哈里'已经有半个多小时了，我之所以知道你的名字，是因为我问了你，而你却根本不想知道我叫什么名字吗？"

"错，我非常想知道您的名字！"

"太晚了，小宝贝！如果下次我们再见面，你可以再问我的名字，我会告诉你，而今天我不会再告诉你了，现在我只想跳舞！"

她做出要站起来的姿势。我的情绪一落千丈，我担心她会把我甩在这里，自己走掉。如果那样的话，一切就又恢复到过去的样子了。我心中的恐惧感突然降临，就好像暂时消失的牙疼又重新发作，像被火灼似的疼痛。我的上帝！我应该忘记，正在等待着我的是什么，那么我的命运会不会就此改变呢？

"等一下！"我的喊声带着哀求的成分，"您不——你不要走！当然你可以去跳舞啊，跳多少支舞随你的便，只是不要在那里停留太长时间，跳完了舞就回来吧！一定要回来！"

她笑着站了起来，她没有我想象得那么高，她很苗条，但个子不高。她又让我想起了一个人，想起了谁呢？我自己也不知道。

"你还回来吗？"

"我会回来的，但可能要等一段时间了，也许半个小时，也许一个小时。我想告诉你的是，闭上你的眼睛，睡一会儿觉，这是你现在正需要的。"

我为她让出道来，她走了过去，她的裙子拂过我的膝盖。她一边走着，一边从口袋掏出一面精巧的小圆镜子照着，她往上扬起眉毛，用一个小粉扑搽着她的下巴，消失在舞厅里。我看了看周围，陌生的面孔、吸烟的男人、大理石桌上晃动的酒杯，在舞曲的伴奏下，到处是叫喊声、口哨声。她说过我应该去睡觉。啊，好孩子，你最清楚不过了，我的睡眠像一只黄鼬一样敏感！在这么热闹的集市上，在桌子边上坐着，在推杯换盏的叮当声中，我能睡着吗？

我喝了小小一口酒，从衣袋里抽出一根雪茄，然后环顾四周寻找火柴，可实际上我没有任何吸烟的意思，我把雪茄放在桌子上，放在了我的面前。"闭上你的眼睛！"她对我说。上帝知道，这位姑娘哪里来的这么一副好嗓子，她的声音深沉而美妙，这是母亲般慈爱的声音。我知道，听从这样的声音真美妙。我顺从地闭上了眼睛，把头靠在墙上，无数强烈的噪音正冲撞着我。我对能想出在这样一个地方睡觉的坏主意而感到好笑。我终于拿定了主意，想朝着舞厅的大门走过去，好向舞厅里扫一眼，我一定要看那个美丽的姑娘跳舞。我活动了一下椅子下的一双脚，直到这个时候我才感觉到，经过几个小时骑士般的游荡，我已经精疲力竭，于是我只好留在了座位上。遵照母亲般慈爱的指令，我就睡在了那里，睡得踏实而满足。我在做梦，梦境是那样清晰而美丽，我已经很长时间没有做过这样的好梦了。

我梦见我坐在一个古色古香的前厅里等待着，开始的时候，我只知道要见的是一位贵族。然后，我突然想起来，这位先生就是歌德，歌德将要接见我。可惜的是这不是一次纯私人的约会，而是作为一家杂志的记者在这里等待约见，这让我很遗憾。我不能理解，是哪些魔鬼把我带入这样一个处境。此外，刚才还看到一只蝎子正试图顺着我的腿爬上来，这让我十分不安。我抖动着腿，要把这个黑黑的小爬虫抖掉，可却不知道它现在藏在了哪里，也不知道它会发起怎样的攻击。

我还不能肯定的是，人们会不会由于疏忽的原因，没有把我登记在歌德这里，而是登记在了马蒂森那里。在梦中，我把马蒂森和比格尔搞混了，因为我曾经让他把诗歌转给莫莉。而与莫莉见面是我最大的愿望，我想象中的她漂亮、温柔、富有乐感、娴静。如果我不是仅仅因为在那个该死的编辑部工作才坐在这里该有多好啊！我的怒火不断上升、上升，最后逐渐迁怒到歌德身上，我突然将所有的疑虑和责备都对准了歌德。这倒是一场好戏！可那个危险的蝎子也许还藏在我的附近，也许问题并没有那么糟糕。也许这只蝎子还预示着友谊呢！我觉得这只蝎子非常有可能和莫莉有关系，也许是她的一个信使，或者是她的吉祥物，一个标志着女人和罪恶、美丽而危险的吉祥物。它的名字也许叫乌尔皮乌斯[1]？正在这时，仆人打开了门，我站起身来走了进去。

那儿站着老歌德，矮矮的个头儿，长得很敦实。他的胸前果真有一块厚厚的星形勋章。他看起来一直在接受人们的拜见，在他的魏玛博物馆里审视着整个世界。他一看到我就像一只老乌鸦一样颤巍巍地点着头，用庄严的语调说道："来吧，你们这些年轻人，你们对我们和我们努力的方向颇不认同吧？"

"您说得很对！"我说。在他那大臣般威严的目光下，我浑身凉透了："我们这些年轻人实际上确实不能接受您，老先生。对我们来说，您太庄严了，太高贵了，太装腔作势了，太不真诚了，最主要的是，太不真诚。"

这位矮小的老男人向前探出了他严肃的脑袋，他那僵硬的、严峻的、皱紧的嘴巴松弛了下来，聚成一个淡淡的微笑，变得快乐而富有活力。我的心脏突然怦怦地跳起来，我一下子想起了那首叫作《夜幕降临》的诗，这首诗的每一个句子都是从这个男人、从这张嘴

1　歌德的妻子。

98

里产生的。想到这里的时候，我已经彻底缴械投降，恨不得跪在他的面前。但我还是绷紧了身体，聆听着从他微笑的嘴里吐出的词句："哎！您说我不够真诚？这是什么话！您不想再进一步解释一下吗？"

我想解释，非常想。

"歌德先生，您同所有伟大的思想家一样，清楚地认识和感觉到了人生的问题和绝望，它那短暂的盛开和痛苦的枯萎，只有以每日里囚笼般的煎熬为代价，才能获得感官上一时的至高享受。您对精神世界有着炽热的追求，对在自然世界里被扭曲了的纯真也怀着同样炽热和神圣的热爱，然而这两者之间却始终处在殊死的斗争之中。这场斗争总是可怕地漂浮在虚无和不可知之间，对事物的判定从来都不是永远有效的，永无止境地探索依然是浮在表面上的肤浅——简而言之，等待我们的，是前途的渺茫、不尽的努力和痛心的绝望。您知道这一切，您知道其中的每一个细节，但您却相反，您用您的一生布道，宣扬您的信仰和乐观主义，您把我们在精神世界上的努力以及这些努力的持久和意义表演给其他人看。在您自己身上，同在克莱斯特[1]和贝多芬的作品中一样，拒绝和压制人们更深入地探讨，拒绝和压制那绝望的、反映事实真相的声音。几十年来，您积累知识，收集材料，撰写文稿和收集信件，您在魏玛的整个晚年，都是试图让快乐的瞬间永恒化，而要做到这种永恒化，您也只能使其成为木乃伊。要想给予大自然精神化，您只能给它戴上假面具，这就是我所责备您的不够真诚之处。"

这位城府很深的老家伙沉思着盯着我，嘴角仍挂着微笑。

然后他问了我一个让我十分诧异的问题："我想您也一定对莫扎

1　克莱斯特（1777—1811），德国诗人、戏剧家、小说家。

特的《魔笛》很反感吧？"

我还没有来得及申辩，他继续说道："《魔笛》这部作品把生活当作一首甜美的歌声来表达，它将我们易逝的感情赞美为永恒的、神圣的。《魔笛》既不像克莱斯特也不同于贝多芬，它所歌颂的是乐观和信仰的精神。"

"我知道，这我知道！"我怒吼着，"天知道，您怎么会恰恰想到了《魔笛》，《魔笛》是我在这个世界上最喜欢的作品。可莫扎特没有活到八十二岁，在他个人的生活里，他没有像您那样对自己的生活要求持久、安宁和呆板的尊严。他没有自命不凡！他创作了他那神圣的旋律，然后变得穷困潦倒并过早地离世，贫穷、被误解……"

我长出了一口气，千言万语恨不得一吐为快，我的脑门开始渗出汗来。

而歌德却以亲切友好的语气说道："我已经是八十二岁的人了，这也许是不可宽恕的。我的愉悦可能并不如你想象得那么多。你说得对，我总是想持久永恒，我一直害怕死亡，并一直同死神做斗争。我认为，同死神的斗争从本质意义上讲，是一种求生的努力，所有杰出的人物都在这种努力中奋斗和生活。当然人们终究会死亡，但是年轻的朋友，您能说我活了八十二岁同我还是一个在学校读书的男孩时就死亡了是一样的吗？如果按照我的观点，我还想说的是，在我的本性中，还有过那么多单纯幼稚的东西，好奇和贪玩，我还有那么多的乐趣可供我消磨时间。所以我还需要更长的时间，直到我自己最终感觉玩够了为止。"

当他说这番话的时候，他笑得那么爽朗、直率和调皮。他的形象变得高大起来，他那刻板和扭曲的富贵气从脸上消失了。围绕在我们周围的空气充满了响亮的乐曲，回荡着歌德所写的歌曲，在这旋律之中，我清楚地听出了莫扎特的《紫罗兰》、舒伯特[1]的《明月照山谷》。歌德的面颊红润，充满年轻的活力，笑声爽朗，有时像莫扎特，有时像舒伯特，就像是他们的兄弟。他胸前的星形勋章完全由花草构成，在它的中央，一朵黄色的樱草花尽情开放，格外鲜艳。

这个老男人用这种开玩笑的语调来回答我的问题和抗议，这让我不能完全适应。我向他投去了充满责备意味的目光。他弓下身来，他那已经变得像孩子一般的嘴凑近我的耳朵，轻声耳语道："我的年轻人！你对老歌德太严肃了，人们对那些已经死去了的人，用不着这么较真儿，否则就是这些人的不对了。我们这些圣人不喜欢对什么都一本正经，我们喜欢娱乐。我的年轻人，严肃认真和时间的因素有关，我揭穿一下吧，严肃认真缘于人们对时间价值的高估，我也高估了时间的价值，正因如此，我想活一百年，可在永恒的概念里，你看，永恒是没有时间的，所谓的永恒其实就是一个瞬间，一段恰好足够用来开玩笑的时间。"

事实上，我已经不能再同这位老者说一句正经话了。他快乐得手舞足蹈，他那星形勋章中间的樱花草时而像一枚火箭似的射出来，时而变得渺小并最终消失不见。当他跳起舞时，整个人变得容光焕发，我在想，这位男人至少没有错过学习跳舞的机会，他的舞跳得非常好。我突然又想起了那只蝎子，当然更多的是想起了莫莉。我对着歌德喊道："告诉我，莫莉不在吗？"

歌德大声地笑着。他走向他的桌子，打开了一个抽屉，从里面拿出一个很贵重的皮制的或是丝绒的盒子来。他将盒子打开，放到了我的眼前。盒子里暗色的丝绸上放着一条小小的女人大腿，它小

1　舒伯特（1797—1828），奥地利作曲家。

巧、无瑕，闪着淡淡的光泽。这是一条让人迷恋的大腿，腿的膝盖处微屈，脚向下伸直，娇柔的脚趾向前舒展。我太喜欢它了，我伸手想把它拿过来，当我用两根指头伸向它时，感觉到这条玩具大腿轻轻地动了一下，这让我突然产生了怀疑，是否这条腿就是那只蝎子呢？歌德看起来好像知道这一切，故意使人陷入深深的尴尬，这正是他想要的，让我在渴求和畏惧之间踌躇。他把这只诱人的小蝎子放在我的近前，看到了我的渴望，看我在渴望面前的犹疑，他似乎很享受这种乐趣。当他拿着这个危险的小东西向我点头的时候，他瞬间又变得苍老了许多，非常老，足有千年之多，变得满头白发，他那满是皱纹的老脸无声地笑着，而他的内心却在狂笑，带着深不可测的、苍老的幽默。

当我醒来时，就忘记了这个梦，直到后来我才又想起来。我美美地睡了一个小时左右，沉睡在音乐和喧闹之中。在酒馆的饭桌旁睡着，对我来说真是不可思议。那个可爱的小姑娘正站在我的前面，一只手搭在我的肩膀上。

"给我两三个马克，"她说，"我在那边吃了点东西。"

我把钱袋递给了她，她拿着钱袋走了，很快又返了回来。

"现在我可以在你这里待上一小会儿，然后我就要走了，我有一个约会。"

我吓了一跳："和谁约会？"我急忙问。

"同一位先生约会！小哈里，他邀请我到奥德昂酒吧去。"

"哦！我原以为你不会把我单独扔在这里呢。"

"那你就要邀请我哦！现在有人抢先一步了，你还是揣起你那可爱的钱夹吧！你知道奥德昂吗？过了午夜，那里只有香槟、沙发椅、黑人小乐队，非常好。"

这一切我完全没有想过。

"啊哈!"我乞求着,"让我来邀请你吧!我们已经成了很好的朋友,我觉得这是理所当然的。就让我来邀请你吧,到哪儿都行,我求你了。"

"谢谢你的好意。不过,言而有信,我既然接受了邀请,就要过去了。你不要再争取了。来,我们再喝两口,酒瓶里还有葡萄酒呢!你把瓶里的酒喝光,然后舒舒服服地回家去睡觉,答应我吧!"

"不,我才不会回家!"

"你这家伙!还有你的故事!你还在想着和歌德的事?"(此刻,我才想起了那个有关歌德的梦。)"如果你确实不想回家,那就留在这儿吧,这儿有给客人准备的房间,让我去给你弄个房间吗?"

我同意了,问她我在哪里才能再见到她,她住在哪儿。她没有告诉我,只说我只需稍微找一找,就会找到她。

"我不能邀请你吗?"

"去哪儿?"

"时间和地点由你来定。"

"好的,星期二在老弗朗西斯卡酒店吃晚餐,二楼。再见吧!"

她把手伸了过来,这时我才注意到,这是同她的风格完全相配的一只手,美丽而饱满,充满了灵气和友善。当我吻她的手时,她的微笑中有一丝嘲笑的意味。

在临别的最后时刻,她又一次来到我的身边对我说:"我还想和你说点什么,关于歌德的事。你和歌德之间所发生的事,比如你无法忍受他的肖像,有些时候,我对那些圣人也有类似的感受。"

"圣人?你这么虔诚?"

"不,我并不是虔诚。只是曾经一度很虔诚,说不定什么时候还会那样。我现在可没有时间去虔诚！"

"没有时间？虔诚还需要时间吗？"

"当然，虔诚需要时间，甚至还需要更多的东西：对时间没有依赖性！你不能严肃认真地虔诚起来同时还生活在现实中，生活中需要严肃认真的东西还有许多：时间、金钱、奥德昂酒吧和其他所有的东西。"

"我明白，可我们应该怎样对待圣人呢？"

"有些圣人我是非常喜欢的，比如圣斯蒂芬、圣弗朗兹，还有其他的人。我有时候会看他们的一些画像，还有圣主和圣母的，那些骗人的、伪造的、愚蠢的绘画。我面对它们就像你看到歌德的画像一样受不了。当我看到一幅虚伪愚蠢的圣主或者圣弗朗兹，并发现别人都认为它是美丽的且给人教益时，我所感受到的，却是对真正圣主像的伤害。我就想：啊哈！如果人们对这样一幅愚蠢的画像感到满足的话，那么圣主当初的生活，他所承受的那些可怕的苦难还有什么意义呢？但尽管我知道，我们所看到的圣主或者圣弗朗兹的画像，其实不过是人们自己想象出来的，而并不是最原始的图像。我们所看到的圣主画像所反映的恰恰是我们心目中的圣主，它反映的是我们内心世界的愚蠢和欠缺，就像那些虚伪的复制品给我的感觉一样。我并不是想说，你对歌德图像的反感和愤怒是正确的，不，你并不正确。我这样告诉你，只是想对你说，我能够理解你。你们这些学者和艺术家们的脑袋里总是装着各种各样的东西，可你们和其他人一样也是人，而我们这些其他人在我们的脑袋里也有着我们的梦想和活法。我注意到那些受过教育的先生们，还有你，都有那么一点处在尴尬的境地，像你给我讲述的关于歌德的故事一样，你必须努力地让一个普通的女孩去理解你的那些关于理想的玩意儿。

那么现在我就要告诉你，你完全没有必要费这个劲。我已经理解你了，就是这样！结束！你该睡觉了！"

她走了。一位白发苍苍的仆人把我领上了二楼，具体点说，他先是问我带了哪些行李，而当他知道我没有带行李的时候，就告诉我必须要事先付给他"睡觉费"。然后，他才领我通过又旧又暗的楼梯，把我送到一间小房间里，他就走了。房间里有一张很单薄的木床，床很短，也很硬，墙上悬挂着一把剑和一幅加里波第的彩色绘画，还有一个协会联欢会上使用过的已经枯黄的花环。如果只是为了一件睡衣，我交的钱就太多了，幸好至少还有水，还有一条小手巾。我洗了脸，然后穿上睡衣上床睡觉，灯还继续亮着，我这才有时间思考。歌德的事已经结束了。让我感到高兴的是，能够在梦中遇到歌德！还有这个我到目前为止还不知道名字的美妙的姑娘！突然有这样一个人，一个活生生的人，她打碎了笼罩着我的麻木和死亡的玻璃罩，向我伸出了一只善良、美丽和温暖的手。突然又有了让我快乐、让我忧虑、让我揣着一颗紧张的心回想的东西，有了和我有关的东西。突然，一扇门打开了，生活通过这扇门向我走来。也许我可以继续活下去，也许我又可以重新做人，我那已经在冰冷中沉睡，几乎冰封的灵魂又重新开始了呼吸，在睡意蒙眬中展开了我那弱小的翅膀。歌德曾经和我在一起。一位小姑娘曾经命令我吃饭、喝酒和睡觉，向我表达了她的友好。她嘲笑我，管我叫傻孩子。她，我美妙的女友还向我讲述了关于圣人的事，她对我指出，我那奇妙的异想天开甚至也不是孤独和不可理喻的。我不是一个病态的怪人，我在这个世界上还有兄弟姐妹，他们能够理解我。我是否还能再见到她呢？是，会见到的，她是一个靠谱的人，言而有信。

我又睡了过去，睡了四五个小时。当我醒来的时候，已经过了十点了，衣服满是褶皱，整个人疲惫不堪。我还忆起了昨天的一些让我不快的事。但我又觉得生活活跃起来了，充满希望，充满了美好的想法。在回家的路上我再也感觉不到恐惧，而昨天回家对我来说却是那么可怕。

在楼梯上，在南洋杉的上方，我遇到了"伯母"，我的房东。虽然我很少遇到她，但却非常喜欢她那友好的态度。这次和她相遇让我感觉到有一些不好意思，我是那样衣衫不整，睡眼惺忪，没有梳头也没有刮胡子。我和她打了招呼就想走过去。平常她总是很尊重我喜欢独处、不愿意引人关注的愿望，可今天，隔在我和我的环境之间的那层帷幔被撕碎了。就好像柜子倾翻了一样，她笑着，并停住了脚步。

"哈勒尔先生，您又去闲逛了，您昨天晚上根本就没有在家睡觉，您一定很累了吧！"

"是的。"我说，我也不得不笑起来，"昨晚我去参与了一些活动，为了不扰乱整栋房子的安静，我住到了一家旅店里。我非常尊重府上的安静和庄重，有时候我在这样的氛围中感觉自己像一个奇怪的家伙。"

"您别开玩笑，哈勒尔先生！"

"哦，我只是在开我自己的玩笑！"

"您不应该这样，在我的家里您不应该有'奇怪的家伙'的感觉，您应该以您喜欢的方式来生活，做您喜欢做的事。我这里曾经住过很有身份的房客，都是出类拔萃的人，但却没有哪个人能像您这样安静，很少打扰我们。现在，我们喝杯茶好吗？"

我没有拒绝。在悬挂着祖辈的肖像，摆着祖辈时代家具的大厅里，我喝着茶，和她闲聊了一小会儿。聊天中，这位善良的女人以充分的关注和母亲般宽容的心态聆听着我的讲述、我的生活以及我的想法，而不去刨根问底。对于一个落魄的男人来说，这是一个多么聪明的女人。我们也谈到了她的侄子，她领我去看旁边房间里她的侄子最近用业余时间装成的一台无线电收音机。这位勤劳的年轻人晚上坐在这里组装着机器，他虔诚地拜倒在技术之神脚下，潜心钻研无线电技术。技术之神在几千年后才被发现，支离破碎地展现了许多思想家早就知道并智慧地运用过的东西。正是技术之神完成了他的作品。

我们谈到技术之神，是因为伯母有那么一点敬神的倾向，也并不讨厌有关宗教的话题。我对她说，力量和行为无所不在的思想在古印度就已经无人不晓了，技术只是这个事实的一小部分，并被带入公众意识之中，比如技术为声波首先设计了粗糙和不完整的接收器和发送器。其实最主要的问题是，那些陈旧的知识，在当时那个时代是不可能实现的，直到今天也没有被技术关注，但最终它们还是要被"发现"，被那些机灵的工程师们掌握。人们终将很快就会发现，不仅现在所发生的事件和图像会如潮水般围绕在我们身边，比如巴黎和柏林的音乐在法兰克福或者苏黎世也可以听到，而且所有发生的事件也都可以进行登记和保存。这就使得终究会有一天，我们通过有线或无线，带着杂音或完全不受干扰地听到所罗门国王和瓦尔特·封·德尔·福格威德[1]之间的谈话。所有这一切，就像今天刚刚发展起的无线电一样，都是帮助人们从自己和自己本身的目标中逃避出来，让人们被消遣和徒劳的忙碌所织成的网包围。我在讲这些我所熟悉的东西时，不是用所习惯的愤慨和嘲讽的语气来反对

---

[1] 瓦尔特·封·德尔·福格威德（约1170—1230），德国中世纪抒情诗人。

这个时代和技术，而是带着玩笑般调侃的语气。伯母一直微笑着。我们在一起坐了一个小时喝茶，非常惬意。

　　我邀请了黑鹰酒家的那位美丽而奇特的姑娘在星期二的晚上吃饭，等待约会的这段时间让我感到十分难挨。星期二终于到来的时候，我更加意识到了，我同这位素不相识的姑娘的关系对我来说变得多么重要。我一直在想着她，我在期待着她的一切，我愿意为她牺牲所有的一切，即使我对她还没有一丝的爱恋，我也愿意跪倒在她的脚下。我在想象着，她会不会失约或者忘记了这次约会，我认识到了在失约的情况下，我该处于一个怎样的境地。这个世界将又变得空空如也，每一天又会像以前那样昏暗和没有价值，围绕着我的，又将是完全恐怖的静寂和死亡。除了刮脸刀，欲逃脱这个寂寞地狱的出口别无他法。对我来说，这几天我对刮脸刀并没有增添几分喜爱，它还是那么恐怖。这一切最糟糕的是，我对切断我喉管的刀刃有着深深的恐惧。我害怕死亡，我以疯狂和坚韧的力量来反抗死亡。就好像我是一个健康地生活在天堂里的人一样，我完全清楚我现在所处的状态，我深刻地认识到，正是这种无法忍受的求生不得、求死不能的矛盾，使得那位素不相识、来自黑鹰酒吧的漂亮小舞女对我来说如此重要。她是一个小小的窗口，是我昏暗的恐怖地狱中一个小小的通光孔，她是走向自由的通道。她一定能教会我怎样生活或者怎样死亡，她一定会用她结实而漂亮的小手，来触动我已经僵化的心脏，让我的生命在她的触摸下要么绽放出美丽的花朵，要么崩塌成一片灰烬。她从哪里来的这么大的力量？她哪来这么大的魔力？是什么神秘的原因使得她对我有着不断增长的深层的意义？我不能去思考这样的问题，随它的便吧！对我来说，不需要知道这些。对我来说，不必去知道，也不必去了解，知道得越少越好，过去我就是知道得太多了。如此清晰地看到了自己的处境，头脑过于清醒，正是我承受痛苦和耻辱的原因。我看到了这个家伙，我面前的荒原狼，就好像落在网上的苍蝇，我看到了它怎样为自己的命运抗争，又怎样束手无策地被粘挂在蜘蛛网上。我看到一只蜘蛛正准备过去咬它，又看到一只拯救的手在近旁出现。我可以对我的痛苦、心病、迷惑和神经官能症之间的内部联系，发表最明确、最合理的见解。其相互作用对我来说是一目了然的。但是，我满心绝望所追求的，不是知识和理解，也不是事实，而是去经历、决定、冲击和跳跃。

尽管在等待约会的那些天里，我从没有怀疑过我的这位女友是否会坚守她的承诺，但到了最后一天的时候，我却非常激动和惶恐不安。在我的生活中，我从没有过如此急不可耐地期待着某一天的夜幕降临。紧张和迫不及待让我几乎无法承受，但同时又让我有一种奇妙的享受。对我来说，那是一种不可想象的美好和新奇。长期以来，我从没有等待过什么，也没有期待过什么，像这样整整一天在不安、担心和期待中走来走去的感觉简直是妙极了。我在预想着我们的相遇、谈话以及晚上可能经历的事情，我刮了胡子，换了衣服（非常精心，穿上新的衬衫，戴上新的领带，系上新的鞋带）。不管这位聪明而神秘的小姑娘是谁，不管她以什么样的方式和我建立关系，这些对我来说都不重要，重要的是，她来了。奇迹出现了，我在我的生活中又找到了一个人，又重新有了新的乐趣。重要的是，一切要继续发展下去，我愿意被吸引过去，跟随这颗星星。

这是多么难忘的时刻，我又一次见到了她！我坐在一家老式而舒适的酒店小桌旁，尽管没有必要，但我还是事先在这家酒店做了预订。我认真地读着菜单，把为我的女友购买的两枝兰花放在水杯里。我还要等她一阵子，我感觉她一定会来，心情也不再那么激动了。现在她来了，站在衣架的前面，她那亮灰色的眼睛向我投来专注而审视的目光，算是和我打了招呼。我怀着不信任的态度注视着服务生对她的举止。感谢上帝，他没有表现得那么亲近，保持着距离，彬彬有礼，无可指责。可他们竟然互相认识，她管那位服务生叫埃米尔。

当我把兰花递给她的时候，她高兴得笑起来。"你真好，哈勒尔！你想送给我一个礼物，是吧？但却不知道应该选择什么，你不确定送给我怎样的礼物才是合适的，我是否会因其而受到伤害，然后你就买了兰花。这是鲜花，而且价格不菲。好吧，非常感谢！另外我也想同时告诉你，我不想收到你的礼物。我的生活靠的是男人，但我不想靠你生活。你的变化多大啊，我几乎都认不出你了。前几天你看起来好像刚被人从绞刑架的绑绳中解下来，而现在你看起来又像个人样了。另外，你执行我的命令了吗?"

"什么命令?"

"你忘了？我的意思是，你现在会跳狐步舞了吗？你对我说过，你没有比听从我的命令更高的愿望，没有什么比听我的话更让你开心，你还记得吗?"

"是的，这点没有变，我是认真的。"

"可你却没有去学跳舞?"

"这才几天啊，怎么能这么快就学得会呢?"

"当然可以，狐步舞一个小时就学会了，波士顿舞两个小时，探戈需要的时间长一点，可你根本不需要去学探戈。"

"可现在我终于可以知道你的名字了吧?"

她默默地看了我一会儿："也许你能猜出来。如果你能猜出我的名字，我会非常高兴。来，注意！好好看着我！你难道没有注意到我有时有一张男孩般的脸吗？比如现在？"

是的，我现在仔细地观察着她的脸，我同意她的说法，这确实是一张男孩的脸。一分钟后，这张脸开始对我说话，它让我想起了我的少年时代和我当年的朋友，他叫赫尔曼。此刻，她看起来就是赫尔曼的样子。

"如果你是一个男孩的话，"我说，"那么你就叫赫尔曼。"

"谁知道呢！也许我就是一个男孩，只不过化了妆。"她调皮地说。

"你叫赫尔米娜？"

她兴高采烈地点了点头，为我猜对了她的名字而感到高兴。这时候，汤端上来了，我们开始吃饭了，她高兴得像个孩子。首先，我很喜欢她，被她的魅力吸引，她是那么漂亮，而且很有个性。她能突然从极为严肃的状态进入调侃和兴奋的状态，同样也能从兴奋状态突然变得严肃认真起来，就像一个有天赋的孩子。现在她又兴奋起来，用狐步舞的节奏向我点着头，甚至用她的脚踢蹭我，热烈地夸赞着菜的味道。她也注意到了我在着装上确实是下了一番功夫，但也指出我在外表上还有很多需要改善的地方。

吃饭时我问她："你怎么能做到瞬间就变得像个小男孩，而且还能让我猜出你的名字呢？"

"哦，这都是你自己的功劳！你不能理解吗，你这位有教养的先生？你之所以对我有好感，我之所以对你来说很重要，是因为我对你来说是一面镜子，是因为我内心里的东西可以给你问题的答案，并能懂得你，不是吗？其实人与人之间本应该就互为镜子，互相能够回答对方的问题，能够彼此适应。但像你这样的怪人，本来就古怪特别，而且很容易走火入魔，使得他们从别的眼睛里看不到任何东西，不觉得有什么事和他们有关。当这样的怪人突然发现有一张真正能关注他的脸，在这张脸上他能感觉到亲近，能回答他的问题，那么他自然就会很高兴。"

"你什么都懂！赫尔米娜！"我惊讶地叫了起来，"正像你说的那样！你真的同我完全不同！你恰恰和我相反，你拥有所有我欠缺的东西。"

"我给你的是这样的感觉，"她说得很简练，"这很好啊！"

这时，一片严肃的浓云飘过了她的脸颊，对我来说好比一面魔镜。她的整个表情突然变得严肃起来，她说话的语调里充满了悲情的色彩，就像从面具上空空的眼睛里游移出来的。她的语速缓慢，一句一顿，就像违心地说出来的一样：

"你，别忘了跟我说过的话！你说过，我应该命令你，听从我的命令，会让你感到愉快。你别忘了！你必须知道，小哈里！你和我处得怎么样，什么东西让我对你感到不舒服，什么地方让我对你更信任，我给你的脸色会给出答案，同样，你也要对我这样坦诚。当我第一次看到你走进黑鹰酒吧的时候，是那么疲惫不堪、失魂落魄，几乎已经不是这个世界上的人了。我就有了这个直觉，他会听我的话，他会渴望着让我指挥他。这也正是我想做的，所以我上前和你搭话，我们也由此成了朋友。"

她的语气极为严肃，带着强烈的精神压力，使我不能与她完全同步，而是想去安慰她或者找寻分散她的压力的方法。她抖动着眉毛，眨着眼盯着我，用清亮的嗓音继续说："你必须要言而有信，小家伙，我跟你说，否则你可能为此后悔！你将得到我的许多命令，它们是好意的、舒服的，你一定要服从，而且服从它们你会感到愉悦。

最后你还要听从我的最后一个命令，哈里！"

"我会的。"我没有过多去想，"你给我最后的命令是什么呢？"其实，我已经预料到了她的命令会是什么，上帝知道这是为什么。

像被一阵飘过的霜雨淋到了一样，她颤抖了一下，又像从沉睡中缓慢地苏醒。她的眼睛一直盯着我，脸色突然阴沉下来。

"如果我聪明的话，就不该告诉你，可我不想这么聪明，哈里，这次不想。我想完全成为另一个样子。注意，你听着！你会听到，会再把它忘掉，会为此大笑，会为此大哭。注意！小宝贝！我想和你玩一场生与死的游戏，小兄弟，我想在我们玩牌之前，就把我的底牌亮出来。"

她说出这些的时候，她的脸是那么漂亮，美若天仙。在她冷峻而明亮的眼睛里，浮动着隐隐的哀伤。这双眼睛好像已经承受过所有可以想象到的苦难，并接受了它们。她说话时费劲，好像受到了什么阻碍，有点像在寒霜中脸被冻僵了说话的样子。但同她的目光和声音不同，在嘴唇和嘴角之间，在时隐时现滑动的舌尖上，却展现出甜蜜诱人的性感和内心涌动的欲望。她娴静光滑的前额上垂下一绺短短的鬈发，从中不时散发出男孩子充满活力的气息，展现出雌雄同体的魅力。我敬畏地听她讲着，不，我感觉好像麻醉一般，恍惚如梦。

"你喜欢我，"她继续说道，"喜欢我的原因，就像我说过的那样，我排解了你的孤独，我恰巧在地狱的门前拦住了你，又把你唤醒。可我还想从你这里得到更多的东西，还有更多。我想让你爱上我。不，不要反驳我，让我说下去！你非常喜欢我，这我感觉到了，你很感谢我，但你还没有爱上我。我想让你变成一个爱我的人，这是我的职业。我的生计就是靠让男人们爱上我来维系的。但是你要注意，我这么做不是为了生计，因为我刚刚还看到你在颤抖。我不爱你，哈里，就有那么一点点，跟你一样。但我需要你，也像你需要我一样。你现在需要我，就在此时此刻，因为你正处在绝望之中，你需要猛烈的一击，把你扔到水里去，然后再让你重新充满活力。你需要我教你跳舞，教你大笑，教你生活。可我需要你，却不是今天，是以后，我需要你去做一些重要的事，一些美好的事情。如果你将来爱上我了，我要发出最后的命令，你要服从，这对你我都是一件好事。"

她把一枝略带绿纹的紫褐色兰花从玻璃瓶里稍稍提起，然后低下头来在玻璃瓶上方停顿了片刻，凝视着兰花。

"这个命令执行起来不是一件容易的事，但你要这样做。你要完成我的命令并把我杀死。就是这样，不要再问我了。"

她不再说话了，她的目光还盯在兰花上，面部肌肉松弛了下来，就像解除了压力和紧张后绽放的花蕾，她的眼睛还在痴痴发愣的时候，嘴角上突然露出迷人的微笑。她摇了摇留着一绺男孩子般鬈发的头，喝了一口水，这才突然想起我们正在吃饭，便敞开胃口大吃起来。

我逐字逐句地听清了她的话，甚至在她还没有说出她最后的命令是什么的时候，我就已经猜到了，从而不再为那句"你要把我杀死"的话感到震惊。她所说的一切，在我听来是可信的，有些命运注定的意味，我接受了这些，并没有抗拒。相反，所有这一切，尽管她是以十分严肃的口吻说出来的，对我来说却并不具有完全的可行性和严肃性。我灵魂中的一部分接受了她的话，相信她的话，但是我灵魂中的另一部分只是为了安慰她而向她点头，并领悟到原来这位聪明、健康、可靠的赫尔米娜也有着她的幻想和迷惘。她最后的那一句还没有说完，这整整一台戏就已经蒙上了一层不可实现、徒劳无力的帷幕。

无论如何，我不能像赫尔米娜那样，像走钢丝的杂技演员那样轻松地跳回到现实生活中来。

"这么说，我有天会杀死你？"我轻轻地问道，似乎还在午夜的梦中。她又大笑起来，蛮有兴致地切着餐盘中的鸭肉。

"当然啊。"她轻轻点了点头，"我们说得够多了，这是就餐时间。哈里，再给我点一小份绿色的色拉吧！你没有胃口？我想你必须要学学别人本来就该懂的东西，甚至包括吃饭时的乐趣。你看，小宝贝，这是一只鸭腿。当把这片鲜亮的鸭肉从骨头上剔下来的时候，是一件多么高兴的事啊！在这种时候就要怀有一颗垂涎欲滴、热烈的期待和感恩的心，就像一个恋爱中的人帮他的女孩第一次脱下外套时的感觉，你懂了吗？没懂？你简直就是一个笨蛋！注意啊！我这就给你一块鸭腿肉，你就明白了。这样，把嘴张开！——嗯，你这个讨厌鬼！你现在，我的天，竟然去偷眼看别人，是不是怕人看到你从我的叉子上咬下了一口肉？！不必担心，你这个无家可归的孩子！我不想让你出丑，如果你连享受快乐都还需要别人许可的话，你就真是一个可怜的笨蛋！"

刚才那一幕变得越来越不真实，越来越不可思议了。就是这双眼睛，在几分钟前还那样深沉、恐怖地盯着你。哦！这正是赫尔米娜生活的写照：总是瞬息万变，无法预料。现在她在吃饭，吃着鸭腿和色拉，认真地吃着馅饼，喝着开胃酒，这些东西令她兴高采烈，并成为她评判、谈论和幻想的对象。一道菜端下去以后，就又开始了新的一幕。这位把我完全看透了的女人，她对生活的认知似乎赛过所有的智者，她像一个孩子那样对待生活，她在每一时刻所表现出来的生活艺术都足以让我成为她的学生。不管这是高度的智慧还是单纯的天真：懂得享受此刻的生活，认清当下的生活，友善地关爱每一朵路边的小花，珍惜每一个短暂的快乐时光所拥有的价值，这样的人，生活不能对他造成任何伤害。这个快乐的孩子，食欲旺盛，瞧她那疑似似表演般的大快朵颐，就像一个期待死神降临的梦想家和癔病患者，或者是一个清醒的精于谋算的女人。她想唤醒我的意识，让我用一颗冷静的心爱上她，并成为她的奴隶？这是不可能的。不，她只是完全沉浸在此时此刻，像每一次快乐来临的时候一样，把隐藏在心灵深处的那些阴霾释放出来，让它们离开自己的生活。

这位赫尔米娜，我到今天为止也只见过她两次，可她却知道我的一切，我感觉在她那里，我没有任何秘密。但愿她对我的精神世界还没有完全了解。我同音乐的关系，还有同歌德、诺瓦利斯、波德莱尔[1]的关系，也许她还没有赶上我——但我对这种可能性心怀疑虑，也许这些对她来说也是轻而易举的事。如果是这样，我的精神世界里还剩了些什么？这所有的一切都成为碎片，失去任何意义了吗？可我其他的东西，我个人的问题和要求，她全都懂得，我不怀疑这一点。一会儿我要和她谈荒原狼，谈那个小册子，谈论所有的东西，所有直到现在还只为我自己一个人存在的东西，那些我从来不和其他人谈一个字的东西。我已经按捺不住了，要立刻就开始谈。

"赫尔米娜，"我说，"最近我遇到了一些奇怪的事，一个陌生人给了我一本印刷的小册子，一个看起来像广告册的东西。这个小册子里清楚地记载着我全部的历史以及所有和我有关的东西，这是不是很奇怪呢？"

"这本小册子的名字叫什么？"她轻松地问道。

---

1 波德莱尔（1821—1867），法国 19 世纪最著名的现代派诗人，象征派诗歌先驱。

"叫《论荒原狼》。"

"噢！伟大的荒原狼！你是荒原狼？难道荒原狼就是你吗？"

"是的，我就是荒原狼。我一半是人，一半是狼，或者这只是我的幻觉。"

她没有接话。她用探究的目光盯着我的眼睛，看着我的手，她的目光中和她的脸上又显出极为严肃的神色和浅露的爱怜。我猜她一定是在想，我是否有足够的狼性，来执行她"最后的命令"。

"当然，这是你的幻觉，"她说着，又变得轻松愉快起来，"或者，如果你不反对，也可以说是魔术吧！我还想说点什么，今天你不是狼，但那一天，你从外边进入大厅的时候，就好像从月亮上掉下来的，那时候你倒是有点野兽的成分，而正是这一点让我很喜欢。"

她突然中断了谈话，好像遭到了突然袭击，受到伤害了一样。她继续说了下去："像'野兽''猛兽'这样的词听起来怎么那么愚蠢！不该这么去谈论一种动物。它们确实常常令人感到害怕，但它们比人类真诚得多了。"

"什么叫'真诚'？你想说什么？"

"好吧，你去观察一种动物，一只猫，一条狗，一只鸟，甚至是动物园里的某种大型动物，一只非洲狮或者一只长颈鹿！你一定会看到，所有这些动物都是很真诚的，没有一种动物会感到尴尬，或者不知道自己要做什么、应该怎样表现。它们不会奉承你，它们也不想让你敬佩。它们不会演戏。它们表里如一，就像石头和鲜花或者就像天上的星星。你明白吗？"

我懂了。

"很多时候动物是悲伤的。"她接着说，"如果一个人很悲伤——不是因为他牙疼或者丢了钱，而是因为他一时间突然感受到了整个生活和一切事物的本来面目，他的悲伤就是真诚的——那么他看起来就有那么一点和动物相似。他看起来是悲伤的，但比平常看起来更真更美。就是这样，我第一次看到你的时候，你就是这个样子，荒原狼。"

"现在，赫尔米娜，你对那本描写我的书有什么看法呢？"

"你知道吗？我不喜欢总是思考。下次我们再谈这些吧。你可以把这本书给我读一读，或者不要这本书，当我要读的时候，你给我一本你自己写的书。"

她要了一杯咖啡，她这会儿显得心不在焉。突然，她变得精神抖擞，看起来就像通过思考找到了线索。

"喂！"她高兴地叫着，"现在我想起来了！"

"想起了什么啊？"

"狐步舞！我整天都在想这个事。好吧，告诉我，你有没有什么房间，我俩可以在里面跳上一个小时呢？哪怕房间很小也没关系，只是下面不能还住着什么人，如果他感到了上面跳舞的干扰，会上来谴责我们。好，太好了，你可以在家学习跳舞了。"

"是的，"我腼腆地说，"这样更好。不过我想，还需要配上音乐。"

"当然需要。听着，你要买一些，最多它也不过就一个上音乐班培训的价格。你还省下了教师的费用，由我来教你。这样我们想跳多少次都有音乐，我们还需要一台留声机。"

"留声机？"

"当然啊，你买一个小机器，然后往里面放进几张舞曲唱片……"

"太棒了！"我叫着，"如果你真的教会了我跳舞，留声机就送给你作为奖品，怎么样？"

我说得很兴奋，但并不是发自内心的。在我那堆满书籍的研究室里放一个我不可能喜欢的机器，对我来说是不可想象的。而且，对跳舞我也有很多异议。如果只是偶尔跳跳，我想，倒可以试上一把，尽管我坚信，我已经太老了，身体也很僵硬，大概也不适合学跳舞了。而现在所有的事情一个接一个，这对我来说来得太快太迅猛了。我感觉所有这些在我的内心深处都是充满矛盾的，作为一个被娇惯坏了的老音乐迷，我是抵制留声机、爵士乐和现代舞曲的。现在，在我的房间里，在诺瓦利斯和让·保尔旁边，在我那充满思想的斗室里，流进了美国打击乐舞曲的轰响，让我在这样的舞曲中跳舞，这实际上已经超出了一个人对我的要求。可这不是随便的"一个人"，而是赫尔米娜，是她的命令。我会服从的，我当然会服从。

第二天下午，我们在一家咖啡厅再次见面。我到的时候，赫尔米娜已经坐在了那里，她喝着茶，微笑着递给我一张报纸，她在报纸上发现了我的名字。这是我家乡的一张反动的煽动性报纸，这份报纸经常要发表一些激烈的诽谤文章来攻击我。我在战争期间是战争的反对者，战后有一段时间曾经发文提醒人们要安静、忍耐，要讲人性，要自我批评，我反对日益变得尖锐、愚蠢和野蛮的国家主义煽动。现在报纸上又出现了这些攻击性的坏文章，一半是由编辑自己写的，一半是从与他持相同观点的报社所发表的许多类似的文章中抄袭拼凑来的。众所周知，没有人能像这些陈旧观念的卫道士们写得那么差，没有人能把自己的工作搞得这样肮脏和破烂不堪。赫尔米娜读了文章并从中得知，哈里·哈勒尔是所谓的祸害和不爱祖国的家伙，只要这些人和这样的思想还能够被容忍，青年一代就会被培养成多愁善感、充满人道主义思想的人，而不是被教育成对我们的死敌怀有战争仇恨的人，那么祖国就只能处于恶劣的境地。

"这是你吗？"赫尔米娜一边问，一边指着报纸上我的名字，"看啊，你树敌不少啊！你生气吗？"

我读了几行，和过去一样，我对这些千篇一律的侮辱性词汇太熟悉了，时间长了，早已感到厌烦透顶。

"不！"我说，"这不能让我生气，时间久了，我已经习惯了。我发表过几次这样的观点，每一个国民，甚至具体到每一个人，不必在昏睡中去掂量那些战争失败的政治责任问题，而是要先探究一下自己，我们自己发生过的错误、错过了的机会和糟糕的传统意识在战争中、在所有世界的灾难中应该负哪些责任，这也许是避免下一次战争的唯一途径。他们当然不能原谅我的这种说法，他们觉得他们自己是完全没错的，皇帝、将军、大企业家、政治家、报纸——没有人对自己有最起码的检讨，没有人有任何过失！人们可以认为世界上的一切都是那么美丽而灿烂，只不过有几百万人长眠地下而已。你看，赫尔米娜，尽管这些侮辱性的文字已不能再让我生气，有时倒让我感到悲哀了。在我的故乡，有三分之二的人在读着这一类的报纸，从早到晚在读着这种论调，他们每天都在被洗脑、被告诫、被煽动，心怀不满，做着坏事。他们的终极目标就是重新来一场战争。下一场即将到来的战争会比这场战争更加可怕、更加不堪入目。一切就是那么清楚和简单，每个人都能认识到，也可以在几个小时的思考之后得出同样的结论，但却没有人愿意去做，没有人想去避免下一场战争。如果他不能少付出代价的话，就没有人想让自己和孩子去避免下一次百万人的杀戮。让我们思考一个小时，拿出一点时间来进入自己的内心去扪心自问一下，在造成当今世界的混乱和不堪的罪孽中，我们自己究竟参与了多少？我们是否也有罪责？——你看吧！没有人承认自己有罪！这样下去，千百万人每天都在抱着极大的热情去准备下一场战争。从我认识到这一点起，我就感到是那么无助和绝望，对我来说，我已经不再有祖国，不再有理想，这里所有的一切不过是那些先生们的民主，那些正在为下一场战争做准备的先生们的民主。任何关于人道主义的思想，所说的、所写的都已经毫无意义。那些在他的头脑里酝酿着的好的想法，也已经没有意义——如果有那么两三个人表达了他们的思想，那么第二天就会有成千上万的报纸、杂志、讲演、公开或秘密的会议，去宣传相反的东西，并达到他们的目的。"

赫尔米娜全神贯注地听了我的这番议论。

"是的。"她开口说话了，"你确实是对的。当然还会有战争，不需要读报纸就知道这些。这当然让人感到悲哀，但悲哀是没有价值的。即使不顾一切去反对，但毫无疑问也是注定要死的。与死亡斗争，亲爱的哈里，总是一个美好、高尚、伟大和值得尊重的事情，与战争做斗争也一样。不过是一种无望的堂吉诃德式行为罢了。"

"也许这是真的，"我狂叫道，"可真理就是那样——人总是要死，就任由一切随便怎样都无所谓了——但这样的真理会把我们的生活搞得浅薄而愚蠢。那么我们就应该抛弃所有的东西，所有的精神，所有的努力，就该放弃所有人道主义的东西，任凭金钱和贪婪继续统治，然后喝着啤酒等待着下一次战争动员？"

赫尔米娜端详着我，带着奇怪的目光，那是一种满含嬉戏的目光，满是讥讽的意味和魔鬼的味道，并饱含着相互理解的志同道合，同时又充满了深沉、智慧和深邃的严肃！

"你不该这样，"她用一副母亲般的口吻说，"如果你知道，你的斗争是不会有什么结果的时候，你的生活不会因此变得浅薄和愚蠢。哈里，如果你为了什么美好的理想去斗争，而且还认为非达目的不可的话，那才真是要浅薄得多！理想会实现吗？我们活着是为了消灭死亡吗？不，我们活着，是为了害怕死亡，然后再去热爱死亡。而恰恰因死亡的存在，我们的生命才能时而绽放出美丽的鲜花来。你还是个孩子，哈里，现在开始听我的，跟我来吧，我们今天还有很多事要做。我今天再也不想去关心什么战争和报纸了，你呢？"

噢，当然啊，我乐于如此。

我们一起散步，这是我们第一次在城市里一起散步。我们去了一家乐器商店，挑选了留声机，打开，又关上，试听唱片。当我们在演示中看到特别中意的机器时，我就想买下来。可赫尔米娜不会这么快就买。她把我拦住了。然后，我又同她一起去寻找第二家商店，在那里又继续挑选着不同型号和规格的留声机，价格从最贵的到最便宜的都看过了，她才满意。于是又返回到第一家商店去，到那里去买我已经看好的机器。

"你看，"我说，"我们本来可以很简单就买下的。"

"你这么看？那么我们就可能在明天从另一家的橱窗里看到完全一样的机器，却要便宜二十法郎。另外，购物是一件很有乐趣的事，这个乐趣就在于必须要竭力用最低的成本来购买。你还需要学习许多东西！"

我们和售后人员一起，带着我们购物的成果走进了我的住所。

赫尔米娜仔细地把我的房子看了一圈，对炉子和大沙发赞不绝口。她又在椅子上坐了一下，把书拿在手里翻了翻，在我情人的照片前站了许久。我们把留声机放在了抽屉柜上的书堆之间。然后我的舞蹈课就开始了。她先放了一首狐步舞曲，示范了我舞蹈的几个步伐。她抓住我的手，开始带着我跳舞。我听话地跟着她踉跄学舞，撞着了椅子。我听着她的指令，却听不懂她的意思，踩了她的脚。我跳得既笨拙又热心。第二曲舞跳完之后，她倒在沙发上，笑得像一个孩子。

"我的天，你好僵硬啊！你只要像散步那样往前走就行，完全不需要那么紧张。我想你一定很热了吧？来，让我们休息五分钟！看，跳舞，如果会跳的话，其实就像思考那么简单，学跳舞也是一件非常容易的事。你现在对人们不想适应你的思想，而宁愿把亲爱的哈勒尔先生称为卖国贼，去静静地等待下一个战争的到来，很少感到不耐烦了吧？"

一个小时以后，她离开了。她十分肯定地说，我下一次会跳得更好。我却完全不这么想，我对我的愚蠢和笨拙非常失望。我感觉自己在这段时间里根本没有学到任何东西，而且也不相信下一次会好到哪里去。不，学跳舞必须要具备才能，而这种才能恰恰是我所欠缺的：兴高采烈，纯真无邪，生气勃勃。这一点我早就预料到了。

可你看，再一次学跳舞的时候，确确实实要好得多了，我甚至感受到了跳舞的乐趣。在结束的时候赫尔米娜说，我现在已经可以跳狐步舞了。可当她由此提出，我必须明天和她一起去饭店跳舞的时候，把我吓坏了，我便婉言谢绝。她冷冷地提醒我关于要顺从她的誓言，并约了明天到巴朗斯酒店去喝茶。

那天晚上我坐在家里，想读书却读不下去。我害怕明天的约会。我是一个年迈、腼腆和敏感的怪人，不仅要去品尝那些单调无味的现代茶，拜访伴着爵士乐的舞厅，而且还要让我以舞者的身份在陌生人面前出现，而我甚至压根儿就不太会跳舞。坦率地讲，当我单独在我寂静的房间里打开留声机，唱片轻声运转，而我穿着袜子练习狐步舞的舞步时，连我自己都笑话自己，为我自己脸红。

第二天，在巴朗斯酒店里，一个小乐队演奏着曲子，茶和威士忌应有尽有。我想收买赫尔米娜，在她的面前放上点心，还邀请她喝一杯葡萄酒，但她的态度并没有变化：

"你今天不是来享受的，今天是舞蹈课。"

我必须要和她跳上两三曲，在此期间她让我认识了一位青年萨克斯管演奏师，一位西班牙和南非的混血儿，皮肤黝黑，长得很帅气。如赫尔米娜所说，这位年轻人会演奏所有的乐器，会说世界上所有的语言。这个小伙子看起来同赫尔米娜非常熟，而且非常要好。他前面放着两种不同大小的萨克斯管，交替演奏，而他那炯炯有神的黑眼睛却在全神贯注欣赏着跳舞的人。连我自己也感到奇怪，我对这位毫无恶意的漂亮乐手有那么一点嫉妒的感觉。不是吃醋，因为我和赫尔米娜之间还根本谈不上爱情。我的嫉妒是精神层面的那种友谊的嫉妒，因为在我看来，赫尔米娜对他所表现出来的兴趣和引人注目的赞许，对，是顶礼膜拜，似乎有些过头了。在这儿让我认识这样的人，这简直太可笑了。我想着，心里不大愉快。

后来，有人来邀请赫尔米娜跳舞，我就自己留在座位上喝茶，听着音乐。这种类型的音乐直到今天也让我忍受不了。亲爱的上帝啊！我想，这个环境对我来说是陌生和反感的，迄今为止一直是我小心回避的地方，这是我从内心深处歧视的那种属于游手好闲之徒和骄奢淫逸之人的世界，这里是大理石桌和爵士乐、妓女和商旅者浇筑成的浮躁的世界。而现在我却被带到这里来，到这里来被同化。我心情糟糕地喝着茶，凝望着穿戴并不雅致的人群。两个漂亮的姑娘吸引了我的目光，这是两个舞跳得很好的女孩，我带着钦佩和欣赏的目光跟随着她们的身影，她们的舞姿灵活自如，美丽欢快，自信而从容。

赫尔米娜又回来了，她对我很不满意，说我在这儿不该板着脸，毫无情绪地坐在桌边喝茶，我应该给自己一点勇气去跳舞。我在这里什么人都不认识怎么跳？那有什么关系，难道这儿就没有女孩会接受我的邀请吗？

我指给她两个女孩中的那个穿着天鹅绒裙子的漂亮女孩，她刚才还站在我们旁边，留着棕色的短发，一双丰满而细腻的胳膊，模样很迷人。赫尔米娜坚持让我走过去邀请她，我绝望地推辞着。

"我可做不来！"我沮丧地说，"如果我真是一个帅气的小伙子，我会去的！可我是一个年迈、僵硬的笨蛋，还没有跳过一次舞，她会笑死我的！"

赫尔米娜鄙夷地凝视着我。

"我笑不笑话你，对你来说都无所谓啦！你这个胆小鬼！每一个想走近姑娘的人都要冒着被笑话的风险，这就是赌注。你说的冒险，最糟糕的也不过是让人笑话而已。哈里！你若不去做，我再也不相信你说你会服从我了。"

她绝不让步。当音乐再次响起来的时候，我惴惴不安地站起来，走向那个漂亮的姑娘。

"我本来是有舞伴的，"她一边说着，一边用她水灵灵的大眼睛好奇地看着我，"可我的舞伴好像在对面的酒吧耽搁了。好吧！您来吧！"

我搂住她迈出了第一步，让我感到惊喜的是，她并没有挣脱我，当她注意到我是一个生手的时候，便主动带着我跳。她跳得真好，我被感染了，此时此刻，我忘记了我是被命令跳舞的，也忘记了跳舞的规则，好像全身都变得轻飘飘的。我感受着舞伴紧致的腰肢、敏捷而灵活的腿，看着她年轻而容光焕发的脸，我对她坦白说，今天是我一生中第一次跳舞。她微笑着，没有用语言来回应我艳羡的目光和赞美的语言，而是把我们的身体拉得更近，用她轻柔迷人的舞蹈动作来鼓励我。我用右手紧紧搂住了她的腰，快乐而热情地随着她的腿、她的胳膊、她的肩膀而跳着，让我感到惊讶的是，我竟然没有一次踩到她的脚。当音乐结束的时候，我们站着在那里鼓掌，当舞曲又一次奏响的时候，我就又一次热情地、恋爱般地投入到这种虔诚的仪式之中。

当舞曲对我来说过早地结束的时候，那位漂亮的天鹅绒姑娘退了下来，一直看着我们跳舞的赫尔米娜突然站在了我的旁边。

"你注意到了吗？"她用赞许的口吻说，"你发现没有，女人的腿绝不是桌子腿？嗯，真是好极了！你已经会跳狐步舞了，感谢上帝，我们明天就可以开始学波士顿华尔兹了，三周以后在环球大厅有化装舞会。"

舞会中间休息的时候，我们坐在了一起，那位年轻英俊的萨克斯管演奏师走了过来，向我们点了点头，坐在了赫尔米娜旁边，看起来像她很好的朋友。但是坦白地讲，初次接触他时，我一点也不喜欢他。他很英俊，无论是身材还是面孔都很漂亮，这是不可否认的，除此之外我看不到他有其他任何优点。会说多种语言对他来说太容易了，因为他根本就不说什么话，只进出那么几个单词，比如"请""谢谢""你好"之类的，这些词他倒是各种语言都会说。不，这位帕博罗先生根本就不说话，而且看起来也不大思考。这位英俊的西班牙绅士，他的职业就是在一个爵士乐舞厅里做萨克斯管演奏师，看起来他对这个职业充满了热情。有时候他会在音乐奏响的时候突然鼓掌，或者用一些其他的方式来表达激动的感情。他会大声地进出唱词来，如"噢噢噢，哈哈哈，哈罗"之类的。他在这个世界上存在的意义，除了长得英俊，让女人喜欢，戴着时尚的领结和领带，手指上套着好多戒指，就再也没有什么了。他在我们这里坐着的时候，他的乐趣就是朝我们微笑，看他的腕表，卷卷手上的香烟。他那双深色、漂亮、移民后裔的眼睛和那黑黑的鬈发，没有包含任何浪漫气质及他对任何问题的任何思想。从近处看，这位漂亮的异域男人是一个懂享受、还有一点被娇惯的年轻人，有着礼貌端庄的行为举止，如此而已。我同他谈起了他的乐器以及爵士乐的音色，他必须要知道，他是在和一个懂得欣赏、在音乐方面有所造诣的老者打交道。可他根本就不入道，当我对着他，其实是对着赫尔米娜非常礼貌地谈起音乐理论对爵士乐的辩护，他只以善意的微笑越过了我的话题。也许他根本就不知道除了爵士乐之外还有其他的音乐存在。他很客气，彬彬有礼，他那空空的大眼睛里所流露出的微笑很美，可看起来在他和我之间没有任何共同点。对他来说，没有任何重要和神圣的东西，对我来说也是一样，我们来自地球上完全相悖的大陆，没有任何共同语言。但是后来赫尔米娜向我讲述了一些特别的细节，她说帕博罗在那次谈话以后和她谈到了我，让她和我这种人交往时要小心些，说我看起来很不幸。当赫尔米娜问他从哪里得到这样的结论时，他说道："可怜，这是个可怜的人，仔细去端详他的眼睛，他不会笑！"

当这位黑眼睛男人告别的时候，音乐又重新响起了。赫尔米娜站起身来："你现在可以跟我跳舞了，哈里。还是你不愿意再跟我跳了？"

虽然不如同刚才那位姑娘跳舞时那样自在和忘我，但同赫尔米娜跳舞时的我显得更加轻松、自由和愉快。赫尔米娜让我带着她跳，而她的配合像一朵花瓣一样体贴和轻柔。和她跳舞的时候，我感受到了那种若即若离的快感。她的身上散发着女人和爱的气息，她的舞姿温柔地吟唱着来自内心深处的两性吸引之歌。当然我还不能对这一切给出完全自由和开放的回答，我还没有完全忘记自己，还没有全身心地付出。赫尔米娜靠得我很近，她是我的同伴，我的姐妹，对我来说都一样。她就如同我自己，如同我年轻时的朋友赫尔曼，那个浪子、诗人，我精神追求和放肆青春的同行者。

"我知道这些。"后来当我提起这个感觉的时候，她说，"我很清楚，我会爱上你，同时也是爱上了我自己，但这不是一朝一夕的事。首先我们是同伴，我们是希望成为朋友的人，因为我们彼此认同。现在我们两个人想互相学习，想玩在一起。我告诉你我的小伎俩，教你跳舞，教你学会快乐和简单，而你向我展示你的思想和你知道的知识。"

"啊，赫尔米娜，我没有那么多能告诉你的，你知道的东西比我要多得多。你是一个多么特别的女孩啊，你这个小丫头！你了解我的一切，甚至预知我的一切。我能为你做什么呢？我没有让你感到无聊吧？"

她的目光变得暗淡，低下了头。

"我不喜欢听你这样讲话。要感谢那个晚上，你在痛苦和孤独中，失魂落魄而绝望地跑出来，就是在这条路上遇到了我，并让我们成为伙伴。你觉得是什么原因让我当时就已经了解你、理解你？"

"是什么原因呢？告诉我吧，赫尔米娜！"

"因为我和你一样。因为我和你一样孤独，和你一样，对生活、对他人、对自己都不满意，也无法认真地对待生活、他人和自己。总是有这样的一些人，他们对生活有着极高的要求，所以不能忍受自己的愚蠢和粗俗。"

"你，你！"我非常诧异地叫了起来，"我理解你，我的伙伴，没有人会像我这样懂你。可你对我来说还是一个谜。你对生活的态度是玩世不恭的，可你对生活中的细节和享受却给予了高度的重视，你就是这样一个生活的艺术家。你在生活中怎么会有痛苦呢？你怎么会绝望呢？"

"我没有绝望，哈里！但承受生活的痛苦是对的，我是经历过的。你感到奇怪，我怎么能不幸福，因为我会跳舞，我非常熟悉生活中表层的东西。而我也感到很奇怪，我的朋友，我奇怪你为什么会对生活如此失望。你恰恰非常熟悉精神上、艺术上、思想上的东西，熟悉这些美妙和深刻的生活层面上的东西。正因为如此，我们互相吸引；正因为如此，我们成为兄弟姐妹。我要教会你跳舞、玩耍和微笑，但不要心满意足。同时我也要从你那里学习如何思考，获得更多的知识，但也不会心满意足。你知道吗，我们俩都是魔鬼的孩子！"

"是的，我们都是。魔鬼就是精神，而我们是他不幸的孩子。我们从大自然中超脱出来，并被悬挂在虚无的空间里。现在我想起一件事来，在我给你讲述过的那本荒原狼的小册子里，就写着这样的观点。哈里相信，他拥有一个或者两个灵魂，他的灵魂是由一个人或者两个人的灵魂组成的。这也只是哈里的构想。每个人都是由十个、百个、千个灵魂构成的。"

"我很喜欢这个说法！"赫尔米娜叫道，"比如对你来说，在精神层面，你的造诣很高，受到了很好的教育，可在生活的具体小细节上，你却又不在行。思想家哈里是个百岁老人，而跳舞的哈里却是个才不过半天的婴儿。我们现在要把他抚养长大，要抚养那些和他一样弱小、笨拙和幼稚的小兄弟们。"

她微笑地看着我，然后改变了语气，悄悄地问道：

"你很喜欢玛利亚？"

"玛利亚？她是谁？"

"就是刚才和你跳舞的那个漂亮的姑娘啊，一个很漂亮的小姑娘。我看出来了，你有那么一点爱上她了。"

"你认识她？"

"我们很熟。你喜欢她？"

"我喜欢她，当时我真的很高兴，她在和我跳舞的时候表现得那么宽容。"

"如果是这样的话，你应该向她献上那么一点小殷勤，哈里。她是那么漂亮，而且舞又跳得那么好，你也已经爱上了她。我相信你会有结果的。"

"啊，我可没有这样的野心！"

"你有点不说实话了。我知道你在世界的什么角落有一个情人，半年能见一次面就是为了去吵架。如果你能和这么优秀的女孩交好，是一件多么美妙的事啊！不过我要说，你也不必完全认真！其实我也怀疑，你还能不能对爱情那么认真呢！你想去做，想用你的理想方式去爱，做到什么程度，那是你的事，我不想操这个心。我所关心的是，你能由此在你的生活中更好地学会一些细小的、简单的本领和游戏。在这方面我是你的老师，还想做比你理想的情人更好的老师，这一点你就相信我吧！你真的需要有一个漂亮的姑娘睡在你身旁，荒原狼！"

"赫尔米娜！"我痛苦地叫道，"你看看我，我是一个老男人！"

"你还是一个小伙子。正如你图舒服而不学跳舞，却差一点错过了机会一样，你为了舒服而不学会恋爱。理想或者悲剧式的爱情，朋友，你一定可以做得很好，我不怀疑。你现在只是去学习那么一点正常的、常人的爱情。我们已经开了个头，可能你会习惯参加舞会。波士顿华尔兹你还必须要学，我们明天就开始吧。我三点钟到。另外，你喜欢这里的音乐吗？"

"非常精彩!"

"你看，这就是进步，你已经学到一些东西了。过去你不能忍受所有的舞曲和爵士乐，爵士乐对你来说太不严肃也不够深刻，现在你看到了，人们根本不需要这么严肃，而爵士乐非常轻松愉快并具有感染力。另外，这个乐队没有帕博罗就什么也不是。他引领着这个乐队，他为这个乐队注入了热情。"

留声机败坏了我的工作间里所充斥的苦行主义精神的气氛，陌生的美国舞曲，强制性地摧毁了我精心呵护的音乐世界，新的东西、可怕的东西、用来解体的东西从四面八方挤进了我迄今为止界限分明、严格封闭的生活。荒原狼的小册子和赫尔米娜的学说是对的，人的灵魂是由千百种灵魂组成的。我的身上每天除了老的灵魂之外，总要显现几个新的灵魂。它们提出许多要求，制造着各种噪音，于是我像看面前的一幅画一样，清晰地看见了迄今为止我自己人性的幻象。对我偶尔擅长的能力和训练，我就尽情地发挥它们的作用。我勾画了一幅哈里的画像以及哈里所经历的生活，这时的哈里，是一个和善、有教养的专家，诗歌、音乐和哲学方面的专家。而我剩余的那些部分，我的能力、欲望和我的努力所造成的混乱却让我感到十分难堪，并把这部分冠以荒原狼的名字。

当我从幻觉中走出来的同时，我把我的个性分解成不同的品性，这个过程无论如何都不算是一场令人舒适、让人享乐其中的冒险，这个过程通常是苦涩和疼痛的，并常常让人难以承受。同这个环境不相适应的留声机的声音实际上就如同魔鬼的号叫一样。当我在某家现代的酒店里，混迹在所有打扮入时和冒牌君子中跳舞时，我会有一种类似背叛的感觉，是对我曾经有过的那种有尊严的、神圣的生活品质的背叛。如果赫尔米娜能有八天的时间让我独处，那么我就会立刻逃离这种让人疲倦和可笑的所谓男人生活的试验。可赫尔米娜一直都在，尽管我不是每天都能看见她，但我却一直被她看管着、引导着、监控着和评议着。她可以微笑着从我的脸上看到一切，看穿我所有愤怒的反抗和逃跑的意图。

随着我过去称之为我的个性的东西不断地遭到破坏，我也开始懂得，为什么我尽管完全绝望，却那样害怕死亡。我开始注意到，这种令人不齿的对死亡的惧怕，正是我过去虚伪的世俗生活中的一部分。至今为止的哈勒尔先生，这位有才能的作家，研究莫扎特和歌德的专家，这位将艺术的形而上学、天才与悲剧、人道主义写出有阅读价值之文的作者，这位在他那堆满书籍的斗室里多愁善感的隐士，正在一步步地来检讨自己，却找不到任何可以证明自己是正确的地方。这位天才而有趣的哈勒尔先生尽管在为理性和人道主义布道，抗议战争的野蛮性，但在战争中却没有像他的思想所应发展出的结局那样，站在墙边，让人用枪打死。而是找到了某种适应战争的办法，一种特别体面和高贵的方式，其实就是一种妥协。他是权力与剥削的反对者，但在银行里却有好多有价证券，他毫无内疚地吃着利息，这一切就是现实。哈里·哈勒尔把自己打扮成一个了不起的理想主义者和一个蔑视世界的人，把自己装扮成了一个忧郁的隐士和愤青般的预言家，而实际上他却是一个有钱的庸人，他认为像赫尔米娜那样的生活是应该被谴责的，为在酒店里虚度的夜晚生气，为在那里被挥霍掉的金钱生气。他感到内心愧疚，却并不渴望去解决和完善它，相反却猛地退回到自己舒适的生活中，就好像这种精神上的活动能给他带来开心和声望。同样，那些被他蔑视和嘲笑的报纸读者们也渴望回到战前的理想时代，因为在那个时代要比在苦难中学习舒适得多。见鬼去吧，这位哈勒尔先生让人恶心！

然而，我依然抓住他不放，或者说依然抓住了他那已经开始瓦解了的面具，抓住他所炫耀的精神，抓住他对无序和意外事故（死亡也属于这类）所产生的平民般的惧怕，较之于已经脱胎换骨的新哈里——同那个在舞厅里有些腼腆和滑稽的习舞者，同那个怀揣虚伪理想主义的哈里相比较——在这些比较中，他发现了所有重要的性格特性。正是这些特性，使他当初由于教授的歌德版画而受到了极大的伤害。而他自己，这位老哈里，却恰恰是那个世俗的理想主义的歌德，也是一个目光高尚的精神英雄，放射着充满智慧的、理想主义的光芒，连他本人都差点被自己高贵的灵魂感动了！见鬼去吧！这幅优美的版画已经被戳了几个可恶的窟窿，可悲的是，那个理想主义的哈里被拆毁了！他看起来就像一个被街上的强盗暴揍了一顿的尊贵绅士，穿着一条被撕破了的裤子。他聪明一点的做法，就是学会去充当一个衣衫褴褛的角色，而不是挺胸凸肚，似乎还挂着满身勋章，哭啼啼地去要求得到本来已经失去了的尊严。

　　我总能和乐手帕博罗聚会，因为赫尔米娜很喜欢他，总是那么热切地需要他的陪伴，这也不断地修正着我对他的看法。我曾经在我的记忆中把帕博罗描述成一个漂亮的废物。一个渺小的、有那么一点虚荣的俊小伙儿，一个快乐的、没有忧虑的孩子，就是那种在年会集市上高高兴兴地吹着喇叭，给他一块巧克力或表扬两句就完全听指挥的孩子。但帕博罗没有问过我对他的看法，我对他的看法和我对他讲过的音乐理论一样，他根本就不在乎。他总是微笑着礼貌而友好地听着我的谈话，但却从来没有给过我任何正面的回答。尽管如此，我还是觉得他对我产生了一些兴趣，很显然他在尽力让我高兴，向我表露着他的好意。有一次，我终于不能承受这种没有结果的谈话而表现出气恼的时候，他惊愕地看着我，脸上现出悲伤的表情。他把我的左手握在手里，轻轻地抚摸着，然后从一个小小的镀金盒子里倒出了什么东西让我吸，说这样就会让我的感觉好一点。我向赫尔米娜投去疑问的目光，她点了点头，我便接过来吸了几下。很短的时间内，我就感到神清气爽起来，也许里面有一些可卡因粉。赫尔米娜对我解释道，帕博罗从秘密渠道搞来了许多这样的东西，他总要拿出一些给他的朋友们，在混合和配制这些东西方面，他算得上是一个大师傅。这些东西有的可以用来做抑制疼痛的麻醉剂，有的可以用来催眠，有的可以产生美丽的幻觉，也有的用于娱乐和催情。

又一次，我在码头附近的街上遇到了他，他立刻就跟我聊了起来。这次，我终于成功地让他开口说话了。

"帕博罗先生，"我对他说，此时，他手里正玩着一根细细的黑色与银色相间的小棍子，"您是赫尔米娜的朋友，这也是为什么我会对您感兴趣的原因。可我必须说，我觉得和您谈起话来很费劲，我多次想和您谈论有关音乐的话题，我很想知道您对此的看法、您的意见和您对有些问题的判断，但您却拒绝给我哪怕最起码的答案。"

他对我开心地笑了起来，他给我的回答没有一点负疚的意味，而是说得很随便："您看，我认为谈论音乐的问题是毫无价值的。我从不谈论音乐。您说出的话是那么充满智慧，那么正确，我还应该怎样来回答您呢？您说的所有的东西都是正确的。可您看，我只是一个乐手，而不是理论家，而且我不相信在音乐中，讨论什么是正确的会有任何价值。音乐中不存在什么正确与不正确，对音乐来说，最重要的不是它是否正确，也不是人的鉴赏品位和教养如何，这就是我要说的。"

"那么，您认为对音乐来说，什么最重要？"

"人们的参与。哈勒尔先生，重要的是，人们能尽可能好、尽可能多、尽可能积极地去参与到音乐之中。这是最重要的！先生！如果我满脑袋都是巴赫和海顿的作品，并对里面最美妙的东西说得头头是道，这对别人没什么用。可如果我拿起我的管乐器，演奏一段舞曲，不管这舞曲是好还是坏，它却能让人兴奋起来，它把兴奋注入每个人的大腿和血液之中，这才是重要的。您去舞厅中看一眼，当人们休息过后，音乐又重新奏响那一瞬间人们的表情。他们的眼睛放射着光彩，他们的腿在抖动，所有的脸都开始绽放出笑容！这就是音乐的目的。"

"很好，帕博罗先生。可是不仅仅只有感性的音乐，还有一些精神上的东西。除了在某一个时刻正在演奏的音乐，还有那些永恒的、总是充满活力的、却不是您正在演奏的音乐。当人独自躺在床上的时候，在他的脑海里会想起《魔笛》的旋律或者《马太受难曲》的旋律，于是音乐在他的脑海中奏响，尽管没有任何人在吹奏笛子或者在拉小提琴。"

"当然，哈勒尔先生。怀念舞曲和瓦伦西亚舞曲也同样在每个夜里、在无数孤独的睡梦中默默地出现着。还有办公室里那些可怜的打字员，也在按照脑子里舞曲的节拍敲完了最后一个按键。您是对的，所有这些孤独的人们，他们都有那些在记忆中默默奏响的音乐，不管是怀念舞曲、《魔笛》或是瓦伦西亚舞曲。可他们是从哪里获取到可以在孤独时默默奏响的音乐呢？他们是从我们这里取走的，从我们这些音乐人手里。人们在家中的房间里想到或者梦到这些音乐之前，这些音乐首先必须被演奏出来，被人们听到并注入他们的血液中。"

"同意您的看法！"我冷冷地答道，"可您说的这些，并不影响人们把莫扎特和最新的狐步舞分成不同的等级来看待。而且给人们弹奏的是神圣而永恒的音乐，跟这种风靡一时的廉价应景音乐不是一回事。"

帕博罗从我说话的声音里察觉到了我的激动，便马上做出一副可爱的表情，亲热地抚摸着我的胳膊，他的声音也变得异常轻柔。

"哦，亲爱的先生，您对等级的看法是完全正确的。我当然不会反对，您把莫扎特和海顿以及瓦伦西亚按照您的意愿分到不同的等级上。这其实对我来说是无所谓的，我不会去决定它们的等级，也没有人问过我这个。莫扎特的曲子可能在一百年以后还会有人演奏，瓦伦西亚可能再过两年就没有人玩了，我们把这件事委托给亲爱的上帝去决定吧！上帝是正确的，我们所有一切的寿命都掌握在他的手里，当然也包括华尔兹和狐步舞曲，上帝一定会做得很好！而我们这些音乐人，我们必须做我们自己的事，这是我们的责任和任务。我们必须演奏当下人们最热衷的乐曲，我们必须尽最大的可能把这些乐曲演奏得美好、优美、具有感染力。"

我叹了一口气，不再想说服他。这种人，孺子不可教也。

有些时候，旧与新、痛苦与快乐、恐惧与兴奋是相互交融，混杂在一起的。我有时上了天堂，很快又坠入地狱，大多数时间我同在两者之中。老哈里和新哈里一会儿激烈地争吵，一会儿又和睦相处。老哈里有时看起来甚至像死去了一样，他死了，被埋葬了，却突然又站了起来，指手画脚，横行霸道，熟知一切；而年轻的新哈里羞怯、沉默，让人按在墙上受尽屈辱。而在另一个时候，新哈里又卡住老哈里的脖子，用全力掐他的喉咙，于是便有了无数的呻吟悲叹，无数的殊死搏斗，无数次想到用刮脸刀一了百了。

常常是痛苦和幸福汇聚成的巨浪把我淹没。那是在我第一次参加那次公开舞会的几天以后，一天晚上我回到了我的卧室，让我感到意外、陌生、惊吓和颤抖的是——我发现那位漂亮的玛利亚正躺在我的床上。

同赫尔米娜给过我的所有意外惊喜相比，这次的意外是最强烈的。我甚至怀疑这不是真的，她会把这样一只极乐鸟送给了我。那天晚上我非常例外地没有和赫尔米娜在一起，而是在大教堂听了一场古老的教堂音乐的演奏。在我的生活中，那是一次美好而忧伤的远足。在我青年时代的风景里，在哈里的理想主义的意境中，在教堂那高高的哥特式的空间里，在美丽的网状穹顶之上，昏暗的灯光像幽灵般跳跃往复。在这里我听到了柏格兹特胡德[1]、帕赫贝尔[2]、巴赫和海顿的作品。我又重新回到了我最喜欢的老路，再一次听到了一位女歌唱家歌声响亮地演唱着巴赫的曲子，她曾是我的朋友，我听过她无数场精彩的演出。古典音乐的声音，她那至高无上的尊严和神圣唤起了我青年时代所有的虔诚、喜悦和热情。我悲伤地坐在教堂的唱诗班座位上，陷入了沉思。我在这个曾是我故乡的高贵极乐的世界里做了一个小时的客人。在演奏海顿的二重唱时，我突然热泪盈眶，多少个精彩的夜晚我就是在这样的音乐会之后同艺术家们一起度过的啊！可这次我没有等到音乐会的结束，也放弃了最后同女歌手的告别，我从大教堂里溜了出来，疲惫地在黑夜笼罩下的街巷里游荡，在那里，在酒店窗户的后面，爵士乐队正在演奏着我现实生活的旋律。我的生活变得多么混浊不堪！

在夜里行走，我久久地思考着我同音乐之间的奇妙关系，再一次认识到，我同音乐之间这种感动与烦恼的关系就像整个德意志精

---

1 柏格兹特胡德（1673—1707），德国巴洛克时期著名作曲家。

2 帕赫贝尔（1653—1706），德国巴洛克时期著名作曲家。

神的命运。在德国的精神中，母权主宰着一切，这种血缘关系以音乐主宰一切的形式表现出来，这是其他任何一个民族都从未有过的。我们这些知识分子，没有勇敢地对此反抗，去服从某种精神、标志和言词，变得听话，而是陶醉于一种没有词汇的语言，这种语言能说出不可言状的东西，能够表达出不可塑造的形象。有知识的德国人不是去尽可能诚恳地使用他们的工具，却总是反对使用语言和理性而对音乐情有独钟。他们沉浸在音乐里，沉浸在美好而快乐的音符组合中，沉浸在美妙而甜美的感情和声音之中，而音乐中所表现的美好却从不会被催促着急于实现，却忽略了自己的实际任务。我们这些知识分子，在现实面前没有自己的家园，我们对现实是陌生的，是敌视的。因此在德国的现实中，在我们的历史中，在我们的政治中，在我们公开发表的观点中，知识分子的角色是悲苦的。是的，我经常从头至尾去透彻地思考这些问题，不止一次地感觉到一种强烈的渴望，去参与塑造现实，在实际生活中去真正认真负责地做事，而不是一直去崇尚美学和那些精神上的艺术品。可最后却总是以听天由命的放弃、向命运屈服而告终。将军先生和重工业的企业家们说得对，我们这些知识分子什么也做不成，我们不过是一群可有可无、脱离现实、毫无责任心、夸夸其谈的群体。呸，见鬼！拿起刮脸刀吧！

带着满脑子的想法，音乐的余音还在回响，心中满怀沉重的悲哀，充满对生活、对现实、对意义、对无药可医的近乎绝望的渴求，我终于回到了家。我走上了楼梯，打开了客厅里的灯，徒劳地想看一会儿书，又想了一下约会的事，明天晚上我要被迫去泽西酒吧参加威士忌舞会，我不仅怨恨我自己，也怨恨赫尔米娜，她确实是出于一片好心，她是一个奇妙的存在。她本应该让我去自我毁灭，而不该把我拉进这样一个迷惘、陌生、光怪陆离的游艺世界。在这样的世界里，我始终是一个陌生人，在这里，我心目中最美好的东西走向堕落，承受着危难。

我就是这样伤感地熄灭了屋里的灯，这样伤感地走进了卧室，开始伤感地脱衣服。这时，一股特别的香味扑面而来，是一种淡淡的香水味道，我转过头来，看到在我的床上躺着美丽的玛利亚，她微笑着，一双蓝色的大眼睛略显不安。

"玛利亚！"我说。我第一刻想到的是，如果我的女房东知道了这件事，我会被解除合同的。

"我来了，"她轻声地说，"你生我的气了吗？"

"不，不！我知道，一定是赫尔米娜把钥匙给了你，是的，是这样。"

"哦，您若会因此生气，我就走。"

"不，美丽的玛利亚，您留在这里吧！只是我碰巧今天晚上的心情特别不好，我今天不会有这个兴致，也许明天我会好起来的。"

我向她微微地弯下腰来，她用大大的、结实的双手捧住了我的头，把我的头拉低下来，给了我长长的一吻。然后我靠近她坐在床上，握住了她的手，让她说话小声一点，免得让别人听到。我低下头看着她美丽而丰满的脸庞，像一朵陌生而奇妙的鲜花盛开在我的枕头上。她慢慢地把我的手拉到她的嘴边，又拉到她的被子下，放在她那温暖、静静起伏的胸脯上。

"你不需要那么兴奋，"她说，"赫尔米娜已经对我说过了，你很苦恼，这些都可以理解。你说，你还喜欢我吗？上次跳舞的时候你真可爱。"

我吻着她的眼睛、嘴、脖颈和乳房。刚才我想到了赫尔米娜，带着几分苦涩和责备。而现在我却怀着感激的心情接受着她的礼物。玛利亚的爱抚没有破坏我今天所听到的优美的音乐，她配得上这美妙的音乐，她是音乐的成果。我缓慢地把被子从这位漂亮女子的身上拉了下来，将她从头吻到脚。当我朝她躺下的时候，她那鲜花般的脸绽放着知心、亲切的笑容。

这个夜晚，我在玛利亚的身边睡的时间并不长，但却睡得很沉，酣畅得像一个孩子。在醒着的时候，我尽情地享受着她美好而生机勃勃的青春，在轻声细语中了解了许多关于她和赫尔米娜的生活。我对她们这一类人的生活方式所知甚少，过去只是在戏剧中偶尔知道一些类似的生活枝节。男人和女人相遇，一半是艺术中的世界，一半是生活中的世界。直到现在，我才有那么一点深入地了解到了她们的生活，一种奇特的、鲜见的、无辜的、堕落的生活。这些女孩大多出身贫寒，聪明漂亮，她们不甘心一辈子只靠一些收入低微而又无趣的职业谋生，有时她们会做一些临时工，有时靠她们的妩媚殷勤过日子。她们有时几个月坐在打字机旁，有时去做花花公子的情妇，挣一点零花钱和礼物。她们有时生活在裘皮大衣、汽车和豪华酒店里，而另一段时间却生活在屋顶的阁楼上。虽然某些优厚的条件会使她们走向婚姻，但总体来说，她们并不对此抱有幻想。她们中的一些人并不渴求爱情，她们只是违心地献出她们的厚爱，为取得更高的价格而讨价还价。而另一些人，如玛利亚就属于这类人，她们拥有着特殊的爱的天性，并需要爱情，大多数人在两性恋爱上很有经验。她们为爱情而活，除了那些正式的、为她们付钱的朋友以外，还保持着其他的暧昧关系。这些时髦女郎活得勤奋而繁忙，忧虑而草率，聪明而麻木，她们的生活天真又精致。她们是独立的，不是所有人都可以购买的。她们期待着运气和天时地利，热爱生活却更少像普通市民那样留恋生活，她们总是时刻准备着跟随童话中的王子走进宫殿，又总是朦胧地意识到这种幻想会有沉重而悲惨的结局。

在那个美妙的第一个夜晚和接下来的几天里，玛利亚教会了我许多东西，不仅仅是新鲜的感官游戏和快乐，还有新的认识、新的观点、新的爱情。跳舞和悠闲娱乐的世界，电影院、酒吧、酒店、茶肆，这一切对我这个深居简出、追求唯美的人来说，总把这些看作是低贱的、禁忌的、无耻的地方，可对于玛利亚、赫尔米娜以及她们的伙伴来说，这个世界往最坏了说，也不过是一个不好不赖、不渴求也不憎恨的地方。她们短暂而渴望的生活在这个世界里绽放，对这个世界，她们很熟悉，又有经验。她们喜欢香槟或者烤肉坊里的特色佳肴，就好比我们喜欢一位作曲家或者一位诗人。她们会为一位舞曲乐手或为某个爵士歌手所唱的一首多愁善感的歌，尽情地挥霍她们的兴奋、激情和感动，就像我们对尼采或者对汉姆生[1]那样。玛利亚向我讲述了那位漂亮的萨克斯管演奏师帕博罗曾给她们唱过的一首美国歌曲，她讲述的声音充满了陶醉、钦佩和喜爱，并深深打动了我。她所表现出来的兴高采烈，远远超过了任何一位有着很高教养的人谈论起他所经历的千载难逢的高雅艺术享受时的那种兴奋。不管这首歌究竟怎么样，我都准备跟着陶醉其中。玛利亚那亲切的话语，她那充满着渴望和绽放着神采的眼神，为我的美学概念打开了一个更宽阔的视野。确实还有一些美丽的东西，还有一些稀缺而精选出来的美丽，在我看来，毫无疑问，是高尚的，像莫扎特就总是站在美学的顶端。可是，要怎样来划出美的界限呢？我

1　汉姆生（1859—1952），挪威作家，1920年诺贝尔文学奖获得者。

们有那么多学者和评论家，他们在年轻的时候就狂热地热爱着的某些艺术品和艺术家，可在今天对我们来说，看起来不是充满了质疑和致命的缺憾吗？我们不是曾经这样对待李斯特[1]、瓦格纳，很多人甚至也是这样对待贝多芬的吗？玛利亚在谈到美国歌曲时所表现出来的那种绽放的、孩子般的感动，是那样的纯洁、美丽，毫无疑问这是一种高尚的艺术享受，这同某位学究谈起《特里斯坦》[2]时的感动，同某位乐队指挥在指挥《第九交响曲》时的激情有什么不同呢？这种观点不是奇妙地吻合了帕博罗先生的观点，证明了他是正确的吗？

这位帕博罗先生，漂亮的小伙子，连玛利亚看起来也很喜欢他！

"这是一个很英俊的人，"我说，"我也很喜欢他。不过告诉我，玛利亚，你怎能在这种情况下还会爱上我这样一个无聊的老家伙呢？我既不英俊，已经白发苍苍，不会吹萨克斯管，也不会唱英文的爱情歌曲。"

"别说得这么难听！"她打断了我的话，"这是很自然的事情。你也很让我喜欢，你也有很多美好、可爱和特殊的地方，你不要失去你的本真。爱不是需要去讨论的，也没有什么对错。你看，当你吻我的脖子或者耳朵的时候，我会感觉到你想要我，我让你喜欢。你亲吻我的时候还有那么一点羞涩，这就是在告诉我，你喜欢我，你满怀感激，我很漂亮。我非常非常喜欢这样。而在其他的男人那里，我却恰恰相反，我喜欢的是他从我这里什么也得不到，他亲吻我，只是对我的恩惠。"

我们又睡着了。我再醒来的时候，用双臂紧紧地抱着她，不再松开。我的美人，我的美丽的花朵。

---

1 李斯特(1811—1886)，匈牙利作曲家、钢琴家、指挥家。
2 取材自欧洲民间古老传说的著名爱情悲剧。

这真是很奇怪！这朵美丽的鲜花一直都是赫尔米娜送给我的礼物。赫尔米娜始终站在她的身后，总是躲在面具后面。这时我突然想起了艾莉卡，我那位遥远的容易恼怒的情人，我那可怜的女朋友。她的美丽一点也不比玛利亚逊色，只是没有玛利亚热情奔放，也缺少一些情爱艺术上的小技巧，她像一幅图画一样站在我面前，画面清晰而让人心痛，她为我所爱，深深地和我的命运交织在一起；然后，她又再一次沉入到我的酣睡中，沉入到遗忘中，消失在带有几分哀悼伤感的远方。

　　在这样一个美丽而温馨的夜晚，生活中的许多画面浮现在我的眼前，我已经有那么长的时间生活在一个空虚、贫乏、脑袋里空无一物的日子里。现在，爱神的魔力把这一切都唤醒了，那些画面犹如泉水从灵魂的深处喷涌而出。此时此刻，我的心在悲喜交加中沉寂，我生活的画廊是多么丰富多彩，可怜的荒原狼的灵魂天空里布满了多少高远而永恒的星辰。童年和慈爱的母亲变幻成远处山峦上那蓝色无垠的云霭，我的友谊大合唱的歌声响彻云霄，从赫尔米娜的灵魂兄弟——我的传奇般的朋友赫尔曼开始。芳香的仙气飘逸而来，许多女人的画像就像出水芙蓉向岸边游过来，她们都是我爱过的、渴求过的、歌唱过的女人。我只跟她们之中的少数人有过接触，并试图把她们占为己有。同我生活过几年的妻子也出现了，是她教会了我同心同德、矛盾冲突和听天由命。尽管生活有那么多的不如意，我的心里仍鲜活地保存了对她深深的信任。直到那一天，她误解了我，她得了病，她粗暴地反抗，并以突然逃遁的方式离开了我。然后我才意识到，我是那么爱她，对她的信任那么深，她的失信对我的打击是如此沉重，造成了我一生的创伤。

　　足有上百幅有名的和无名的画又出现在我的面前，在爱之夜的井口喷涌而出，是那样年轻而鲜艳。我又明白了，我在长期的困苦中所忘记的东西，它们是我生活的财富和价值，是一段段不可摧毁的、继续存在下去的、化作繁星的生活经历。这些我可以忘记但却不能泯灭的生活经历，串起来就是我生命的传说，这些璀璨的星光就是我存在的不可毁灭的价值。我的生活曾经是艰辛的，荆棘丛生，有诸多不幸，它所通向的是放弃和否定。我的生命，饱含着所有人生的命运之苦，但它是多彩的，值得骄傲或者曾经丰富过。在穷困潦倒中也曾有过帝王般的生活。哪怕我的生命距离死亡还有仅仅一小段的路程，会被这样悲惨地浪费掉，我人生的核心还是高尚的，它过得很体面。这和金钱无关，它所关乎的，是满天星辰。

这已经是很久以前的事了。从那以后又发生了很多事，而现在完全变成了另外一种样子。我现在还只能记得那个夜晚的少许细节，还记得我们之间说过的个别语句，还记得沉浸在温柔之乡时的某些表情和动作，还记得在亲热的疲惫后沉沉睡去，又从酣睡中醒来时美妙的瞬间。但正是在那个夜晚，我从我的生活走向衰落以来首次用一种无情而明亮的眼睛来审视自己，我把这次偶然再次归结于命运，把我的这段生活的废墟当作神圣的碎片。我的灵魂再一次有了呼吸，我的眼睛又一次重见光明，在这个时刻，我热切地预感到，我只要把这些散碎的图像收集在一起，把我哈里·哈勒尔的荒原狼生活升华为一个完整的形象，我自己就能进入想象的世界，并得到永生。难道不就是这样吗？每个人生的意义不就是为了奔向这个目标所做的尝试吗？

早晨，玛利亚分吃了我的早餐之后，我成功地把她从我的住处偷偷送了出来。就是在同一天，我为我们俩在附近的城区租下了一个只用于我们约会的小小的房间。

我的舞蹈教师赫尔米娜看起来非常尽职尽责，我必须要学会波士顿华尔兹。她是那样严格，不讲情面，几乎不让我有休息的时间。因为我要同她去参加一个化装舞会，是决定好的事。她管我要了购买化装服的钱，而对买什么样的化装服却一字不提。我不许去拜访她，甚至连想知道她住在哪里也不允许。

　　距离化装舞会还有三周的时间，这段日子过得特别美好。对我来说，玛利亚是我所占有过的女人中我第一个真正爱的人。我总是要求我爱过的女人有一定的精神世界和受过很好的教育，却完全没有注意到，那些最有才智的女人，那些相对来说受过良好教育的女人，也从没有对我身上所具有的理性给出正面的答案，而总是处在我理性的对立面。我需要把我的问题和思想同这些女人分享。对我来说，如果这个女孩几乎没有读过书，几乎对阅读完全没有概念，或者根本区分不了柴可夫斯基[1]和贝多芬，我爱她绝对不会超过一个小时。玛利亚没有受过什么教育，她不需要这些弯路和替代品，她的问题全部都是从直觉中产生的。她用直觉赋予她的感性，用她那特殊的身段、她的色彩、她的头发、她的声音、她的肌肤、她的气质尽可能地去获取感官和爱情的幸福。她的艺术和任务，就是调动自己的每一种能力、每一条身体曲线、每一个妩媚的体态，在爱欲中发现对方通过她的魔力所诱发的回应、理解，来配合这瞬间的欢愉。在第一次同她一起迈开羞涩的舞步的时候，我就感受到了她的魔力，嗅到了一种特有的、让人愉悦的、高雅的、性感的香气，并为她的魅力所倾倒。当然，无所不知的赫尔米娜把玛利亚引荐给我，也不是偶然的。她的香气和她整体的特质是那样热烈清新，充满了

1　柴可夫斯基（1840—1893），19世纪伟大的俄国作曲家。

玫瑰花的妩媚。

我没有那样的运气，去做玛利亚唯一的或者最喜爱的情人，我只是她许多情人中的一个。她经常没有时间和我在一起，有时只有下午的一个小时，也很少能和我共度良宵。她不想从我这里挣钱，我想是因为赫尔米娜还藏在她身后的原因。但她很喜欢收我的礼物，比如我会送给她一个红色的小钱夹，在里面藏进两三块金币。不过，我送给她的那个红色的小钱夹倒让她狠狠地取笑了我一阵子。这个钱夹很好看，但却是商店里的滞销品，样式已经过时了。我对时髦的东西所知甚少，对这些东西的了解就好比对爱斯基摩语的了解一样贫乏，从玛利亚那里我倒学到了很多这方面的知识。我首先明白了，这些看起来像小玩具之类的东西，一个时髦的物件或者一个奢侈品绝不是一个不起眼儿的小玩意儿或者一件拙劣的艺术品，也不是拜金主义的工厂主和商人们的发明，而是一件合理的、美丽的、多姿多彩的物件所组成的一个小小的世界，或者更确切地说是非常大的物的世界。它们只有一个目的，就是服务于爱情，使感情更加精致，让沉寂的环境充满生气，用新的爱情器皿让死寂的世界充满魅力。从脂粉和香水到舞鞋，从戒指到烟盒，从皮带扣到手提包。手提包不是简单的手提包，钱夹不是简单的钱夹，鲜花不是简单的鲜花，扇子不是简单的扇子，所有这些都是由爱情、魔力和刺激塑造而成的物品。是使者，是黑市商人，是武器，是战斗的呼唤。

玛利亚究竟爱谁，我经常思考这个问题。大多时候我认为她爱的是帕博罗，那个年轻的萨克斯管演奏师，他长着一双失神的黑眼睛，拥有一双长长的、苍白的、高贵而忧郁的手。我宁愿把帕博罗定义为有那么一点迟钝、娇惯和被动的人，但玛利亚却坚定地对我说，他虽然有些慢热，但一旦被点燃却比任何一个拳击手或者骑士更热烈、更硬朗、更具有男子气概。就这样我知道了这些人和那些人的一些秘密，爵士乐的音乐家、演员、一些女人，我周围的那些男人和女孩的秘密，看到了表层下人们之间的联盟和敌对。我，一个曾经同这个世界完全失联的陌生人，变得了解了这个世界，并投身在这个世界当中。关于赫尔米娜的事我也知道了许多。特别是我经常和玛利亚深爱着的帕博罗在一起。有时玛利亚也需要享用帕博罗的那些秘密的药粉，她也分享一些给我。而帕博罗总是那么热心地为我服务。一次，他直截了当地对我说："您总是有那么多的不开心，这可不好，不该是这个样子的。我真为您感到惋惜。您抽一些淡鸦片吧！"我对这位帕博罗的印象也在不断地变化着，他是一个快乐、聪明而又带点孩子气，同时又深不可测的男人，我们成了朋友，我时不时从他那里拿一些粉来。他饶有兴致地观察着我对玛利亚的爱情。一次，他在他的房间里举办了一个"联欢会"，是在城郊一家旅店的阁楼上。那儿只有一张椅子，我和玛利亚只能坐在床上。他给我们喝饮料，那是一种用三瓶不同的液体混合在一起的神秘的开胃酒。在我心情非常好的时候，他闪着明亮的眼睛建议我们三个人纵情"玩乐"一下。我断然拒绝了，这种事情我是根本不可能去做的，尽管如此我还是向玛利亚瞥了一眼，看她对此是什么态度。尽管她立刻就同意了我的看法，可我还是在她的眼神里看到了欲火的燃烧，感觉到了她对放弃的遗憾。帕博罗对我的拒绝非常失望，但却没有受到伤害。"可惜！"他说，"哈里在道德上的顾虑太多了。没办法。但那是一件非常美的事！非常美！那我们就换个玩法吧！"我们分别吸了几口鸦片，然后睁大了眼睛静静地坐在那里，我们三人一起进入了他所暗示的场景之中，玛利亚快乐地颤抖了起来。当我感觉到有一些不舒服的时候，帕博罗把我放倒在床上，给我滴了几滴药水。

我闭上眼睛躺了几分钟，感觉到有人轻轻地吻着我的眼睑，我任由他吻着。我觉得这好像是玛利亚的吻，其实我心里明白，这是帕博罗的吻。

有一天晚上，他又做出了让我更惊讶的事。他出现在我的住处，告诉我他需要二十法郎，请我帮忙，为此他答应可以不让玛利亚住在他那儿，而让她来和我过夜。

"帕博罗！"我凄厉地叫起来，"你不知道你说了什么！为了钱把自己的情人让给其他人，在我们这里是要遭万人唾骂的。我就当没听见你的建议，帕博罗！"

他用怜悯的目光看着我："您不想，哈勒尔先生。好吧，您总是要给您自己找麻烦。如果您愿意的话，那您今天夜里就不要在玛利亚那里睡觉。您给我的钱我会还给您，我现在很需要钱。"

"做什么用呢？"

"为了阿戈斯蒂诺，您知道，就是那两个小提琴手中年龄比较小的那个，他已经病了八天了，没有人去看望他，他没有一分钱，而我的钱现在也花光了。"

出于好奇，也有那么一点出于自责，我同他一起去看阿戈斯蒂诺。帕博罗拎着牛奶和药品进入了他的阁楼，那是一间非常简陋的顶楼，他为阿戈斯蒂诺重新整理了床铺，又为房间通了新鲜的空气，又把一块漂亮的毛巾热敷在阿戈斯蒂诺发烧的头上，一切做得迅速、轻柔、熟练，就像一位熟练的护士。同一天晚上，我们去了城市酒吧，我看着他演奏音乐，一直演奏到第二天清晨。

我经常同赫尔米娜长时间地谈起玛利亚，谈得非常具体，我们谈到了她的手，她的肩膀，她的腰身，她笑的样子，她的吻和她的舞蹈。

"她已经教会你这个了?"赫尔米娜一边问着,一边向我描述着接吻时舌头的一种动作,我请她干脆亲自跟我演习一下,她却十分严肃地拒绝了我。"这个以后再说吧。"她说,"我现在还不是你的情人。"

我问她,她是怎么知道玛利亚的接吻艺术的,以及那些只有她的情人才知道的生活隐私的。

"噢!"她叫道,"我们是朋友啊!你认为我们之间还有什么秘密吗?我经常在她那里睡觉,跟她玩得够够的了。现在,你抓到了一个漂亮的姑娘,她会的东西可比别人多得多。"

"不过我想你们之间还是有秘密的,赫尔米娜,难道你把所知道的关于我的一切都告诉她了吗?"

"不,这是另外一回事,她并不懂这些。你很有运气,玛利亚是一个特别好的姑娘。不过,你我之间还有一些她完全不懂的事情。当然我对她讲了许许多多关于你的事情,要比你想告诉她的东西还要多,我必须要为你引诱她啊!但是,我的朋友,玛利亚是绝对做不到像我这样理解你的,其他人也一样。不过,我也从她那里了解了你的很多东西,凡是玛利亚知道的关于你的事情,我也知道。我对你的了解,就像我们经常在一起睡觉一样。"

当我和玛利亚又在一起的时候,让我感到惊奇和神秘的是,她对赫尔米娜就像对我一样,她也像跟我在一起时那样,细细地感受、亲吻、品尝和观察过赫尔米娜的四肢、毛发和皮肤。在我的面前,出现了一种新的、间接的、复杂的关系,一种新的爱情和生活方式。这让我想到了《论荒原狼》的小册子中关于一千种灵魂的说法。

从认识玛利亚到举行大型化装舞会的这段短暂的时间里,我是很幸福的,但却从来没有认为这是一种解脱或已经达到了快乐的顶点,而是清楚地感觉到,这些只是序幕,是为所有的一切都在急速前行的准备，真正的正戏正在到来。

跳舞我已经学得很多了，对我来说，参加舞会应该已经没有什么问题。随着日期的临近，舞会渐渐成为日常的话题。赫尔米娜一直坚守着一个秘密，她没有透露给我她要穿什么样的服装去参加舞会。她认为我会认出她来的，一旦我认不出她来，她会帮我认出来的，但事先不会让我知道她会化装成什么样子。她对我的化装方案也并不好奇，而我决定，干脆就不化装。当我邀请玛利亚去参加舞会的时候，她跟我解释说，她已经有了一个舞伴，而且真真切切拿着一张入场券，我只能单独去参加舞会了，这让我感到有点失望。这是这个城市里一流的化装舞会，每年一次，在环球大厅举行，由艺术家协会举办。

这些天我很少看到赫尔米娜，舞会的前一天她在我这里待了一会儿。她是来取我给她买的入场券的。她平静地坐在我的房间里，同我聊了起来。这段谈话引起了我的关注，并给我留下了很深的印象。

"你现在看起来真的很不错，"她说，"跳舞让你换了一个人，如果有谁这四个星期没有见过你，他几乎会认不出你的。"

"是的，"我同意她的话，"多少年我也没有这样愉快过了，这多亏你，赫尔米娜。"

"哦？不是因为你那位美丽的玛利亚吗？"

"不，她也是你送给我的，她的确很不错。"

"她就是你需要的那种情人，荒原狼。她漂亮、年轻、性格好，她很会爱人，而且又不是每天都可以得到。如果你不是和其他人来一起分享她，如果她在你这里不是一个总要小心翼翼去对待的客人，你的感觉就不会这样好。"

是，她的这个观点我也同意。

"那么你现在已经拥有了你所需要的一切了吗？"

"不，赫尔米娜，还不能这么说。我确实有了一些很美好愉悦的东西，一种极度的喜悦，一种爱的抚慰。我真的很幸福……"

"然后呢？你还想要更多的东西？"

"我想要更多的东西。我对我现在的幸福状态并不满意，我并不是想要这些，这不是我的命运。我的命运却恰恰相反。"

"就是不幸吗？你已经经历得够多了，那个时候，你因为刮脸刀的事都不敢回家了。"

"不，赫尔米娜，这是另外一回事。当时，我承认，我很不幸，但那是一种愚蠢的不幸，是一种没有成果的痛苦。"

"为什么呢？"

"那是因为我希望死亡，否则我也就不会对死亡存在恐惧了。我所需要和渴望的不幸，是另一种不幸，那就是让我怀着热望去忍受痛苦，让我带着快乐走向死亡。这才是我所期待的不幸，或者也可以说成是幸福。"

"我理解，在这个问题上我们犹如同胞兄妹。可你为什么要反对你和玛利亚现在所拥有的幸福呢？你为什么不满意？"

"我并不反对这种幸福，不，我喜欢这种快乐，对此我怀有一片感恩之心。它像多雨的夏天中一个阳光明媚的日子那么美好，但我感觉到这不可能持久。这种幸福当然是不会有结果的。它会让人知足，可这种知足并非我所需。它使荒原狼得以饱足，接着入睡，但这不是可以为之去死的幸福。"

"哦，你必须要去死吗，荒原狼？"

"我想是的。我对我的幸福非常满足，我还能够承受一段时间。可当这种幸福有时让我清醒一段时间，唤醒了我的渴求，那我所有的渴求并不是永远把握这种幸福，而是渴望重新承受痛苦，只是以比以前更美、更折中的方式。我渴望那种能让我准备和愿意去死的痛苦。"

赫尔米娜温柔地看着我，眼睛里突然闪现出一丝暗淡的光亮。这是一双明亮而可怕的眼睛！她慢吞吞、一字一句地说，是那么轻柔，我要费好大劲儿才能听到。

"我想今天和你说点我早就知道、而你也知道的事情，只是你还没有对你自己说过而已。我这就告诉你，我所了解的我和你，以及我们彼此的命运。你，哈里，曾经是一个艺术家、思想家，一个充满了快乐和信仰的男人，一直追寻着伟大而永恒的轨迹前进，从来看不上那些美丽和不起眼儿的区区小事。可当活生生的现实把你唤醒，并让你去面对的时候，你的危机变得越来越大，你的痛苦就越来越深，使你陷入焦虑和绝望之中，深不可拔。所有的一切，你曾经认为美丽和神圣的一切，你所热爱和尊崇的一切，所有你所独有的对人类的信仰和我们最高的理想，对你都无济于事，变得毫无价值并土崩瓦解。你的信仰没有给你提供呼吸的空气，窒息是一种痛苦的死亡。是这样吗，哈里？这就是你的命运？"

我点了点头，不断地点头。

"你在你的灵魂里有一幅人生的画面、一种信仰、一种追求，你准备好了去实践、去承受、去牺牲。可你是否渐渐地注意到，这个世界并没有要求你去实践、去牺牲，以及去做这些类似的事情呢？你是否注意到，生活的本身并不是一部英雄史诗，里面只是要有英雄的角色和类似的东西而已。生活只是一个市民阶层舒适的房间，在这个房间里，人们满足于吃吃喝喝，可以来杯咖啡，织织袜子，打打纸牌，听听音乐，等等。如果谁不甘于此，心里还有英雄情结和崇拜诗人、圣人的美好情结，他就是一个傻瓜或堂吉诃德。好吧，我的朋友，我也有过这样的情结，我曾经是一个很有才华的女孩，也曾经确立过很高的生活目标，对自己有很高的要求，要去完成庄严伟大的使命。我给自己确定的命运是，成为一个王妃，一个革命者的爱人，一位天才的姐妹，一位殉教者的母亲。可现实却只能让我成为一个有品位的高级妓女，这对我的打击是非常大的，这就是我所经历的一切。我有一段时间情绪非常低落，相当长的时间里，我在自己身上寻找过失。我曾经想过，我的生活总有一天会步入正轨，而当现实总是在嘲笑我美好的梦幻时，我又在想，也许是我的梦想太愚蠢，这个梦想本身就是不对的。它帮不了任何忙。因为我的眼睛和耳朵非常好用，我怀着一颗喜欢探寻的心，我仔细地观察着我的生活，也观察着我的熟人和邻居，至少关注了五十多人和他们的命运。于是，我看到了，哈里，我的梦想是正确的，千真万确，就像你的梦想一样。但在现实中，却不是正确的。像我这样的女人，只能坐在一台打字机前，为了生计去工作，在拮据和毫无意义的生活中老去，没有别的选择。或者，为了金钱去嫁给一个富人，成为另一种形式的娼妓。这同你这样孤独地活着，懦弱而绝望地去拿刮脸刀一样。在我这里，是物质和道德上的困苦，在你那里是精神上的，可路径却是一样的。你对狐步舞感到恐惧，抵制酒吧和陪舞，抗拒爵士乐，对一切俗气鄙陋的东西不屑一顾，你以为我不理解吗？我太了解这些东西了，我也同样憎恶政治，对各党派、媒体的废话和不负责任的作为也有和你一样的悲哀。对战争，对过去和未来，对人们现在的思维方式、阅读方式、建筑方式，对音乐方式、庆祝方式、教育方式，都怀着和你一样的绝望。你是正确的，荒原狼，你百分之百正确，可你注定要走向灭亡。你对我们今天所面对的简单、舒服、有点小知足的世界有太高的要求，又过于渴求。这个世界抛弃了你。因为你比它高了一个维度，与它格格不入。谁想在今天生活下去并活得快乐，就不能像你和我这样去做人。谁不要无聊的音乐，不要消遣的快乐，不要拜金的灵魂，不要钻营，不要玩弄爱情，谁有这样的要求，那么这个美丽的世界就不是他的栖身之地。"

她看着地面，若有所思。

"赫尔米娜，"我轻轻地叫道，"姐妹，你的眼光很锐利！可是你教会了我狐步舞！你说像我们这样的人，这种对世界有过多要求的人，是不能在这个世界上活下去的，这是什么意思呢？为什么要这样？只是我们现在所处的时代是这样，还是过去也是这样呢？"

"我不知道。我想去尊重这个世界，不管是不是处于我们这个时代，尽管这是一种病态、一种暂时的不幸。领袖们在绷紧神经并卓有成效地为下一场战争而准备着，而我们这些人只管去跳狐步舞好了，我们去挣钱，去吃巧克力。在一个这样的时代，这个世界看起来就是这样平庸可怜，我们希望其他的时代曾经比现在好过，以后还会更好起来，会更富裕、更宽广、更深刻。可现在对我们来说无济于事。可能过去一直是这样吧……"

"总像今天这样吗？只有属于政治家、奸商、酒保和花花公子的世界，而没有属于普通人的生活空间吗？"

"也许是这样吧，我不知道，没有人会知道。无论怎样都是一回事吧！可我现在却想起了你心爱的人，我的朋友，你曾经向我讲起过他，还给我朗读过一封写给他的书信，就是莫扎特啊。那个时代的情况是怎样的？谁在那个时代统治着世界，谁是那时的既得利益者，谁来定调子，谁来制定规则？是莫扎特还是钻营者，是莫扎特还是那些肤浅的人？他是怎样死去，又是怎样被埋葬的？我是想说，也许世界过去一直是这样，以后也还会是这样。而你在学校学习过的被称为'世界历史'的东西，人们为了受到教育而必须熟知的东西，那些英雄、天才、伟大的行为和情感只不过是一个谎言，这些谎言由教师们为了教育的目的而杜撰出来，使孩子们在学龄期有点事情可做。过去一直是如此，将来也是如此，时间与世界、金钱与权力总是属于那些渺小而肤浅的人，而其他的人，那些真正的人，除了死亡，没有什么属于他们。"

"除了死亡什么也没有？"

"不，有，就是永恒。"

"你是指他们的名字，他们给后人留下的声誉？"

"不，小狼！不是声誉，声誉能值几个钱？你相信所有那些真正、纯粹完美的人物都会流芳百世吗？"

"不，当然不会。"

"这就对了！声誉什么也不是。声誉只是为了教育而存在，它属于教师的事务。不是指什么声誉，不是！可我所称作永恒的东西，虔诚的信徒称之为上帝的王国。我在想，我们所有人，我们有好多诉求和渴望，当我们进入了太多的维度空间，如果在世界的空气层外没有空气，也没有其他的物质用来呼吸，我们也就没有办法生活了。如果我们的基点没有超越时间和永恒，我们就真正处在一个真实的王国里，在这个王国里，有莫扎特的音乐，有伟大诗人的诗歌，还有那些圣人，他们创造了奇迹，壮烈牺牲，为人类做出了榜样。可还有一些东西也属于永恒的王国，那就是每个真正的行动、每一份真正的感情所包含的力量，尽管不被人所知、所见，也没有被记载流传。在永恒的事业中没有后来者，只有参与者。"

"你说得对！"我说。

"那些虔诚的信徒，"她沉思着继续说了下去，"他们中的大多数人都知道这个道理，他们高举起圣人的旗帜，并把它称作圣徒的团体。圣徒就是真实的人们，是救世主年轻的兄弟们。我们的一生，每一次善行、每个勇敢的想法、每一次表达爱，都是在通往天国的路上前行。圣徒的团体被先代的画家画在金色的天空上，放射着光芒，美丽而祥和，这就是我刚才所说的'永恒'的团体。王国在时间与表象的彼岸。我们是属于那里的，那儿是我们的归宿，我们的心向往着那里，荒原狼，也正因为如此，我们渴望着死亡。在那里，你可以重新找到你的歌德，你的诺瓦利斯和莫扎特，而我也能找到我的圣人，圣克里斯多夫¹，菲利普·封·奈利²等。有许多圣人曾经有过深重的罪孽，罪孽与恶习也是一条通向永恒的路。我经常会想，也许我的朋友帕博罗就是一个隐藏的圣人呢！你会笑话我吧！哦，哈里，我们必须要经历许多肮脏和无聊的东西去摸索通向我们归宿的路！我们没有人引路，我们唯一的引路者就是对我们永恒归宿的思念之情。"

　　她把最后一个单词说得很轻很轻，整个房间里充满了平和的气息。太阳正在落下，晚霞在我的藏书的许多书脊上洒下一层璀璨的金光。我双手捧住赫尔米娜的头，吻了她的额头，脸贴着脸，我们就这样靠在一起坐了会儿，像兄妹一般。我多想就这样待下去，今天不再出门了。可这个晚上，就是化装舞会前的最后一夜，玛利亚已经答应了和我的约会。

　　在去同玛利亚约会的路上，我想的不是玛利亚，而是只想着赫尔米娜和我说过的话。她所讲的一切，在我看来，也许不是她自己

1　西方传说中背耶稣渡河的人。

2　16世纪罗马反宗教改革的杰出人物，在罗马天主教会中被尊为圣人。

的观点，而是我的观点。目光锐利的她读到了我的观点，并把它吸收进来，然后又把它复制给我，从而使得我的观点形象化，以崭新的面貌出现在我的面前。她把关于永恒的思想完整地表述出来，对此，我当时对她怀着深深的感激。我需要这种思想，没有它我求生不得求死不能。那神圣的彼岸，永恒之神，具有永恒价值的世界以及上帝的本原，这一切，是我的女友和我的舞蹈教师今天送还给我的礼物。我不禁想起了我的歌德之梦，在这位年迈的贤人画像上，他那样反常地笑着，同我开着他那神圣不朽的玩笑。现在，我懂得了歌德的笑，这是神圣的、不朽的。它不是物质的，而只是光，只是光明。它是一份遗产，是一个真正的人在完全经历了痛苦、罪恶、错误、热情和误会之后，成为圣人，在宇宙间穿越之后遗留下来的遗产。"永恒"的概念，其实就是时间的超脱，就是在某种意义上的回归淳朴，再转回到宇宙空间中。

我到了我们晚上经常品尝美味的地方和玛利亚会面，可她还没有到。我坐在这家位于城边的小餐馆里，在已经摆好餐具的餐桌旁等待着，想着我的思想和我们之间的谈话。所有我和赫尔米娜之间通过谈话所表露出的观点，都让我怀有深深的认同感。像一位老熟人，又像是从我自己的神话与图画的世界里提取出来的。神圣的不朽者在超脱时间的空间里生活着，超然世外，化成美丽的形象，像宇宙苍穹一样水晶般的永恒将她浇铸，使宇宙世界放射出清凉、璀璨的光芒。这所有的一切为什么我会如此熟悉？我陷入沉思，我想起莫扎特的《嬉游曲》和巴赫的《平均律钢琴曲》中的那些段落。在这些音乐中，在我的眼前，那凉爽的、星光璀璨的光芒无所不在，宇宙的清澈在荡漾。是的，是这样，音乐就好比在宇宙空间中被冻结的时间，在它的上空流动着无限的、超人类的明朗之光，飘荡着永恒的神圣的欢笑。啊，我梦中的歌德同这一切是如此协调！突然，我周围响起了深不可测的笑声，听到了永恒不朽的欢笑。我迷惑地坐在那里，从我衣服的口袋里找出一支铅笔来，在找纸时，发现我面前有一张葡萄酒的酒单，我把它翻过来，在它的背面写下了一段诗文。一直到第二天，我才从我的衣兜里又把它找了出来，诗文是这样写的：

不朽者

从地球的深山峡谷里，

向我们升腾起求生的渴望，

野蛮的困苦，烂醉的眩晕，

血腥的烟味弥漫在无数绞刑架上。

杀人者的手，放高利贷者的手，祈祷者的手，

情欲的痉挛，贪欲的膨胀，

被恐惧和快乐驱赶的人群，

蒸发着闷热、血腥和温热的腐臭，

呼吸着幸福和情欲的疯狂。

吞噬着自己再呕吐出来，

孕育着战争，把持着艺术，

狂热粉饰着欲火燃烧的风月场。

骄奢淫逸，游荡在年货集市，

那里曾有童年时的欢畅。

从浊浪中刚抬起头，

又一头栽进污浊的泥浆。

在无垠的太空上，

我们找到了星光穿透的冰的故乡。

不分某日某时，

没有性别之分，没有年幼年长。

你们的罪孽，你们的恐惧，

你们的谋杀，你们的淫荡。

演绎给我们的，

就像旋转的太阳。

我们度日如年。

对你们的放纵，

我们静默地观赏，

凝望旋转的星辰，

我们静静地呼吸着，

宇宙寒冬里的暮雪晨霜。

我们结交了天上的蛟龙，

神爽心清的我们亘古存在，

满天星光令我们笑声朗朗。

　　写完这段诗文，玛利亚来了。我和她美餐一顿之后，来到了我们的小房间。今天晚上，她比以往更漂亮、更热情、更亲切。她让我享受着她的温存，让我感觉这是她给我最彻底的狂热和最后一次的快感。

　　"玛利亚，"我说，"你今天就像一位女神那样慷慨，可别让我们俩精疲力竭了，明天还有化装舞会呢。明天你的舞伴是个什么样的男人呢？我担心，我亲爱的小花，我的童话中的公主会不会被他拐走，再也不会回到我的身边了。你今天对我的爱，就像一对热恋的情人在最后一次告别时所做的那样。"

她把嘴唇贴到了我的耳边，轻声细语地说：

"不要这样说，哈里！每一次都可能是最后一次。如果赫尔米娜把你带走了，你就不会再到我的身边了。也许她明天就要把你带走了。"

那是一种奇妙的、苦与甜融合在一起的强烈的刺激。舞会前夜的这种特别的感觉，比以往任何一次都要强烈。这是我所感受到的幸福，玛利亚的美丽和纵情，一波接一波精妙的快感、律动和喘息，那是拍击在柔软而快乐的波涛上的享受，这种享受来得太晚了，我一直到了这么大的年纪，才体验到这种奇妙的滋味。不过这只是一个外壳，里面裹满了所有深刻的意义、激情和命运，好像漂浮在纯净而温暖的幸福之中。当我温柔且充满爱意地同我甜蜜动人的小可爱做爱的时候，我感觉到我的心，就像我的命运正从我的脖子努力地冲上头顶，就像一匹狂奔的、被击打着的骏马，面对深渊、面对跌落，充满了恐惧、渴望和对死亡的献身意识。就像不久前，我还在胆怯地抵制那种舒适和轻浮的性爱一样，像我曾经在玛利亚含笑奉送的美丽面前感觉到的恐惧一样，我现在恐惧死亡，很显然，这种恐惧很快就会变成献身和解脱。

当我们默默地沉浸在爱的欢愉游戏中时，我们彼此的内心比以往任何一次都更加贴近了。我的灵魂在同玛利亚告别，同她对我所意味着的一切告别。从她那里我又一次学到了，怎样在一切结束之前，像孩子一样单纯幼稚地去热衷于表面上的游戏，去寻求最短暂的快乐。像孩子和动物一样，没有性的负罪感。这种情况在我过去的生活中只是一个极其罕见的例外。因为肉欲和性对我来说几乎一直有着负罪感般苦涩的余韵，有着禁果的甜蜜但却混合着恐惧的味道；它是一个讲究精神生活的人所不该触及的。现在赫尔米娜和玛利亚向我展示了这座花园的纯洁无邪。感谢上帝，我也曾经成为这座花园的客人，可现在对我来说已经到了继续前行的时间节点，这里是那样的温暖和美好。我注定了要去继续争夺生活的桂冠，继续为生活的无尽罪恶受罚。一种轻松的生活、一种简单的爱情、一个简单的死亡，这些都与我无缘。

从女孩们的暗示中我做出决定，为明天的舞会，或者是舞会之后，彻底享受放荡一场。也许这就是结局，也许玛利亚的预测是对的，今天就是我们睡在一起的最后一天，也许明天我们的命运又要开始新的旅程？我满怀热烈的期待，充满窒息般的恐惧，我粗野地紧紧抱住玛利亚，又一次贪婪地奔跑在她花园里所有的森林小径，忘掉我又一次偷吃了伊甸园树下的禁果吧！

我在白天补了一下头天晚上缺的觉。早晨我先泡了个澡，然后筋疲力尽地回到家。我把卧室调得很暗，在脱衣服的时候，我发现了放在衣兜里的诗文，忘了它吧，赶紧去睡觉，忘了玛利亚、赫尔米娜和化装舞会吧，我睡了整整一天。当我晚上起床，刮胡子的时候才突然想起来，再有一个小时化装舞会就要开始了，而我还得把那件燕尾服的衬衣找出来。我怀着一份好心情打扮好了自己，然后出门去，先到外面吃口饭。

这是我第一次参加这样的化装舞会。过去我也时不时地参加过一些联谊活动，那些活动也相当不错，不过我没有跳过舞，而只是一个观众。听到其他人兴奋地谈起这些聚会的时候，我总是觉得那么滑稽。今天的舞会对我来说却是一件大事，我怀着紧张的心情热烈期待着他的来临，而不再怀着惧怕的心理。因为我没有带女士参加，我决定要去得晚一点，这也是赫尔米娜给我的建议。

这家叫作"钢盔"的酒馆是我以前的避难所，是落魄的男人们打发时光的地方，他们在那里喝葡萄酒，过着单身汉般的生活。我最近已经很少到这里来了，因其已经不再适合我现在生活的格调了。可今天晚上我却又不由自主地来到了这里，怀着一种对宿命的悲喜交集的心情前来告别。我生活中所经历的每一站，每一个值得想念的地方，再一次浮现在脑海。过去的一切，在我的心中闪烁着感伤而美丽的光环，其中也有这家烟雾缭绕的酒馆。就在不久以前，我还是这家的常客，还在把一瓶当地的老酒当作最原始的麻醉剂自饮自乐，为了能让我回到家中那孤独的床上过夜，继而再忍受一天的生活。从那儿以后我还尝过更强烈的麻醉剂，啜饮过甜味的毒酒。我微笑着走进了这家老酒馆，老板娘招呼着我，那些常客们默默地向我点头致意。很快我面前就摆上了老板娘推荐的烤鸡，农家式的厚厚的大杯中斟着最新酿制的阿尔萨斯葡萄酒，那些干净洁白的木桌和旧得发黄的护壁墙板都在友好地看着我。我吃着喝着，心中升腾起一种苍凉和告别晚会的情愫，那是一种甜蜜与疼痛交织的感觉，那是一种与我以往生活中的活动场所和事情藕断丝连，而现在已能够摆脱的感觉，现代人把这种情愫称为多愁善感。如果现代人不再喜欢一件东西的时候，即使那是他认为最神圣的东西，比如他的汽车，他也会尽快地以他所期望的市场价格置换出去。这种现代人是灵活的、能干的、健康的、冷静而果敢的，是一种出类拔萃的典型，在下一场战争中，他们会留下许多传奇般的故事。我同现代人毫不搭边，也不是老派的人。我是一个被时代抛弃的人，我把自己推到了死亡的边缘，只想了却一生。我完全不反对多愁善感，在我燃烧的心脏里，我竟然还能感觉到诸如感情这样的东西，这让我欢喜，让我充满感恩。我就是这样把这家老酒馆放进我的记忆里，对那些粗陋笨拙的椅子的眷恋，对葡萄酒和香烟的香气的怀念，还有曾经给予我的那些已经习惯了的、温暖的、充满家乡气息的每一个瞬间，这一切都曾经为我而存在。告别是美好的，一片柔情。我喜欢我那硬硬的座位，我的农家大杯，我喜欢那清爽的、余香满口的阿尔萨斯酒，我喜欢这里的一切，我对这个空间里的所有东西饱含深情，我喜欢这里每一个蹲在那里，喝得晕晕乎乎的面孔，我长久以来是他们的难兄难弟。我在这里所感受到的市民情调，植根于童年时代饭馆里所弥漫的旧式的浪漫气息，在当年的饭馆里，烟酒还是被禁止的陌生而美妙的东西。荒原狼没有一跃而起，张开它锋利的牙齿，去把我的情感撕成碎片。我静静地坐在那里，多少流星在此间滑落，发出微弱的光芒，历历往事温暖着我的心。

一个街头小贩拎着炒栗进来，我买了满满一捧。一位妇人拿着鲜花进来，我买了几束送给了酒馆的老板娘。当我习惯性地想顺手从上衣兜里掏钱的时候，才发觉自己今天穿的是晚会的燕尾服。天啊！化装舞会！赫尔米娜！

不过时间还有些过早，我有些犹豫，是不是现在就赶去环球大厅。我也感觉到，最近参加的所有这一类娱乐活动，对我来说是内心矛盾的。我不大喜欢进入这种巨大的、挤满了人的、嘈杂的空间，对这种陌生的氛围，对花花公子的世界，对跳舞，我一直怀有小学生般的胆怯。

我闲逛着路过一家电影院，看着闪烁的霓虹灯和五光十色的巨幅广告牌，我往前走了几步远，然后转身回来走了进去。在影院里我可以舒舒服服地安坐到晚上十一点。一个小伙子打着遮光灯在前面引路，我踉跄着通过前门进入阴暗的大厅，找到了一个座位，于是我便突然置身于《旧约全书》之中。这是一部显然不是出于盈利目的，而是为了一个高贵而圣洁的目的，耗费巨资而精心制作的电影，下午的时候，宗教老师会带着学生们来看这类电影。影片讲述了摩西和以色列人出埃及的故事，影片中用大量的篇幅描述了在炎热的荒漠上熙熙攘攘的人群，无数马匹、骆驼，华丽的宫殿，雍容华贵的法老和犹太人的苦难生活，我看到摩西留着像沃尔特·惠特曼[1]的发式，一个只能在舞台上出现的华丽的摩西，拄着长长的拐杖，迈着沃坦[2]式的步伐，激昂而又忧郁地在荒原中行走，犹太人群跟在他的后面。我看见他在红海向上帝祈祷，然后红海向两边分开，划出一条狭路出现在两面涌起的水山之间（电影人是怎样拍出这样的场景的，足够教士和他带来看电影的信徒们长时间去讨论了）。我看到了先知和那些惊恐万状的人们从这条路上穿过，在他们后面，出现了法老的战车。我看到埃及人惊恐地站在海岸上，然后勇敢地冲进了这条狭路，水山将衣着华丽、穿戴着金盔甲的法老和所有他的战车和士兵吞没。这个情景让我想起亨德尔的一首非常优美的男低音二重唱，就是在这首歌曲里，这个故事被热烈歌颂。我又看到摩西向着西奈山继续攀登，看到一位忧郁的英雄站在布满阴郁岩石的荒野里，在那里，耶和华通过暴雨、雷电和光信号向他传授十诫，而同时，他那些毫无庄重可言的子民却在山脚下建造起金牛，恣意狂欢。看着这一切，我感到不可思议。这些圣经故事，那些故事中的英雄们和所创造的奇迹，让我们在童年时代就朦胧地感觉到了另一个世界、超人类的存在。而在这里，这部电影却在那些怀着感恩之心买了门票，却一直吃着他们自己带进来的面包的观众面前放映，这就是我

1　沃尔特·惠特曼（1819—1892），美国著名诗人，著有《草叶集》。

2　北欧神话中的诸神之父，司掌战争、权力、智慧、死亡等。

们这个时代一堆巨大的破烂和文化大拍卖的美丽缩影。我的上帝！为了保护这些破烂东西，在当时，除了埃及以外，还有多少犹太人和其他种族的人宁愿赴死，这是多么壮烈和高尚的牺牲，而不是像我们今天这样假死和半死不活。是的！

我内心中的拘谨与胆怯让我不愿意承认自己对化装舞会的恐惧。这种恐惧没有因为看电影和观看时的兴奋而减少，而是在逐渐增强。想起了赫尔米娜，我才不得不鼓起勇气，下决心去环球大厅。等我进入舞厅的时候，已经很晚了，舞会早已开始并正热烈地进行着。我还没有来得及更衣，就拘谨和羞涩地被卷进戴着面具狂欢的人群中。有人亲密地推撞着我，姑娘们邀请我来到香槟酒台，小丑们拍着我的肩膀，亲切地以"你"相称。我没有搭腔，吃力地挤过拥挤的大厅，来到更衣室，我拿到存衣牌后，小心翼翼将其放进口袋，心想，如果我受够了这里的熙攘嘈杂，也许我会很快用到它的。

这座大楼的所有房间都充满着欢乐的气氛，所有的大厅，包括地下一层都在跳舞，所有的走廊上、楼梯上满是戴着面具的人，充斥着舞蹈、音乐、欢笑和嬉闹。我忐忑不安地挤过熙熙攘攘的人群，从黑人乐队到乡村乐队，从富丽堂皇的主大厅来到各条过道，走进酒吧，来到自助餐台，又来到香槟酒台。房间的墙壁上大都挂着最年轻的艺术家们创作的一些狂野而有趣的绘画。所有人都聚在了这里，艺术家、时事记者、学者、商人，当然也少不了这座城市的花花公子们。帕博罗坐在一个管弦乐队当中，他正兴奋地吹着他那装饰着丝穗的管乐器。他认出我来，高声地唱了一句，算是和我打招呼。我被人群簇拥着从一个房间到另一个房间，上楼又下楼。地下一层的一个走廊被艺术家们装饰成地狱的样子，一支装扮成魔鬼的小乐队在乱弹乱唱。我开始费力地寻找赫尔米娜和玛利亚，几次想挤进主大厅，不是跑错了地方，就是受到人流的阻挡。一直到了半夜，一个人我都还没找到。尽管我还没有开始跳舞，可我已经浑身发热、有些眩晕了。我就近坐在一张椅子上，两边是喊叫着的陌生人。我要了一杯葡萄酒，感觉我这么年长的人已经不再适合参加如此嘈杂的聚会了。我无可奈何地喝着酒，呆呆地凝望着女人们赤裸的双臂和后背，看着那些装扮得奇形怪状、戴着面具的人们在面前闪过，任凭他们挤来挤去。有几个姑娘想坐在我的怀里或者想跟我跳舞，都被我默默地拒绝了。"这个老东西。"一个姑娘这样说，她说得没错。我想借着酒力鼓起勇气，振作精神，可这酒却并不对我的口味，简直没法再喝第二杯。我渐渐又感觉到荒原狼站在我的身后，伸着长长的舌头。在这里我什么都干不了，我来错了地方。尽管我是怀着最美好的愿望来的，可我在这里根本就高兴不起来，这种喧闹嘈杂、欢笑愉悦在我看来都是那么愚蠢，那么勉强。

就这样，大概在午夜一点钟的时候，我失望而恼怒地回到更衣间，想穿上外衣离开这里。这是一次失败的尝试，荒原狼旧病复发了，赫尔米娜恐怕是不会原谅我了，可我不得不这样做。我费力地挤过人群走向更衣间，又小心翼翼地环视着四周，看我能否看到我的女朋友们，可一切都是徒劳。我站在更衣间前，柜台后面的先生礼貌地伸出手来要我的存衣牌。我把手伸进了口袋里，存衣牌居然不见了！真是见鬼，存衣牌怎么会丢了呢！当我怀着糟糕的情绪穿梭在各个大厅之间或坐下来喝酒的时候，我还把手伸进口袋，内心挣扎着是否要决心走掉，都摸到了那个扁扁的小圆牌呢。可现在，它竟然不见了。一切都在和我作对。

"衣帽牌丢了？"我旁边一个穿着红黄衣服、打扮成魔鬼的人尖声问道，"来，伙计，你用我的吧！"他把一个衣帽牌递给了我。当我本能地接过来，用手指翻转着看的时候，这个敏捷的小家伙已经消失了踪影。

我把这个小圆牌举到眼前仔细查看号码，可上面根本没有号码，只刻着一行小字。我让更衣间的服务先生稍等片刻，便走到近处的灯光下去看，上面歪歪斜斜地刻着几行难辨的字母：

今晚四点在魔幻剧院
只为疯人开放
入场券：你的思想
普通人不得入内。赫尔米娜在地狱里。

我就像一个牵线木偶。身上的线从操纵者的手中滑落下来，在经过短暂而僵死之后又复活了过来，继续开始在舞台上的演出。我就是这样，在魔绳的牵引下，重新焕发出张力，又那样精神焕发、生龙活虎般地返回到那曾经让我疲惫不堪、兴致全无、仓皇逃避的瓦砾之中。从来没有哪一位负罪之人，会这样匆忙地赶往地狱。刚才那双漆皮鞋还挤得我隐隐作痛，浓浓的香水味让我头昏脑涨，空气中的燥热令我精疲力竭。可现在，我又迈开灵活的双腿，三步并作两步，飞快地逃离这个地方，直奔地狱。我感到空气中弥漫着魔力，我被里面的热浪托起来，在狂热的音乐里，在五颜六色的眼花缭乱中，在女人肩上散发的香气里，在各种声音交织在一起的奏鸣曲里，在狂笑、舞步、无数的眼睛里闪烁出的光彩中，我被托起，飘飘然。一位西班牙舞女飞向我的怀抱："陪我跳舞吧？""不行，"我说，"我必须到地狱里去，不过你吻我一下我倒很乐意。"一双红嘴唇从面具里伸出来，在吻我的第一下时，我就认出是玛利亚。我紧紧地拥抱着她，她那丰满的嘴唇就像夏日里绽放的玫瑰。我们跳起舞来，嘴唇挨着嘴唇。我们跳着舞从帕博罗的面前走过，他正沉浸在他吹奏的管乐中，神采奕奕。他漫不经心地用他那美丽的野性的目光看着我们。可我们还未跳到二十步，音乐就停止了，我不情愿地松开了玛利亚。

"我很想和你再跳一支。"我说，她身上散发着的温暖让我迷乱，"你过来，玛利亚，陪我走几步，我爱上了被你拥抱的感觉，多想再拥有这样的时刻！可你看，赫尔米娜已经在叫我了，她在地狱。"

"我已经想到了，祝你快乐，哈里，我仍然爱着你！"她同我告别。夏日的玫瑰已经成熟，她香气四溢，向着告别，向着秋天，向着命运。

我继续往前跑，通过熙熙攘攘的长廊，跑下楼梯，进到了地狱里。那里，漆黑的墙上正晃动着恶魔般炫耀的灯光，魔鬼乐队正演奏得兴致盎然。在酒吧的高凳上坐着一位没有戴面具，穿着燕尾服的漂亮小伙子，他用嘲讽的目光瞥了我一眼。在这极其狭小的空间里，大约有二十对舞者，这个庞大的群体在舞蹈时所卷起的旋涡把我推到了墙边。我紧张而又渴望地观察着所有的女人，她们中的大多数人还戴着面具，其中几个人还朝我微笑，但没有赫尔米娜。那位坐在高凳上的漂亮小伙子带着讥笑的神情望了过来。在又一个舞蹈间歇的时候，我就想，赫尔米娜会来的，她定会来叫我。一支舞结束了，她却没有出现。

我向设在低矮小房间角落的吧台走了过去，在那个年轻人的身边坐了下来，要了一杯威士忌。我一边喝着酒，一边打量着这位年轻小伙子的轮廓，他看起来是那么面熟，那么富有魅力，就像一幅来自遥远时代的画像，由于蒙上一层往事的尘埃而变得弥足珍贵。哦！我浑身一震：这是赫尔曼，我年轻时的朋友！

"赫尔曼!"我犹疑地叫道。

他笑了:"哈里?你找到我了?"

是赫尔米娜,她只是稍微改变了发式,化了淡妆。她套着时髦的立领,聪慧的脸显得精致而白皙,精妙而娇小的一双手从宽大的黑色晚礼服袖子里伸出来,露出白色的衬衣袖口,更显得格外娇柔,那穿着黑白相间的丝袜,从长长的黑色裤子下面露出的一双脚,小巧秀美。

"赫尔米娜,这就是你想让我爱上你的装束吗?"

"到目前为止,"她点了点头,"我已经让好几个女士爱上我了。现在轮到你了。先让我们喝一杯香槟酒吧!"

我们坐在高脚椅上,喝着香槟,旁边的人还在跳舞,热烈而强劲的管弦乐此起彼伏。赫尔米娜没有费什么劲就让我立刻爱上了她。因为她穿着男士服装,我不能和她一起跳舞,也不能有任何亲昵的动作。她穿着男人的装束,看起来那么陌生和淡然,可在她注视我的目光里和言语动作之间,却张扬着女人所有的魅力。不需要去触碰她,我就已经被她的魔力征服,这种魔力本身也在她扮演的角色中。那是一种阴柔和阳刚交融的魅力。然后,她又和我谈起了赫尔曼,谈起了我的童年和她的童年,谈起了性成熟之前的那些年月。在那些年月里,青年人所具备的爱的能力不仅仅是两性关系,而是包含了所有的一切,既包括感官上的东西,也包括精神上的东西,他们把爱的魔力和童话般富于变幻的能力赋予了所有的一切。这种能力只存在于精英和诗人们身上,在成年后才会偶尔出现。她完全扮演着一个小伙子的角色,吸着香烟,聊得轻声细语但却神采飞扬,还常常夹杂着几分嘲讽的口吻;但所有的这一切,都透射着爱神的光芒。在我看来,所有这一切都变成了迷人的诱惑。

原来我一直以为自己很了解赫尔米娜，而在这个夜里，她却以全新的面貌展现在我的面前！她是那样轻柔地悄悄在我的周围织起了一张渴望的网，像水妖那样以嬉戏的方式让我喝下了甜蜜的毒药！

　　我们坐在那里，喝着香槟酒，聊着天。我们在大厅里散步，边走边观察，像探险家一样，去寻找一对对舞伴，偷听他们谈情说爱。她将一些女人指给我看，让我去邀请她们跳舞，还教给我一些引诱这个女人或者那个女人的不同手段。我们扮演竞争对手的角色，两个人同时去追一个女人，互相轮换着同她跳舞，争得她的芳心。不过这一切都只不过是假面游戏，只是我们两人之间的游戏，它把我们两人紧紧地拉在一起，为我们点燃了激情之火。所有这一切都是童话，所有这一切都是让一个维度的生活更丰富起来，让生活的意义更加深刻，一切都只有游戏和象征的意义。我们看见了一个非常漂亮的年轻女子，她看起来像受到了伤害，略显不满。赫尔曼过去和她跳舞，她很快就兴奋了起来，她们还一起去喝香槟。之后，赫尔曼对我说，她不是作为男人而是作为女人去征服她的，是同性的魔力。我渐渐觉得，整个喧闹的房子，群魔乱舞的各个舞厅以及这些戴着面具的嘈杂的人群，汇集成了一座梦一般的天堂，朵朵鲜花散发着芳香，我用手指四处探寻着累累的果实，条条长蛇在绿色的遮阴处向我投来诱惑的目光。荷花在黑夜里妖媚妖娆，魔鸟在枝头呢喃，周围的一切都引我奔向一个热望的目标，一切都在邀我满怀渴望去奔向那唯一的人。有一次我同一个不相识的姑娘跳舞，我炽热的追求使她陷入心醉神迷的状态中，当我们正沉浸在缥缈的仙境时，她突然哈哈大笑起来，她说："都快认不出你了。刚才的时候，你还是那么呆傻呢。"我认出她来了，原来她就是那个在一小时前还称我为"老东西"的那位姑娘。她以为她已经征服了我，可在下一个舞曲开始的时候，我已经和另一个姑娘激情高涨了。我跳了两个多小时或者更长的时间，每一首舞曲，包括那些我从没有学过的舞蹈我都去跳了。赫尔曼总在我的近处出现，微笑着朝我点头，然后又消失在人群之中。

尽管所有十五六岁的少年和大学生们都对这样的舞会了如指掌，可这次舞会之夜，却是我五十多年从未有过的经历。这是欢乐盛会的经历，感受团体的欢愉，体验个人融入团体的神秘，享受这种充满神秘感的快乐。我常听人们说起这些东西，连女仆们都有过这样的经历，我看到讲述者眼中闪烁的光彩，却总是以一半琢磨、一半嫉妒的心理付之一笑。欣喜若狂者和自我解脱者的眼睛里射出如痴如醉的光芒，那种在微笑和迷离中消沉，而又在共同的沉醉中振奋，这种状态我一生中在富贵者和平庸人的身上目睹过千百次。比如，喝得酩酊大醉的应征新兵和水手，有在隆重的演出中亢奋的伟大艺术家，更多的是那些即将奔赴战场的年轻士兵们。就在不久之前，我还看到了幸福的陶醉者的神采和微笑，他就是被喜爱、被嘲讽和被嫉妒的音乐人，我的朋友帕博罗。当他同乐队里的伙伴们一起合奏的时候，他吹奏着萨克斯管，或者看着乐队指挥、鼓手或者班卓琴手的时候，他是那样兴奋地陶醉其中。我曾经想，那种像孩子一样纯真的笑容，也许只属于那些单纯的年轻人，或者属于那些没有什么个性和差别性的人。可是今天，在这个幸福之夜，连我自己，荒原狼哈里，也变得容光焕发，绽放出同样的笑脸，畅游在深深的、天真纯洁的、童话般的幸福海洋里，在共同的狂欢、音乐、旋律、红酒和性感的欢乐中品味着甜梦并陶醉其中。过去当某一个学生谈起舞会时，我常常带着嘲讽和阴郁的优越感听着他们对舞会的溢美之词。如今的我再不是以前的我，我的个性在节日的陶醉中像水中的盐一样溶解殆尽。我不断地更换着舞伴，我不仅搂着一个姑娘，让她的头发掠过我的脸，呼吸着她的体香，而是所有这里跳舞的不同的女人，在同一个大厅里、跳着同一种舞、沉醉在同样的音乐里的女人都属于我。我在这里畅游，她们容光焕发的面容犹如巨大而奇妙的鲜花在我身边漂浮，她们属于我，我也属于她们，我就在她们之中。男人们也属于她们，而我是男人中的一员。他们对我来说不再陌生，他们的微笑也是我的微笑，他们的追求也是我的追求，我的就是他们的。

　　一种新舞，一首名叫《思恋》的狐步舞曲在那个冬天风靡了整个世界。它被演奏了一遍又一遍，越来越得到人们的尊崇，我们大家都被它彻底迷住了，所有人都在跟随着音乐哼着它的旋律。我不断地跳着舞，同所有在我面前经过的女人跳舞，有非常年轻的女孩，有正燃烧着激情的妙龄女子，也有夏天般火热的成熟女人，还有青春已逝的半老徐娘。她们中的每一个人都让我欢愉幸福、精神焕发。过去，帕博罗一直把我看成是个一脸官司的可怜虫，当他看到我今天容光焕发的样子时，他看我的眼睛里闪烁出幸福的光芒。他兴奋地离开乐队的座椅站了起来，猛劲地吹着萨克斯管。他又跳到座椅上，鼓满腮帮，左右摇摆着。他和他的萨克斯管在《思恋》的节拍中显得更加狂野和欢畅。我和我的舞伴们，向他挥去飞吻，伴随着他的音乐大声地唱着。此时我在想，让一切随它去吧！我只要有一次这样幸福的时刻，这样兴高采烈，完全放松和解脱，让我活得像一次我的帕博罗兄弟，让我活得像一个孩子。

　　时间在不知不觉中流逝，我不知道在这种幸福的陶醉中过了几个小时。我也没有注意到在这样盛大的节日里，场面越发热烈，空间就越发显得拥挤。大多数人已经离去了，走廊里已经安静了下来，许多灯光也已经熄灭，楼梯间像死一般的寂静，楼上的乐队也已经没有了声音，显然他们已经离开了。只有主大厅和地狱大厅还在喧闹，还在舞会热烈的气氛中沸腾，热度不断升高。我和由于装扮成小伙子而不能跳舞的赫尔米娜，总是在跳舞的休息间歇里仓促地碰到互致问候，到了最后的时候，我甚至把她完全忘记了，不只忘了去看她，甚至忘了去想她。我根本顾不上去想这些。我完全沉浸在舞蹈的迷醉中，飘浮的香气与声音、叹息与话语让我迷乱。一双双陌生的眼睛向我问候致意，迸溅着热情的火花，周围到处是陌生的面孔，陌生的嘴唇、脸颊、臂膀、乳房和大腿，音乐的声浪有节奏地拍打着岸边，又转而流向远方。

在半醉半醒之间，我突然发现，最后留下的客人都挤在了一个小舞厅里，只有那里音乐还在奏响着。我突然看见一个漂亮清新的小女孩，打扮成一个黑衣小丑，脸上涂着白色的粉妆，身材诱人。只有她还戴着假面，整个晚上我从来没有见到过她。在舞会接近尾声的时候，其他所有的人都是一副欢腾后的红红的面孔，衣服被挤得起了皱褶，领子和裙边也都变形了，而这位黑衣女丑却还是那样清新。她的面具后是一张白皙的脸，衣服完全没有皱褶，裙子似乎也没有被触碰过，袖口平整，发式也完全没有凌乱。她的魅力吸引着我走向她，我搂住她，拉着她去跳舞，她的衣裙散着香味掠过我的肌肤，她的头发划过我的脸颊，她那紧致年轻的身体迎合着我的舞步，她会避开我的舞蹈动作，然后又用力戏耍般地诱惑着我同她产生新的身体触碰。她的温柔和亲切赛过了这个夜晚我所经历的所有舞伴。当我在跳舞时低下头来，用我的唇寻找着她的唇时，她的嘴突然露出高傲而熟悉的微笑。我认出了她那结实紧致的下巴，认出了她的肩膀，认出了她的手肘、双手。她是赫尔米娜，她又换了装束，不再是那个赫尔曼了。她化了淡妆，还轻轻地涂了粉，是那么清新。我们的双唇热烈地吻在了一起，此刻她膝盖以上的整个身体都依偎在我的身上，表达着对爱的索求和付出，然后她抽回了她的唇，节制而矜持地躲开，又像飞一样地跳起舞来。当音乐停下来的时候，我们还紧紧地抱在一起，受到感染的一对对舞伴把我们围在中间，向我们鼓掌、跺脚、呼喊，这一切让已经精疲力竭的乐队又振作起来，重新演奏起《思恋》来。这个时候我们才感觉到黎明已经到来，一缕淡淡的白光照射在了窗帘上。当感觉到一夜的狂欢就要结束的时候，即将袭来的疲惫已在蠢蠢欲动，我们又一次不假思索地狂笑着，绝望地一头扎进舞蹈、音乐和光的洪流中。我们疯狂地踩着音乐的节奏，每一对舞伴都紧紧地相互依偎，再一次感受到精神上的惊涛骇浪猛烈地冲击着我们。在跳这一曲舞的时候，赫尔米娜抛却了她往日的高傲、嘲讽和冷淡，她知道，她已经不再需要做什么让我爱上她。我已经属于她，她也已经把自己交付了出来，在舞蹈里、目光的对视里、热吻里和微笑里。在这个激情荡漾的夜晚，所有的女人，同我跳过舞的女人，让我激动过的女人，我曾追求的女人，我曾经低下头来索吻的女人，那些我怀着爱的饥渴望过她的背影的女人，所有的女人都幻化成了一个女人，就是现在依偎在我怀抱里绽放着幸福的女人。

这场伴着婚礼音乐的舞蹈持续了很长时间，音乐声一次又一次地减弱下来，管乐手放下了手中的乐器，钢琴手扶着钢琴站了起来，首席提琴手默默地摇着头，可是每一次他们都为最后的舞者飞旋的激情所点燃，然后就又演奏了一次，飞快而狂野。我们还依偎着站在那里，在最后那支贪恋的舞曲中喘着粗气。终于，响起了钢琴合上盖子的声音，我们的双臂就像管弦乐手那样疲惫地耷拉下来，笛师闪电般地把笛子装进盒子里。门打开了，一股寒风涌了进来，侍者取来大衣，酒吧堂倌关上了灯。所有人都战栗着像幽灵一般四散而逃，刚才还在亢奋着的舞者们把身子缩在大衣里，立起领子，像霜打了似的向外拥挤，赫尔米娜却微笑着站在那里，面色白皙。她慢慢地抬起手臂，把头发向后梳理了一下，她的腋窝在曙光下闪着光芒，那淡淡的、柔和的身影从她的腋窝伸展到被遮掩的胸脯上，那娇小的、起伏的身形线条向我展示着她的魅力，所有的动作和她美丽的身体融合在一起，美得就像她的微笑。

我们站在那里，彼此凝视着。我们是离开舞厅，也是离开这栋房子的最后一对。不知从哪里传来了关门的声音，玻璃杯碎了，一阵咯咯的笑声渐行渐远，夹杂着汽车发动时那刺耳而急促的噪音。说不清在什么地方，在一个不确定的远处和高处，响起一阵笑声，这是一阵爽朗明快，然而又惊恐、陌生的笑声。这种笑声好像来自水晶和冰块，明亮而光彩夺目，但却冷酷无情。为什么这种奇妙的笑声对我来说是那么熟悉呢？我找不到答案。

我们站在那里，彼此凝视着。我很快便清醒过来，突然感觉到可怖的疲惫感从身后袭来，那汗水浸透的衣服潮湿而温热地挂在我的身上，我还看到从我那被汗水浸湿、被挤压出皱褶的袖口里，伸出的一双暴着青筋、泛着绯红的双手。可当我向赫尔米娜投去一瞥的时候，所有的疲惫都烟消云散了。在她的目光里，我自己的灵魂仿佛在看着我，所有的现实都崩塌了，包括我在感官上对她的追求也在崩塌。我们像着了魔似的对视着，我那可怜的灵魂也在看着我。

"你准备好了吗?"赫尔米娜问道，她的笑容转瞬即逝，就像那阴影在她胸脯上消失了一样。在远处，某一个高处的房间里，又传来那个陌生的笑声。

我点点头，是的，我已经准备好了。

这时，帕博罗在门口出现了，这位乐手看见我们，兴奋得双眼发光。这本来就是一双动物的眼睛，可动物的眼睛总是严肃的，而他的眼睛却总是在笑。正是笑，使他的眼睛成了人类的眼睛。他非常友好地向我们眨着眼。他穿了一件彩光的丝绸便装，红色的大翻领，衬衣的领子软塌塌地耷拉下来。在大翻领的上方，是一张由于过度疲劳显得干燥而惨白的脸。然而，他那神采奕奕的黑眼睛掩盖了这一切。眼睛就像魔法师，能将现实完全掩盖。

我们招呼着走了过去，在门口的时候，他轻轻地对我说："哈里兄弟，我想邀请您去参加一个小小的娱乐活动，仅对疯人开放，您要用思想来为此付出代价，您看可以吗？"我点了点头。

这个可爱的家伙！他温柔而又小心地把我们挽在一起，他的右臂挽着赫尔米娜，左臂挽着我。然后带着我们走上楼梯，来到一个小小的圆形房间里。屋内顶部闪着蓝光，房间内几乎是空的，里面只有一张小圆桌和三把椅子，我们就坐到椅子上。

我们在哪儿？我是在睡觉吗？我是在家吗？我是坐在一辆行驶的汽车里吗？不，我们坐在闪着蓝色灯光的圆形空间里，这里空气稀薄，我们坐在一层完全没有密封的现实里。为什么赫尔米娜的脸色这样苍白？为什么帕博罗一直喋喋不休？难道不是我让他说的话吗？我在用他的嘴巴说话？是不是我自己的灵魂正通过他的黑眼睛观察着自己，就像通过赫尔米娜灰色的眼睛观察我自己一样？我这只胆怯而颓废的小鸟！

我们的好朋友帕博罗像举行什么仪式一样，非常友好地看着我们，说得滔滔不绝，我从来没有听过他如此连贯的谈话，没有争辩，也没有套话，我曾经不敢相信他会有什么思想，可他现在说话了，他的声音优美而温情，他的语言流利而无懈可击。

"朋友们，我邀请你们来参加一次娱乐活动，这是哈里长期以来所期待、向往的一次。时间确实有点晚，也许我们大家都有那么一点小疲劳。我们先在这里小憩一会儿，给我们提提神。"

他从墙柜里拿出三个小杯和一个形状古怪的小瓶子，又拿出一个带有异域风情的彩色木盒来。他把三个小杯斟满，又从盒子里抽出三支又长又细的黄色香烟，从衣服口袋里拿出打火机，为我们把香烟点燃。我们三人靠在椅背上，缓慢地吸着烟。香烟冒出的烟雾浓得好像熏香一般。我们缓慢地一小口一小口地喝着酸甜味的液体，它的味道很奇妙，很陌生，我从没尝过，它让人充满了无限的活力，给人一种兴奋的感觉，就好像身体里充了气一样，飘飘然失去了重心。我们就这样静静地坐在那里，吞云吐雾，啜饮琼浆，感觉那么轻松、愉快。这时，帕博罗压低了嗓门，用温和的声音说道：

"亲爱的哈里，今天，能允许我在这里小小地款待您一下，我感到高兴。您常常对自己的生活感到厌倦，很想逃脱这里，是吗？您认真地想一想，您想逃脱这个时代、这个世界、这里的现实，去到另一个您认为更适合您的现实生活中去，到一个没有时间概念的世界里去。亲爱的朋友，您去吧，我请您去。您是应该知道的，您所找寻的那个不知隐藏在什么地方的另一个世界，也同样有自己的灵魂。只有在您自己的内心世界里才存在着您正渴求的另外一种现实。在您自己的灵魂中，那些根本就不存在的东西，我给不了您，我只能去开启您灵魂的画廊。除了机会、推动力和钥匙，我什么也给不了您，我只能帮您把您的世界显现出来，这就是我能做的一切。"

他又从彩色上衣的口袋里掏出了一面小圆镜。

"您看，这样您只能看到您自己！"

他把小镜子拿到了我的眼前（让我想起了那首"小镜子啊，小镜子，我手里的小镜子"的童谣），尽管画面有些重叠和模糊，我看到镜子里面有一个可怖的、翻动的、激烈沸腾的形象，那就是我，哈里·哈勒尔。在这个哈里的内心，我又看到了荒原狼，一匹怯懦的、美丽的、但却迷惘、紧张地四处张望的狼。它的眼睛时而凶恶，时而忧伤，而狼的构型正附在哈里的身上不断地运动着。就好比一条支流注入大河，搅拌翻滚，充满了痛苦与挣扎，义无反顾地在主流中保持自己的形象，却已枉然。那条还处于流体状态的、半成型的狼，正用它那美丽而怯懦的眼睛悲伤地看着我。

"您已经看到了您的样子了。"帕博罗轻声地重复了一遍，就把小镜子放回了口袋。我心存感激地闭上了眼睛，手里还捏着那杯仙药。

"我们现在已经休息好了，"帕博罗说，"已经攒足了精神，还聊了一会儿。如果我们不再感到疲劳的话，我想现在就带你们进我的西洋镜里去，给你们看一场短剧，你们觉得怎么样？"

我们站起身来，走到帕博罗的身边，打开一道门，把帘子拉到一边。于是，我们就站在了一个圆形的、马蹄铁形状的剧场长廊的正中间，两边是弧形的过道，每一侧都有许多狭窄的包厢门。

"这就是我们的剧场，"帕博罗解释说，"一个娱乐剧场，但愿你们能够在这里找到各种各样可以开怀大笑的东西。"说着说着，他大声地笑了起来，虽然只有几声，但他的笑声却强烈地感染了我，又是那种响亮的、感觉有些陌生的笑声，也正是我刚才听到的从楼上传来的笑声。

"我们的小剧场有好多包厢门，想有多少就有多少，十扇或者一百扇或者一千扇。每扇门的后面都放着你们想要寻找的东西。这是一个漂亮的画室，不过亲爱的朋友，像你们这样来去匆匆地走马观花，这对你们来说没什么用。人们习惯称之为个性的东西会因此受到阻碍，被搞得晕头转向。毫无疑问，你们也早已猜到了，超越这个时代也好，摆脱这个现实也罢，随便您给这种渴望取一个什么名字，无非就是一种愿望，一种挣脱所谓个性的愿望。这种愿望其实就是你们正被困在其中的监狱。如果您以现在的样子进入剧场，那么您所看到的一切都是用哈里的眼睛通过荒原狼的老花镜看到的。我现在就请您摘下您的老花镜，把您最尊崇的所谓的个性放在更衣间里，根据您的需要您可以随时取回。在您刚刚经历过的夜总会上，那个关于荒原狼的小册子，还有我们刚刚喝过的小小的兴奋剂，相信都已为您做好了充分的准备。您，哈里，把您那颇有价值的个性放下之后，可以占据剧场的左侧；赫尔米娜，在右侧。请吧，赫尔米娜，你现在到帷幕的后面去，我想先给哈里做一下向导。"

赫尔米娜经过一面从地面一直到穹顶的巨大镜子，在右侧消失了。

"这样，哈里，现在您过来，情绪要好。这个活动的目的就是要把您带到一个愉悦的情绪中，教会您笑。我希望您不会让我为难。您现在感觉好吗？您感到恐惧吗？嗯，好，很好。您现在需要进行一个假自杀的小把戏，然后可以满怀喜悦地进入我们的虚拟世界了，这是我们这儿的规矩。"

他又把他的小镜子拿了出来，放在我的面前。里面的影像还是那样浑浊不清，一匹扭曲的荒原狼在哈里的身体里流动着。这个面孔对我来说是那样熟悉，但又确是一个不值得怜悯的形象。毁掉它，我不需要任何顾虑。

"您现在将去除这个完全多余的镜面图像，亲爱的朋友，你只需要这么做。如果您的情绪允许，您只需要用一个真切的笑容去看着它就足够了。您现在就在一个幽默学校里，您应该学会去笑。最高级的幽默始于当你不再那么严肃认真地对待自己的时候。"

我死死地盯着小镜子，盯着我手里的小镜子。在镜子里，荒原狼哈里正在战栗着。这一刻，我的内心也颤抖起来，在内心深处，很轻微，但是很痛，就像记忆、乡愁、悔恨。然后，一种新的感觉渐渐地取代了这种轻微的压抑。那种感觉，就好像从被可卡因麻醉了的下颚中拔出坏牙的一样，一种深深地吸上一口气，如释重负的感觉；同时我也惊讶地发现，这其实根本就不疼。这种感觉让我兴高采烈，有了想笑的兴致，我实在憋不住了，于是放声大笑起来。

模糊的镜面图像抖动了一下就不见了。那个圆形的小镜面突然像被燃烧了一样，变得焦黑、粗糙、模糊了。帕博罗大笑着扔掉了镜子，它在长廊远处的地面上滚动着消失了。

"笑得很好，哈里！"帕博罗叫着，"你还要学习去笑，永远学下去。现在你终于杀死了那条荒原狼。用刮脸刀是杀不死的。我要提醒你，它已经死了，永远地死了！那么你马上就可以从这愚蠢的现实中解脱了。下一次活动的时候，我们要像兄弟那样去喝酒。好兄弟，我对你的感觉从来没有像今天这样好。如果你还有什么有价值的题目拿出来讨论，我们可以互相理性地去争辩，可以谈谈莫扎特、格鲁克¹、柏拉图和歌德，你想讨论什么都可以。你现在应该理解了，为什么过去不行。但愿你能幸福，从今天开始，你已经放走了荒原狼。当然，你的自杀还不是彻底的结束。我们现在是在一个魔幻剧院里，在这里只有映象，没有真实的东西。你挑一些比较明亮的图画出来，以表明你确实不再眷恋你那充满问题的个性！如果你还在留恋着你

1　格鲁克（1714—1787），德国作曲家。

的个性，那你就要再看一看我现在给你看的镜子。你是知道那句老话的：手里的一面镜子胜过墙上的两面镜子！哈哈！（他又笑了，笑得那么美好而恐怖。）好吧，现在我们还要完成一个很有趣的小小仪式。你现在把你那个充满个性的眼镜扔掉，过来看看这面真正的镜子，它会让你高兴的。"

他大笑着，用亲昵的动作把我转过身来，让我面对着那堵挂着巨大镜子的墙。在镜子里，我看到了自己。

刹那间我看到了那个我熟悉的哈里，带着不同寻常的阳光而微笑的脸，情绪很不错。可还没等我把他认清，他就分解出他的另一个身形来，然后是三个、十个、二十个……整个镜子的表面，布满了哈里或者说哈里的化身，数不胜数，且瞬息而逝。我只用眼睛迅速瞄一眼，就能认出来。众多的哈里中，有些年龄和我相仿，有些要比我显老，有些则十分苍老，另外一些又非常年轻，是小伙子、小男孩、学生、淘气鬼、小孩子。五十岁和二十岁的哈里奔跑着、跳跃着穿插在一起，三十岁的和五岁的，严肃的和活泼的，一本正经的和滑稽的，衣冠楚楚的和衣衫褴褛的，还有一丝不挂的，秃头的和梳着长发的，所有这些人都是我，他们闪电般地闪现在我的眼前，然后瞬间消失了。他们四散而逃，向左的，向右的，往镜子里去的，从镜子里往外跑的。一个年轻英俊的家伙大笑着跳到帕博罗的胸前，搂住了他跑掉了。而我特别喜欢的另一个漂亮、充满魅力的年轻人，大概十六七岁的样子，像闪电一样跑向走廊，急切地读着所有门上的招牌。我跟着他跑了过去，在一扇门前他停了下来，我看到上面写着：

所有的姑娘都是你的

请投进一个马克

那个可爱的年轻人快速地往上一跳，头向前伸，一个跟头翻进了投币口，在门后消失了。

帕博罗也没影了，那面镜子和同镜子在一起的无数的哈里分身也都不见了。我感觉到现在已经把自己托付给了剧院，我好奇地从这一道门走到那一道门，每扇门的牌子上都写着一行字，一份诱惑，一个承诺。

高兴地去打猎吧
汽车大狩猎

这行文字吸引了我，我打开窄门走了进去。

这里是一个震撼人心的世界。人街上的汽车在追逐，其中一些是装甲汽车，这些车辆正在追逐着行人，把他们轧成肉酱，或者把他们撞死在房屋的围墙上。我恍然大悟，这是一场人与机器之间的争斗，长时间的酝酿，长时间的等待，最后终于爆发了。到处躺满了破碎的尸体，到处都是撞碎的、变形的、烧毁的车辆。在一片杂乱的战场上方，飞机在盘旋，从屋顶和窗户里伸出的猎枪和机关枪正向飞机开火。各面墙上贴着狂野巨大、颜色华丽、激动人心的标语，它在号召整个民族为了人类的生存投入到抵抗机器的战斗中去，去打死那些脑满肠肥、衣冠楚楚、散发着香气的富人们，正是他们利用机器榨干了大家身上的油水，连同那些巨大的、喘着粗气的、像魔鬼一样咆哮的机器一起摧毁，烧掉工厂，清理污损的土地，削减人口，让绿草重生，让布满尘垢的水泥世界变成森林、草坪、荒原、溪流和沼泽。还有一些招贴画则完全相反，绘制精妙，制作华丽，色彩柔和纯真，文字充满智慧，它提醒所有的资产者和所有审慎的人，要在被无政府主义威胁的混乱状态中行动起来，并深入地描述了秩序、工作、财产、文化和法律所带来的好处，把机器赞美成人类最崇高和最现代的发明。在机器的帮助下，人类变成了神。我带着沉思欣赏着这些红红绿绿的标语，他们那热情燃烧的言辞和缜密的思维逻辑无可辩驳。我深信不疑地站在这些标语前，不过，周围激烈的交火声还是干扰了我。现在，这件事情的原委已经很清楚了，这是一场战争，一场激烈的、纯粹的、最高层级的同仇敌忾的战争。这场战争不是为了皇帝、共和、边境或者旗帜的颜色，不是为了诸如此类的一些修饰和戏剧性的东西而战，不是为了一些卑鄙无耻的内部勾当而战，而是那些生活空间被不断挤压的人们，那些感觉到自己的生活不那么对劲的人们，采取打击的方式来表现他们的厌恶，并努力地去摧毁那种虚假的文明世界。我看到所有人的眼睛里都喷射着明亮的、真正的破坏欲和谋杀欲，而在我自己的心里，这朵血色的野玫瑰也在尽情开放。我和他们一样大笑着，兴高采烈地参加了战斗。

最奇妙的事情发生了，在我身旁突然出现了我当年的同学古斯塔夫，他销声匿迹了几十年，是我童年时代最淘气、力量最大、最有活力的朋友。当我看到他那明亮的蓝眼睛又向我眨着的时候，我的心简直是乐开了花。他向我示意，我便立刻兴高采烈地随他而去。

"上帝啊，古斯塔夫，"我兴奋地叫着，"真高兴再一次见到你！你现在做什么呢？"

他笑起来，一副生气的表情，和小时候完全一样。

"又来了，你还要接着问很多问题是吗？我现在是神学教授，现在你也知道，哥们儿，幸好现在不讲神学而是搞战争了。好，跟我来吧！"

一辆小卡车迎面呼啸而来，他一枪把司机打了下来，然后像猴子一样敏捷地跳上车。他把车停下来，我上了车。我们像魔鬼一样快速地穿行在步枪子弹和倾翻的汽车之间，向着城外开去。

"你同工厂主是一伙的吗?"我问我的朋友。

"说什么呢！这是口味的问题，我们出城后再讨论。不，等一下，我更倾向于选择另一方，从根本上来说怎样选择当然都无所谓。我是一个神学家，我的先师路德¹也曾帮助侯爵和富人反对过农民，我想我们现在就修正那么一小下。这辆破车！但愿它还能坚持行驶几公里！"

我们是上帝的宠儿，车子风驰电掣般地向前行驶，来到一片宁静的绿色原野上，穿过广阔的平原，缓慢地爬上了一片陡峭的山峦。我们沿着弯弯曲曲的公路向上盘行，行驶在陡峭的岩壁和低矮的护墙之间，下面一池湖水闪烁着蓝色的波光。

"好美的地方。"我说。

"很漂亮。我们可以把这里叫作车轴路，因为这里扭断了好多车轴。小哈里，留心啊！"

一棵巨大的五针松兀立在路边，我们看到树顶上有一个用木板搭成的像茅屋一样的东西，这是一个瞭望哨兼岗亭。古斯塔夫冲我大笑起来，他狡黠地眨着蓝色的眼睛。我们俩匆忙地下了车，顺着树干爬上去，喘着粗气隐藏在瞭望哨里。我们很喜欢这个地方。在那里我们发现了猎枪、手枪和子弹箱。我们还没有凉快下来，狩猎

1　路德(1483—1546)，16世纪欧洲宗教改革倡导者，德国新教创始人。

的位置还没有调整好，就听见前面的盘山路上响起了喇叭声。一辆豪华车沙哑地吼叫着，沿着闪光的山路疾驰而来。我们把猎枪握在手里，气氛一下子紧张起来。

当重型汽车刚刚行驶到我们的下方时，古斯塔夫快速地下达了命令："目标，司机！"我已经瞄准了目标，对着那位戴着蓝帽子的司机扣动了扳机。司机应声倒下，汽车继续前滑，重重地撞到了护墙上，又弹了回来，像一只愤怒肥胖的大黄蜂撞在低矮的墙上，护墙的上沿发出一声短促而轻微的刮擦声，汽车伴随着刮擦的声响翻过了护墙，一头向深渊栽了下去。

"干掉了！"古斯塔夫大笑着，"下一个由我来。"这时已经有一辆车正飞驰而来，小车的软座上坐着三四个人。一位女人头上的丝巾被风吹起来，飘向后方。这是一条浅蓝色的丝巾，我真为它感到可惜，谁知道这丝巾下面笑着的女人是不是有一张世界上最美丽的脸呢！上帝啊，如果我们扮演强盗，那么我们最好以伟大的前辈做榜样，不要把我们勇敢的杀人兴趣扩展到美丽的女人身上。但古斯塔夫已经射击了。司机颤动了一下，倒了下去，汽车撞到垂直的岩壁上，飞上高空后又栽下来撞在地上，四轮朝天，沿着公路滑了回来。我们等待着，车里的人就像掉进了陷阱里一样没有任何动静，静静地躺在车子下面。汽车还在咆哮着，发出突突的响声，车轮在空中飞转，突然爆发出一声可怕的巨响，蹿起明亮的火苗。

"这是一辆福特。"古斯塔夫说，"我们必须下去，把公路再清理出来。"

我们从瞭望哨上下来，凝视着燃烧的残骸。汽车很快就被烧完了，我们找来木棍做杠杆，把汽车撬到路边，翻过路沿，抛入深渊之中，很久才听到汽车撞到灌木丛的声音。有两位死者在我们翻转汽车的时候从里面掉了下来，躺在那里，衣服的一部分还在着火。其中一位死者的上衣还相当完好，我搜索了一下他的口袋，看能否发现什么东西，知道他是干什么的。我找到了一个皮夹，里面都是名片，我拿起一张，上面写着："tat twam αsi."[1]

"真有趣，"古斯塔夫说，"被我们杀死的这些人叫什么名字，其实对我们来说无所谓。他们和我们一样都是可怜鬼，这和他们的名字没有关系。这个世界总是要坏掉的，我们也逃脱不掉。最没有疼痛感的解决办法就是把这个世界放在水下溺十分钟。来，干活吧！"

我们把尸体随着车扔了下去。这时一辆崭新的轿车已经开到了近前，我们立刻一起在公路上射击。汽车像喝醉了酒一样画着弧线行驶了一段距离后翻倒在路上，车灯还亮着，停在那里呼呼作响。一位乘客仍然安静地坐在里面，一位年轻漂亮的女孩从车上下来，一点都没有受伤，只是面色苍白，浑身颤抖。我们向她致以友好的问候，表示愿意为她效劳。她真的被吓坏了，不能说话，精神恍惚地凝视着我们。

"好，让我们先来看看这位老先生吧。"古斯塔夫说着走向那位还坐在死去的司机后座上的一位乘客。这位先生留着灰色短发，一双聪慧而明亮的灰眼睛睁得大大的，他看起来伤得很重，嘴里还在往外流血，他的脖子僵硬地斜歪着。

"请允许我自我介绍一下，老先生，我的名字叫古斯塔夫，是我们射杀了你的司机。您尊姓大名？"

老人的目光冷冷的，小小的灰色眼睛里透着悲伤。

"我是最高检察官罗林。"他缓慢地说，"您不仅杀死了我可怜的

1　梵语，大意为"那就是你"。

司机，也杀死了我，我感觉到自己已经不行了。您为什么要对我们射击？"

"因为车开得太快。"

"我们的车速是完全正常的。"

"昨天还算正常，可今天就不一样了，最高检察官先生。我们今天认为，所有汽车的车速都太快了，我们现在就要把汽车毁掉，所有的都毁掉，其他的机器也一样。"

"也包括您的猎枪吗？"

"假如我们有时间的话，它也应该在毁掉之列。也许我们明天或者后天就干掉所有的一切。您也知道，我们的地球承载了太多的人，现在应该给他们一点空间。"

"您要射杀所有的人，没有选择？"

"当然，对有些人来说，毫无疑义是非常可惜的，比如这位年轻漂亮的女士就让我感到很可惜。她是您的女儿吗？"

"不，她是我的书记员。"

"那就更好了。现在就请您下车，还是您想让我们把您拉下车呢？这辆车必须被销毁。"

"我宁愿和轿车同归于尽。"

"悉听尊便。我还想问一个问题！您是最高检察官。我一直不能理解，一个人怎样才能成为最高检察官。您就是靠起诉和惩罚别人来谋生，当然他们的大多数都是穷鬼，是这样吗？"

"是这样的，我只是尽我的义务。这是我的职责。就好像刽子手的职责就是根据我的判决去杀人一样。您自己也承担了同样的职责，您也在杀人。"

"您说得对。只是我们杀人不是出于义务，而是为了享乐，或者更多的是出于不满，出于对这个世界的绝望。杀人让我们感到快乐。杀人从来没有让您感到过快乐吗？"

"您很无聊。如果您不知道职责的概念的话，您还是行行好，完成您的工作吧……"

他不再说下去，动了动嘴唇，好像要吐什么，却只吐出一点血来，沾在了他的下巴上。

"您等一下！"古斯塔夫礼貌地说道，"职责的概念我当然不懂，以后也不会懂了。早些时候我的职业一直在和职责打交道，我曾经是神学教授。另外我也曾经做过士兵，参加过战争。我倒觉得所谓的职责，就是那些由权威和上级命令我做的事情，都不是什么好事，我倒总是宁愿背道而驰。但当我不再懂得职责的概念时，我倒懂了罪责的概念，也许这两样东西是一回事。当母亲把我生下来的时候，我就是一个戴罪之人，我被判决去活着，去尽义务，去属于一个国家，去做士兵，去杀人，为了军备去纳税。而现在，此时此刻，我又有了生活的罪责，就像在战争中那样必须去杀人。而这次杀人，我不是被强迫的，我愿意给予自己这个罪责，我不反对让这个愚蠢和拥挤的世界毁掉，我很愿意助一臂之力，我也愿意与之同归于尽。"

最高检察官非常吃力地张开沾着血液的嘴唇，有了一点笑的模样。他没有笑出来，但却可以清楚地了解他的企图。"这很好，"他说，"这么说我们是同志，那就尽好你的职责吧，亲爱的同志。"

在我们谈话的过程中，那个漂亮的姑娘正躺在公路边昏迷着。

这时，又一辆车开足了马力驶来。我们把姑娘往路旁拽了一下，让开过来的车直接驶入路上的废墟中。汽车猛地刹车，车头伸向半空，又完好无损地停了下来。我们赶紧把猎枪握在手里，对准了刚刚停下的汽车。

"下车!"古斯塔夫命令道,"把手举起来!"

车上下来了三个男人,并乖乖地举起手来。

"你们当中有医生吗?"古斯塔夫问道。

他们都摇了摇头。

"那你们就做点好事,把这位先生小心翼翼地从他的座位上拉下来,他负了重伤。然后把他放到你们的车上,拉到附近的城里去。往前走,抓住!把他抬下来。"

那位老先生很快便被抬到那辆车上。古斯塔夫指挥着,他们的车开走了。

这期间我们那位书记员苏醒了过来,并看到了整个过程。我很高兴我们猎取了这么一个漂亮的猎物。

"小姐,"古斯塔夫说,"您已经失去您的雇主了。但愿那个老家伙和您的关系还不是很近。您现在被我们雇用了,您会是我们很好的伙伴!好了,情况紧急,很快这里就不会这么舒服了。您会爬树吗,小姐?嗯?那就开始吧,我俩把您夹在中间,帮您爬上去。"

于是我们三个人迅速地爬上了我们树上的瞭望哨。小姐在上面有些身体不适,我们给她喝了几口白兰地,她很快就恢复过来了,竟然欣赏起那边湖泊和山峦的美景,还告诉我们,她的名字叫朵拉。

很快便又有一辆汽车开过来了,它小心翼翼地避开已经侧翻的轿车,没有停车,然后立即加大了油门疾驰而去。

"胆小鬼!"古斯塔夫大笑着,开枪射中了司机,汽车蹦跳了几下,一头撞向了路边的护墙,蹭过护墙后,斜斜地停在那里,下面是无底的深渊。

"朵拉,"我说,"您会摆弄猎枪吗?"

她不会,于是就跟我们学习怎样给枪装上子弹。开始的时候她不大熟练，还把手指弄出了血，大呼小叫地要绷带。古斯塔夫对她解释说，这是战争，她应该表现得像一个勇敢能干的小姑娘才对。事情就这样解决了。

"可我们以后怎么办呢？"她问。

"我不知道，"古斯塔夫说，"我的朋友哈里很喜欢漂亮的女人，他会成为您的朋友。"

"可他们会带着警察和士兵来，把我们打死。"

"不会再有像警察一类的人了。朵拉，我们现在面临的选择是，或者我们静静地守在上边，把所有路过的汽车干掉，或者我们自己从这里开出一辆车，让别人开枪打我们。两条路我们选择哪一条？我的选择是留在这里。"

下面又出现了一辆汽车，大声地鸣着喇叭。汽车很快就被干掉了，它四轮朝天地躺在那里。

"真滑稽！"我说，"射击能给我们带来那么多的乐趣！我过去还是一个反战者！"

古斯塔夫微笑着："是啊，现在地球上的人简直是太多了，过去人们没有注意到这一点。而现在，每个人不但要呼吸空气，还想拥有一辆汽车，这才注意到了这一点。当然我们现在所做的，并不理智，不过是一种儿戏，就像战争也不过是一场大型儿戏一样。以后人类必须要学会用理智的手段来控制人口的增长。目前我们对这种状况的反应是相当不理智的，但从根本上来说还是对的：我们在减少人口。"

"是的，"我说，"也许我们现在做得有些疯狂，但却可能是正确和必要的。人们如果过于使用理智来规范某些东西，而对于达到这种理智还望尘莫及的时候，这样做反而是错的。所以，就出现了一些理想的东西，比如美国的理想或者布尔什维克的理想，这两种理想都是非常理智的。可我们是在现实中，他们的理想是那样天真地把事情简单化了，他们可怕地蹂躏和掠夺了生活本身。这些人概念中的崇高理想已经成了千篇一律的陈词滥调。我们这些疯子可能会让它高尚起来。"

古斯塔夫大笑着接下了话茬："兄弟，你说得太妙了，能够领教到天才智者的这番高论，是一件值得庆幸的事，使人受益匪浅。也许你讲的话确实有那么一点点道理。现在你还是先将子弹上膛吧，我觉得你还是有那么一点空想。随时随地都可能有'小鹿'跑过来，用哲学是打不死它们的，还得靠枪膛里的子弹。"

一辆汽车开了过来，并马上被击中了。公路已经被堵住了。一位身体壮实的红头发男人侥幸活了下来，他在废墟旁疯狂地打着手势，瞪着眼睛四下张望。他发现了我们的藏身之处，吼叫着跑了过来，举起手枪向我们连开了几枪。

"马上滚蛋，不然我就开枪了！"古斯塔夫冲下面喊着。这个男人瞄准了他又开了一枪。于是，我们也向下射了两枪，把他打倒了。

又有两辆汽车开了过来，我们又把车击毁在路上。然后，公路就安静了下来，空荡荡的。有人遇到险情的消息好像已经传播开了。我们现在有时间欣赏这里美丽的风景了。湖对岸的峡谷里有一座小城镇，正在升起浓烟，我们立刻就看到火焰从一个屋顶烧到另一个屋顶，还可以听到枪声。朵拉低声抽泣起来，我替她拭去了脸颊上的泪水。

"难道我们一定都得死吗？"她问道。没有人回答她。这时候，下面有一位行人走了过来，他看着躺倒的汽车，围着车辆东瞅西看，然后弯腰进到一辆车里，从里面拿出一把彩色的太阳伞、一个女式的手提包还有一瓶葡萄酒，然后若无其事地坐在路边的护墙上，拿着酒瓶喝起酒来，还从提包里取出锡纸包着的什么东西吃了起来，把瓶里的酒喝光之后，把太阳伞夹在腋下，酒足饭饱地扬长而去。看他悠然自得的样子，我对古斯塔夫说："你现在忍心朝着这个可爱的家伙开火，给他的脑袋打个窟窿？天知道，我可做不来。"

"也没非要求你这样。"我的朋友嘟囔着。他也变得不自在起来。我们几乎没有看到那个人的脸，他表现得善良、平和，还有几分稚气，他生活在纯洁无辜的状态里。这让我们原来那些值得称道的必要的行为马上就变得愚蠢和可恶了。见鬼去吧，所有这些鲜血！我们为此感到羞愧。不过，即便是将军，在战争中也会偶尔有这样的感受吧。

"我们不应该在这儿停留得太久。"朵拉抗议道，"我们应该下去，一定会在车里找到什么吃的东西。难道你们这些布尔什维克都不饿吗？"

下面那座起火的城市里响起了钟声，激烈而恐惧。我们从树上往下爬，当我帮朵拉越过栏杆向下爬的时候，我吻了一下她的膝盖。她大声地笑了起来。可这时候树枝断了，我们俩从空中摔落了下来……

我又处在圆形的回廊中，还在为狩猎汽车的冒险经历而心潮起伏。而这里到处都是数不清的门，我看着上面牌子上的文字：

变形实验室

变成任何动植物

古印度爱经

性爱指南，爱的艺术

初级培训班：

四十二种不同的爱的方法

快乐的自杀

你会笑破肚皮

想在精神上充实自己？

来自东方的智慧

如果我有一千只舌头的话！

只许男人入内

西方世界的衰亡

价格优惠，无人超越

艺术的缩影

用音乐把时间转为空间

笑的眼泪

幽默小屋

隐士游戏

社交活动的等价替代品

一排排的牌子，没有尽头，其中一个是这样写的：

人格塑造指南
保证成功

我觉得这个值得一探究竟，就走进了这道门。

我被引进了一间昏暗、安静的房间，一个男人以一种东方人的方式席地而坐，他的前面放着一个巨大的棋盘一样的东西。第一眼望过去，我还以为是我的朋友帕博罗，因为他也穿了一件类似的彩色绸缎上衣，同样有一双炯炯有神的黑眼睛。

"您是帕博罗？"我问。

"我谁也不是。"他友好地向我解释，"我们在这里是没有名字的，我不是任何人，只是一个棋手。您想上一堂有关人格塑造的课程吗？"

"是的，请吧！"

"那您就提供给我一些您的形象。"

"我的形象？"

"您曾经见过您的人格分裂成好多的形象，我就是要这些形象，没有您的形象我就无法下棋了。"

他持着一面镜子放在我的面前，我在镜子里又看到我的一个整体的人形分解成了许多个自己，并且数量还在不断增加。这些形象现在还非常小，就同棋盘上的棋子一样大小。棋手缄默而稳健地抓过几十个成为棋子的我的形象，放在棋盘旁边的地上。像一位经常重复讲课和演说的人那样，用单一的语调讲道：

"您也知道，把一个人看作是一个持续不变的统一整体，这种观点，会给您带来错误和不幸。您也知道，一个人是由许许多多的灵魂和许许多多的自我组成的。把看起来是整体的一个人分解成许多形象的做法被人认为是疯狂的，科学上为此发明了'精神分裂症'这一名称。当然，不分主次，没有一定的秩序和分类，就不能掌控人性的多样性。在这一点上，科学是对的。如果认为在许多分裂的自我当中只有唯一的、相互制约的、终生的秩序，在科学上就是不正确的。人们在科学认识上的这种错误带来了一些不良的后果，它的价值仅仅在于使得由国家聘用的教师和教育者们的工作简化了，省却了思考和实验。这种错误产生的后果是：许多人会被认为是正常的人，对社会有很高的价值，而实际上他们却是不可救药的疯子。相反，我们所认为是疯子的那些人，却恰恰是天才。我们通过被称作人格塑造艺术的概念，填补了科学界精神学理论的空白。我们展示给那些经历了自我分裂的人们看，他可以在任何时候把被分裂出来的部分以任意的秩序重新组合起来，从而使他在生活的驾驭中获得无限的多样性。就像一个剧作家用手里的几个角色就能创造出一个剧本一样，我们用几个分裂出来的自我形象建立一个新的小组，这种新的组合不断产生新的表演、新的扣人心弦的剧情和不断更新的环境。您看一下！"

他一声不响地用灵活的手指抓住了我的小人棋子，抓住所有的老人、青年、孩子、女人，所有乐观的与悲伤的、强壮的和懦弱的、敏捷的和拙笨的形象，并把他们迅速地摆在他的棋盘上，准备开始游戏。他很快就把他们分成了小组、家庭，用来游戏和对弈，时而亲切友好，时而相互对立，构成了一个迷你的世界。我饶有兴致地观察着，他让这个被安排好的小小世界活跃了起来，让他们游戏、角斗、结盟和打仗，让他们互相追求、结婚、生儿育女。这其实就是现实生活中的一场拥有多重角色、情节多变、剧情紧张的戏剧。

然后，他神情快乐地在棋盘上一抹，把所有的小人棋子混在一起，堆起一个堆来，像一个很讲究的艺术家，沉思着如何用同样的小人棋子建立起一个新的游戏来，完全重新分组，重新建立他们之间友好和对抗的关系。他在同样一个世界，用同样的材料所创立出来的第二个游戏和第一个很相似，但氛围变了，速度变了，强调了其他的主题，场景也不同了。

就这样，这位智慧的建造者用同样属于我形象的小人棋子创造了各不相同的游戏。远看这些游戏都有相似之处，可以看出都属于同一个世界，都有同样的来源，然而每一场游戏都是全新的。

"这就是生活的艺术，"他讲授道，"您自己能在未来随意地塑造您的生活，使您的生活充满活力又丰富多彩，这全都掌握在您自己的手中。从更高的意义上讲，疯癫是所有知识的开始，精神分裂症是所有艺术和想象力的开端。甚至学者们也逐渐认识到了这一点，例如，我们可以从《王子的神奇号角》这本有趣的书中看到，一个学者非常勤劳和努力地工作，通过和无数疯疯癫癫、被关在精神病院的艺术家们合作才变得高贵起来。给！收起您的小人棋子吧，这种游戏以后还会经常给您带来欢乐。今天那个最后成了不可忍受的妖怪、损坏了您在这场游戏中的形象的小人棋子，明天您可以将其降级为无关轻重的配角；那个一时看起来是倒了大霉、浑身晦气的可怜又可爱的小鬼，在下一场游戏中您可以将其变成公主。祝您玩得快乐，我的先生。"

我满怀感激地向这位天才棋手深深地鞠了一躬。把这些小人棋子放在我的衣袋里，然后从窄门里退了出来。

我原本是想立刻在回廊的地上坐上一小时或者永远坐在这里，来玩这个棋子扮演的角色游戏。可我还没有在明亮的圆形剧场走廊上站稳，一股新的更有力的潮流紧紧地吸引住了我。一张招贴画在我的眼前闪闪发光：

驯服荒原狼的奇迹

这段文字让我百感交集。我以往的生活中、我已经离去的现实生活中经历的所有恐惧和压迫，令我的心痛苦地紧绷起来。我用颤抖的手打开门，来到了一个年货市场的摊位，在那里我看到了已经安装好的铁栅栏，把我和简陋的舞台隔开。我看到舞台上有一位驯兽师，看起来是那种在市场上大声吆喝、结实能干的先生。他一脸浓密的胡须，上肢肌肉发达，穿着矫饰的马戏服，给我一种恶毒、反感的感觉。这位强壮的男人——多么悲惨的一幕——牵着一匹硕大的、漂亮但却瘦得可怕的狼，就像牵着一条狗，狼的目光里闪着被奴役的胆怯。观看这位血腥的驯兽师采用一系列的技巧手段，让这条高贵却卑微的猛兽在台上做富有刺激性的表演，让人感到恶心又紧张，不堪入目而又给人以奇妙的快感。

这位男人像是分身镜里从我身上分出来的孪生兄弟。他把狼驯得服服帖帖，狼对他的命令全神贯注，像狗一样对他的每声呼喊和鞭笞做出反应。它跪在地上，做出假死的动作，用后腿站立。它驯服地用嘴巴叼着面包、鸡蛋、肉、小篮子。它必须把驯兽师掉落的鞭子用嘴捡起来，它要卑躬屈膝地爬行，一边摇着尾巴，一边把鞭子举起来还给主人。一只兔子被放到了狼的前面，紧跟着又来了一只白色的羊羔。虽然狼露出了牙齿，垂涎欲滴，但没有去碰这些动物。这条狼在驯兽师的指令下，从这些蜷缩在地上颤抖的动物身上以优美的姿势一跃而过。它趴在兔子和羊羔之间，用前爪抱住了它们俩，同它们组成了一个亲密的家庭。为此它从主人的手里吃到了一片巧克力。狼抛弃自己的本性已经到了难以想象的程度！此时此刻，我感到毛骨悚然，观看这样的演出真是一种折磨。

演出的第二部分，为那些激动的观众所受的痛苦给予了补偿，那只狼也得到了补偿。当这些精心制作的驯狼节目结束以后，也就是当驯兽师和他的狼羊组合凯旋般带着甜蜜的微笑鞠躬以后，角色转换了。一个外貌像哈里的驯兽师突然深深鞠躬，把鞭子放到了狼的脚下，然后也开始瑟瑟发抖，他也像先前的动物一样蜷缩在那里，看起来很痛苦的样子。那只狼却大笑着垂涎欲滴，它不再那样战栗和虚伪。它目光炯炯，身体紧绷，又显现出贪婪的野性。

现在是狼在发出指令，而人必须对狼顺从。在狼的指令下，人双膝下跪，装成狼的样子，把舌头伸出好长，用补过的牙撕掉了身上的衣服。他按照驯人者的指令，有时用两条腿走路，有时用四肢爬行，用后腿站立，装死，让狼骑在他的身上，然后把鞭子交给它。他像狗一样忍受着所有侮辱，在丰富的幻想中进入了角色。一位漂亮姑娘来到了舞台上，走近了被驯化的男人，抚摸着他的下巴，用自己的脸轻蹭他的脸，可他还保持着野兽的姿势，四肢着地，摇了摇头，把他美丽的牙齿亮了出来，最后露出凶相和狼性，把姑娘吓跑了。把巧克力放在他的面前，他轻蔑地闻了闻就推到一边了。最后，又把那个白色的羊羔和肥硕的兔子牵到了台上，而这位被驯化的男人开始了他在台上最具乐趣的表演，那就是扮演一匹贪婪的狼。他用手指和牙齿扑倒惨叫的小动物们，拔掉它们身上的毛，咬掉它们身上的肉，狞笑着大口嚼着生肉，美滋滋地闭着眼睛，痛饮着它们暖暖的鲜血。

我惊恐地逃出门来。我所看到的魔幻剧院不是一个纯净的天堂，在它华丽的外表下，处处隐藏着地狱。哦，上帝啊！这里也不是救赎之所吗？

我跑来跑去，心中充满了恐惧，我感觉到嘴里还有鲜血和巧克力的味道，这两种味道都是那样的可恶。我热切地渴望逃离这个浑浊的世界，内心炽烈地想回忆那些更易忍受的、更令人愉悦的画面。一个声音在我的心里响起："哦，朋友，不要这种气氛！"我回忆起那些在战争中经常看到的关于前线的可怕的摄影作品，回忆起那些堆积在一起横七竖八的尸体，他们罩着毒气面罩的脸变成了狞笑着的魔鬼的面孔。作为一个人道主义的反战者，却被这些图片吓得不轻，我是多么愚蠢和幼稚啊！现在我明白了，驯兽师、部长、将军，他们的头脑里所酝酿的那些失常的思想和图画，也同样潜藏在我的内心，同样的可怕、野蛮和丑恶。

我长舒了一口气，想起我刚刚到剧院的时候看到的那个牌子，就是看见那个漂亮的年轻人狂跑进门时看到的那行文字：

所有的姑娘都是你的

我看了那么多牌子，没有一个牌子像这块牌子这样令人期待。我很高兴能借此逃离那个狼的世界，便走了进去。

太美妙了！当我举目望去的时候，我年轻时代的芬芳的气息扑面而来，遥远又熟悉。这是我孩提时代和青年时代的气息，我的心里奔流着当年的血液。我刚才所做的和所想的，都已经抛在脑后，我又变得年轻起来。还是在一个小时以前，在前一刻，我还一直坚定地认为，什么爱情、激情和渴望，都不过是一个老男人所经历的爱情、激情和渴望。现在我又年轻了，我感觉到在我的内心里，正燃烧着流动的火焰，它猛烈地牵动着我的欲望，像三月的春风融化了曾经冰封的爱情，那样生机勃勃、新鲜和真诚。啊！好像被遗忘了的火焰又重新燃烧，当年低沉的声音由弱到强又在耳边回响，热血在沸腾，灵魂在大声歌唱！我曾经是一个十五六岁的孩子，我的脑袋里充满了拉丁语、希腊语和美丽的诗歌，我的思想曾充满了努力和野心，我的幻想充满了艺术的梦想。但在我的心目中，比所有这些熊熊烈火燃烧得更深沉、更强大、更可怕的是在我心中跳动的爱情之火，对性的饥渴，对欲望的狂热和预感。

我站在一个山冈上眺望着我的家乡小镇，春风拂过，带来雨露和早春里紫罗兰的味道。小镇里，一条小河闪着波光流向远方，老家的窗户正向我仰望。所有的目光、声音和味道都那样清新，使人陶醉，让人沉浸在天之造物的幸福之中。所有的一切，照耀出一抹重彩，春风把这里的一切吹拂得美若仙境。在我进入青春期的那段充实而富有诗意的年代里，我所看到的就是这样一个世界。我站在山冈上，风吹起我的长发。迷失在梦幻般爱情渴望里的我用慌乱的手，从泛绿的灌木枝上摘下了一个刚刚开了一半的嫩芽。我把它举到面前，嗅着它的清香，它的味道让我又想起了当年的一切。然后，我把这个绿色的小精灵放在唇边把玩，这是两片从未吻过女孩的嘴唇，接着，我开始咀嚼起来。绿芽的苦涩和芳香让我突然意识到，我所经历的一切又回来了。我重新经历了即将结束童真时代的那一段时光，那是早春时节的一个阳光灿烂的下午，就在那一天，我在独自散步的时候遇到了罗莎·克莱斯勒，还羞答答地和她打了招呼，并如痴如醉地爱上了她。

当时，那个美丽的姑娘梦幻般独自走上山丘。她没有看见我，我却怀着满满的、惴惴不安的期待迎面眺望着她。我看到了她扎起的粗辫子，面颊的两边，两绺头发在风中飘拂。我还是平生第一次看到这么漂亮的姑娘，她柔软的头发在风中嬉戏，如梦一般美丽迷人。她穿着薄薄的蓝色长裙，裙子的下摆从她腿边垂下，多么美丽，诱人遐想。就像咀嚼散发着苦甜掺杂味道的嫩芽一样，此时的我正吞咽着甜蜜胆怯的兴奋和春天到来时的畏惧。当我看到这个姑娘的时候，内心充满了对爱情致命的预感、对女性的预感，充满了对无穷的可能性、对不可名状的快乐、不可想象的迷乱、恐惧和痛苦的预感，充满了内心深处的释放和深重的负罪感的预感。啊，那苦涩的早春的味道正在我的舌尖上燃烧！啊，嬉闹的春风吹动着她的散发，拂过她红红的脸庞！她离我越来越近，她抬起头来看到了我，脸色瞬间泛起红晕，目光转向一侧。我摘下了帽子，向她表示致意，而罗莎很快镇定下来，微笑着向我问候，彬彬有礼，然后抬起头来，缓慢、稳重而自信地继续前行。我望着她的背影，向她投去千万种爱情的愿望、索求和敬重。

这是三十五年之前的一个星期日的事，所有当时的情景此时此刻再度重现：山冈与城市，三月的风和嫩芽的味道，罗莎和她那棕色的头发，膨胀的渴望和甜蜜得让人窒息的恐惧。所有的一切还和当时一样，我感觉，我的人生中再也不会像当初爱罗莎那样去爱一个人了。可这一次，我要异于往常地去对待她。当她看到我的时候，脸上泛起了红晕。看到她在尽力地掩饰自己，我便立刻明白，她喜欢我，她对这次相遇的意义和我所想的一样。我没有像上次那样摘下帽子，然后恭敬地站在那里，直到她从我的面前走过去。这一次，尽管心中有害怕和困窘，可热血在推动着我。我喊道："罗莎！谢天谢地你终于来了。你这美丽的姑娘，实在太美了！我好爱你！"此时此刻，说这样的话也许不是最明智的，但这就足够了。罗莎没有故作高傲，也没有继续往前走，而是站在了那里，凝视着我，脸变得更红了。她说:"你好,哈里,你真的很喜欢我吗?"她健康的脸上,一双棕色的眼睛熠熠生辉。此时此刻我的感觉是,那个星期日的下午遇到罗莎之前的生活都是虚度了时光,以前的爱情也都是迷惘的,都是愚蠢和不幸的。而现在,缺憾得以弥补,所有的一切都变了,所有的一切都在变得更美好。

我们伸出手来,手拉手缓慢地继续前行,感到无以言状的幸福,同时又非常窘迫,不知应该说些什么、做些什么。由于尴尬,我们加快了脚步,然后小跑,直到我们上气不接下气,不得不停下来休息,可牵着的手却没有松开。我们两个还都是孩子,根本不知道怎样来开始我们的爱情。那个星期日,我们甚至都没有亲吻对方,可我们却感到非常非常幸福。我们站在那里,呼吸着新鲜的空气,在草地上坐下,我抚摸着她的手,她便害羞地用手抚摸着我的头发,然后我们又站起身来,互相比试着身高,本来我要比她高出一指,可我不同意,硬是坚持说我们俩一样高,上天已经注定,我们以后会结婚。罗莎说,她嗅到了紫罗兰的味道,我们便跪在春天矮矮的草地上寻找着,发现了几株短柄紫罗兰,每找到紫罗兰就送给对方。直到天气变凉,阳光斜斜地照在岩石上,罗莎说,她必须要回家了,于是我们俩都很难过,因为她不让我陪她回去。不过我们彼此之间有了一个秘密,这是我们共同拥有的最甜蜜的东西。我留在了山坡上,嗅着罗莎送给我的紫罗兰,躺在一块陡峭的山岩上,俯视着下面的小镇,看着她那可爱的小身影在山岩的深处出现,从一个井边走过,又从桥上跑过。我知道此时此刻她已经到家了,正穿过一个个小房间,而我还躺在岩石上,离她如此遥远,可在我和她之间却连着一条纽带,有一条河流正从我这里流向她那里,我们之间漂荡着一个秘密。

整个春天我们常常见面，有时在这个地方，有时在那个地方，在山冈上，在田园的栅栏边。当紫丁香盛开的时候，我们有了怯生生的初吻。我们都是孩子，彼此之间能够给予的东西很少。我们的接吻并不热烈，也不完美，我也只是鼓起了勇气才轻轻地抚摸了一下她垂在耳边的散发，但这所有的一切，都是属于我们的爱情和欢愉。每一次羞涩的触碰，每一句稚嫩的情话，每一次忐忑不安的彼此等待，都让我们体味到了一种新鲜的愉悦，都让我们在爱情的阶梯上爬高了一个小小的台阶。

　　我就这样，从罗莎和紫罗兰开始，在幸福的星光下，一次又一次经历了我全部的爱情生活。罗莎消失了，又出现了伊姆加特，太阳变得更加炽热，星星变得更加醉人，可罗莎和伊姆加特都不属于我，我必须还要不断升级，还要经历得更多，学习得更多。伊姆加特消失了，安娜也消失了。我要不断去爱每一个在我年轻时曾经爱过的姑娘，我能激发起每一个姑娘的爱意，给她们一点什么，或者从她们那里得到一点什么馈赠。那些曾经在我的幻想中活跃着的愿望、梦想和可能性，如今变成了生动的现实。啊，这些美丽的鲜花，伊达和劳拉，她们所有的人，我都曾经爱过一个夏天，一个月或者一天。

　　我明白了，我就是那个刚刚看到的、向着爱情之门狂奔的英俊的小伙子。当下我所充分享受并让我成长的生活片段，不过是我整个生命中的十分之一，或者千分之一。它不受我的个性中其他形象的拖累，也不受思想家的干扰，不被荒原狼折磨，也不受诗人、幻想家和道德家们的诋毁。不，我现在只是一个恋爱者，我呼吸着的，就是爱的幸福和痛苦。伊姆加特教会了我跳舞，伊达教会了我接吻，而最美的艾玛，则是第一个在秋夜的榆树下让我亲吻她棕色的乳房，让我痛饮交欢之酒的姑娘。

在帕博罗的小剧场里，我经历了许多东西，用语言表述不出其中的千分之一。所有我爱过的姑娘都成了我的，每个人都把她们独有的东西给了我，我也给了每个人她们想从我这里拿去的东西。我品尝了许多爱，许多幸福，许多欢乐，许多迷惘和痛苦，我一生中所有错过的爱情都在这个梦幻的时刻，在我的花园里争奇斗艳。洁白而娇嫩的鲜花，妩媚而热烈的鲜花，默默迅速枯萎的鲜花，炽热的欢愉，亲密的梦境，燃烧的愁绪，充满畏惧的死亡，光芒四射的新生。我遇到过各种女人，有的需要快速、猛烈地追求才能得到，有的要经过一段时间，小心翼翼地去争取，而这个过程却是幸福的。我生活中的每一个阴暗的角落都重新浮现，在这些角落里，也许只有一分钟的时间，异性的声音在呼唤我，一个女人在朝我眨眼，一个白皙的女孩，她皮肤上的光泽诱惑着我，所有错过了的东西都得到了弥补。所有的女孩都属于我，她们各具特色。一次我在一辆火车过道的窗前站了一刻钟，我的身边站着一个女人，她长着一双引人注目的深棕色的眼睛，头发平整而光亮，后来，她曾多次出现在我的梦境之中。她一言未发，但却教给了我不可预想的、可怕而致命的爱情艺术。还有在马赛港遇到的那位中国女人，她皮肤光滑、性格娴静，带着明亮的微笑，她有着光滑的、深黑色的头发和水汪汪的眼睛，她也知道一些令人难以想象的事情。每个姑娘都有自己的秘密，都带着自己家乡的气息，以她们自己的方式接吻和欢笑，以自己特有的方式害羞，也以自己特有的方式风流。她们来来往往，潮水带她们而来，把我冲到了她们那里，又把我冲走，离开了她们。这是在性爱河流中的一次畅游，玩耍嬉戏间享受着这条大河的魅力、险情和惊喜。我为我生活的丰富而赞叹，尽管我那荒原狼的生活在表面上看起来如此可怜和缺少爱情，但却经历了情爱、机会和诱惑。

我几乎把她们所有人都错过了，我逃离她们，把她们放在一边，并很快地忘掉她们。但在这里，她们被完好地保存着，没有残缺，完好如初。现在我看到了她们，将自己投入到她们之中，毫无保留地沉浸在她们那玫瑰色般的、昏暗的地下世界里。帕博罗为我提供的东西，让所有的诱惑又卷土重来，还有那些在过去的年代里，我从没有完全理解的东西，三人或四人的欢愉游戏。她们也微笑着把我拉到她们的群舞之中。发生了许多的事情，玩过了许多的游戏，所有的一切，都无法用语言来形容。

我从一望无际的长河中再一次浮出水面，这是诱惑、罪孽和繁杂的河流，我安静缄默，整装待发，知识丰富，博学智慧，富有经验，时机成熟，该赫尔米娜出场了。作为我的神话故事里众多人物中最后出场的角色，作为在无尽行列的名单中出现的最后一个名字，赫尔米娜出现了。同时，理性又重新回归，为我的爱情童话写下了终止符。因为我不想在魔镜的朦胧中与她相遇，她不仅属于我棋盘上的任何一个棋子，她也属于全部的哈里。啊，我现在多想把我的形象棋子重新摆放，让所有的一切都以她的意愿为基准，满足她所需要的一切。

潮水把我冲到了陆地上，我又站在寂静的、两侧布满包厢的剧场走廊上。现在做什么呢？我把手伸进口袋去拿那些小棋子，但这个念头很快就淡化了。我的周围，是数之不尽的门、牌子和魔镜的世界。我不经意地读着下一个牌子，不禁不寒而栗：

怎样通过爱情杀人

在我的记忆中，瞬间闪动出这样的画面：赫尔米娜坐在饭店的桌子旁，突然不再用餐而喋喋不休地聊了起来。她目光异常冷峻地对我说，她之所以努力让我爱上她，就是想用我的手把她杀死。恐惧和阴暗的巨浪淹没了我的心，所有的一切又突然出现在我的面前，我的内心深处突然又感觉到危机和命运。我绝望地把手伸进口袋里，想拿出一粒棋子变一个魔术，或者重新摆放我的棋盘，可口袋里却空空如也。我没有摸到棋子，却摸出一把刀子。出于对死亡的恐惧，我在长廊里狂奔起来，跑过那些窄门，突然在那面巨大的镜子前面站住。我向镜子里面望去，在镜子里站着和我一样高的一匹巨大而美丽的荒原狼，它静静地站在那里，惊恐的眼睛里闪着懦弱的光。它用炯炯有神的眼睛盯着我，微微地笑了一下，张开嘴，露出血红的舌头。

帕博罗在哪里？赫尔米娜在哪里？那位能把人格的塑造讲得天花乱坠的聪明家伙在哪里？

我又向镜子里望去，我刚才一定是得了妄想症。镜子里并没有那条伸着舌头咧着嘴的狼。镜子里站着的是我，是哈里，灰土色的脸，离开了所有的游戏，被所有的负载搞得筋疲力尽，脸色苍白得可怕，不过至少还是一个人，还是一个可以与之聊天的人。

"哈里，"我说，"你在这里做什么？"

"没做什么，"镜子里的哈里答道，"我只是在等待，等待着死亡。"

"死？它在哪里呢？"我问。

"它马上就来了。"另一个我答道。然后，我听到剧场内空荡的房间里传来音乐的声音，一曲非常优美而可怕的音乐，这是来自《唐璜》的音乐，是石头客人登场时的伴奏曲。听起来，这冰冷的声音是来自地狱的圣人，来自幽暗的空间。

"莫扎特！"我想到了他，我精神生活中最喜爱、最崇高的形象。

这时，我的身后响起了爽朗而冰冷的笑声，这笑声来自不为人知的、从无尽的苦难和鬼神的幽默中催生出的彼岸。我转过身来，这笑声让我感到凉意和快乐。这时，莫扎特走了过来，大笑着从我身边经过，缓慢地向着一个包厢门走去，他打开门走了进去。我迷恋地跟着他，他是我青年时代的圣人，是我终生的爱戴和尊崇。音乐还在奏响，莫扎特站在包厢的栏杆旁，剧场里什么也看不见，黑暗无边。

"您看，"莫扎特说，"音乐里没有萨克斯管也可以，尽管我并不想贬低这出色的乐器。"

"我们在哪里?"我问道。

"这是《唐璜》的最后一篇，莱波雷诺已经跪在了地上。这是很精彩的一幕，音乐也值得一听。如果人们在他们的心灵中还坚守着那些非常人性的东西，就能听到来自地狱的笑声，不是吗?"

"这是人们谱写出的最后一曲伟大的音乐，"我快乐地说，语气像一位学校的教师，"当然，我也没有忘记后面还有舒伯特，还有胡戈·沃尔夫[1]，还有贫困却乐观的肖邦[2]。音乐家，您在紧皱着眉头，哦，还有贝多芬，他也很了不起。尽管一切都很美，可是已经有点分崩离析了。自《唐璜》问世以来，就再也没有人创作出这样完美的作品了。"

"您不要这么严苛!"莫扎特大笑着，带着嘲讽的语气，"您自己也是一位音乐家吧? 现在我已经放弃了这个专长，我已经退休了，只是出于一点乐趣，我有时还看一些这样的东西。"

他像音乐指挥那样举起手来，一轮圆月或是某个苍白的星星在

---

1 胡戈·沃尔夫(1860—1903)，奥地利作曲家。

2 肖邦(1810—1849)，波兰钢琴家、作曲家。

某处冉冉升起。我的目光越过栏杆投向无尽的深处，浓雾和云彩在空中汇集，山峦与海岸朦胧可见，在我们的下面，伸展着一望无尽的荒原。在荒原上我们看见一个留着长须、外表尊贵的老者，正带着疲惫的面容艰难前行，在他的身后，是成千上万穿着黑衣的男人们，看起来是那样悲伤和无望。莫扎特说道：

"您看，这就是勃拉姆斯[1]。他在努力地寻求超脱，不过他还需要一番长时间的努力。"

我知道，那些穿着黑衣的人群正是歌声和乐曲的演奏者，可按照神的裁决，这些人在他的总乐谱中都是多余的。

"曲子谱得过于厚重，浪费了太多的材料。"莫扎特点头道。

紧接着我们看到了理查德·瓦格纳带领着一支同样浩大的队伍，我们感觉到那些步行艰难的人们向瓦格纳靠拢着，他也在迈着疲惫的步伐缓慢地行进着。

"年轻的时候，"我看到这样的场景悲伤地说，"我一直把这两位音乐家看作完全极端的对手。"

莫扎特大笑起来。

"是的，事情总是这样。如果从远处去看，这些对立的东西看起来总是变得很类似。另外，乐曲的厚重既不是瓦格纳也不是勃拉姆斯个人的过错，那是那个时代的过错。"

"怎么？为此他们必须如此严重地惩罚自己吗？"我大声指责道。

"那是当然的。这是诉讼的程序。直到他们付清了他们在那个时代的债务，才能看清是否还有那么多的个人债务剩余下来，做一次结算。"

1　勃拉姆斯（1833—1897），德国作曲家。

"可他们两个人却不能还清这样的债。"

"当然不能。亚当吃掉了苹果，他们同样无能为力，可他们却必须为此付出代价。"

"这太可怕了。"

"是的，生活的本身就是可怕的。我们不能为此做些什么，但却可以为此担负责任。人从生下来就是有罪的。如果您连这个都不知道，您就必须去上一次宗教课了。"

我有了一种悲凉的感觉。我看到我自己，一个精疲力竭的布道者，正行进在地狱的荒原上，负载着我自己写的多余而无用的书，我的所有文章，我的所有小品文，后面跟随着为我的作品排版打字的浩浩荡荡的队伍，还有那些必须把这一切都要吞下去的读者大军。我的上帝啊！此外，亚当和那个苹果以及所有相关的原罪也都在。所有这一切都必须为此付出代价，真是无尽的炼狱啊。赎罪之后首先要提出的问题是，所有罪孽的背后，是否还有一些人性的东西，一些属于本原的东西存在着，是否所有我做的一切和它所造成的结果都如同大海上卷起的空洞的泡沫，都不过是长河中毫无意义的一场游戏！

当莫扎特看到我拉下的长脸时，不禁大声地笑了起来。他笑得翻起了筋斗，笑得双腿颤抖。他对我喊道："嘿！年轻人，想想你的读者吧，那些狼吞虎咽的人，那些可怜的馋鬼，还有你的排字工人，那些异端者，那些被诅咒的教唆犯，那些高谈阔论者，是多么的可笑！你的舌头感到疼痛，你的胸部感到难受吗？你啊，都快笑死我了，叫人笑到撕破嗓子，笑到尿了裤子！啊，你这颗虔诚的心，涂满了黑色的笔墨，负载着心灵的痛苦，我给你点一根蜡烛，让这些成为笑谈。你去嘀嘀咕咕、吵吵嚷嚷、打打闹闹、耍个活宝、摇尾乞怜，别迟疑了。按照上帝的旨意，魔鬼会来接你，为你所写的东西和你的胡说八道而暴揍你一顿，你所有的东西都是剽窃来的。"

相反，我倒觉得自己强大了起来，愤怒使我不能再把时间浪费在哀愁上了。我去抓莫扎特的辫子，他仓皇而逃，辫子被拉得越来越长，就像彗星的尾巴一样，我抓住辫子的末端，在世界上盘旋。见鬼去吧，这世界真寒冷！这些圣人们竟然能忍受如此稀薄的冰冷空气。不过这空气让人愉悦，在我失去知觉之前的瞬间，我还在享受着。冰冷的空气，送给我苦辣交织、冰冷刺骨的极度快乐。像莫扎特那样去发出响亮、粗野、超乎寻常的大笑，是一种乐趣。可就在这个时候，我完全失去了呼吸和意识。

当我从迷惘和破碎中再次醒来的时候，走廊里白色的灯光正映照在光亮的地面上。我没有留在圣人那里，目前还没有。我还一直生活在诡异般的此岸。在充满痛苦的此岸，在荒原狼的此岸，在充满着痛苦的纠缠之中。没有一个好地方，没有可以忍受的安身之地。这一切必须结束了。

在巨大的墙镜里，哈里站在了我的对面，他的脸色很不好，和那个晚上拜访了教授之后进入黑鹰酒吧时的脸色没什么两样。不过那已经是久远的事情了，一年，或者一个世纪过去了，哈里已经老了许多。他学会了跳舞，他拜访了魔幻剧院，他听过莫扎特的笑声，他对跳舞，对女人，对刀子已经不再有恐惧。在经历了几个世纪之后，即使是没什么天分的人也会变得成熟了。我久久地注视着镜子里的哈里，我还能清楚地认出他来，他还保留着哈里十五岁时的某个小小的部分，那个在三月的星期日，在山坡上与罗莎相遇的哈里，那个在罗莎面前摘下帽子的哈里。可经过若干个世纪之后，他变老了，他开始搞音乐和哲学，而且已经厌倦了，他在钢盔酒吧喝阿尔萨斯酒，和正直的学者讨论克里斯那，爱过艾莉卡和玛利亚，成了赫尔米娜的朋友，向汽车开过枪，还同那个皮肤光滑的中国女人睡过觉，曾经同歌德和莫扎特相遇，他把这个时代与虚拟的现实之间所编织的网捅破了几个窟窿，而他自己却落入网中。他还弄丢了漂亮的棋子，而将一把勇敢的刀子放进了口袋里。前进吧，老哈里，一个已经疲惫的老家伙！

见你的鬼去吧，生活的味道是那么苦！我向镜子里的哈里唾了一口，并一脚踹去，将他踩成了碎片。我缓步走过回荡着声音的走廊，留心看着每一扇门，这些门是那么漂亮，门上的牌子也没有了。我缓慢地走过魔幻剧院的所有窄门。难道我不是在今天参加的化装舞会吗？已经过了上百年，很快我就活不过一年了，可我还有事情要做，赫尔米娜还在等待着我，还应该有一个特别的婚礼。我一头扎进浑浊的波涛里，又从波涛里探出头来。奴隶，荒原狼，见鬼去吧！

我在最后的一道门前停下了脚步，浑浊的浪涛将我涌向那里。啊，罗莎！啊，遥远的青年时代！啊，歌德和莫扎特！

我打开了门。我在门后看到的，是一幅简单而美丽的图画。地毯上，有两个人赤身裸体地躺着，那是美丽的赫尔米娜和英俊的帕博罗，他们肩并肩躺在一起，因性爱后的疲惫而沉沉睡去。那样子看起来好像那么贪得无厌，却又迅速感到满足。美丽的人，漂亮的画面，奇妙的身体。在赫尔米娜的左胸上还留着新鲜的、圆圆的、颜色微重的淤血，那是帕博罗用美丽的牙齿咬下的爱吻。就在那个被吻过的地方，我用刀插了进去，直到看不见整个刀刃。鲜血从赫尔米娜娇嫩的皮肤里流了出来。如果所有的一切不是现在这个样子，如果过去的一切也不是曾经过去的那个样子，我会吻掉这些血迹。而现在我不能这么做，我只是看着鲜血在流淌，看着她的眼睛睁开，瞬间痛苦万分，惊讶不已。"她为什么会感到惊讶？"我在想。然后我想到，我应该帮她闭上眼睛。可她自己就闭上了。结束了。她只是微微朝旁边侧了一下身子，从腋窝到乳房，我看到了精致而柔软的阴影，它让我忆起了什么。忘掉它吧！然后她一动也不动了。

　　我长久地注视着她。我如梦初醒般战栗了一下，想离开了。这时我看到帕博罗动了动，我看到他睁开了眼睛，活动着四肢，看到他躬身在美丽的尸体旁，微笑着。我想，没有什么事情会让他严肃起来，什么事都能让他现出微笑。帕博罗小心翼翼地掀起地毯的一角，一直盖到赫尔米娜的胸部，这样就看不到伤口了，然后他毫无声息地离开了包厢。他要到哪儿去？所有人都抛下我了吗？我停在那里，孤独地守候着被半遮的死者，一个我爱着的、我仰慕的人。在她苍白的额头上，垂着男孩子般的鬈发，毫无血色的脸上，嘴唇微启，显得格外红艳。她的头发散发着温柔妩媚的香气，她那形状精致的小耳朵半遮半掩地隐在发间。

　　现在，她的愿望已经实现了。在她还没有完全成为我的女人之前，我就把我所爱的人杀死了。我做了一件意想不到的事，现在我跪在这里，呆呆地看着她，不知道这意味着什么，也完全不知道她曾经所做的一切是好的、正确的，还是恰恰相反。那个聪明的棋手，那个帕博罗对她说了什么呢？我什么也不知道，我不能去想。在她松弛的脸上，她小巧的嘴唇越来越红。这凝滞了的红唇，就是我所经历的全部人生，就是我曾经的一点点幸福和爱情：些许微红，却涂抹在了死者的脸上。

　　从死者的脸上，从死者白皙的肩膀、双臂上，缓慢地蒙上了一层让人打寒战的凉气，是一层冬天般的苍凉和孤独，是一缕缓缓爬升的寒意。我的双手和嘴唇开始僵硬。是我将太阳消灭了？是我把所有生命的心脏都杀死了？是我把死亡的寒冷带进了整个宇宙吗？

我在寒冷的战栗中凝视着她正在石化的前额，正在凝固的鬈发，和她耳朵上闪现出的冷白色的微光。从她的身体上所透出的凉气，带着死亡的气息，却是美丽的。它在鸣响，它在奇妙地起伏，它是音乐！

我已经不是第一次有这样的感觉了，以前我就有过一次这种寒冷的感觉。当初也产生过同样的幸福感觉吗？我不止一次听到过这样的音乐吗？是的，在莫扎特那里，在那些不朽的圣人那里。

我想起一首诗歌来，是我早些时候，不知在什么地方找到的一首诗：

在无垠的太空上，
我们找到了星光穿透的冰的故乡。
不分某日某时，
没有性别之分，没有年幼年长……
神爽心清的我们亘古存在，
满天星光令我们笑声朗朗。

这时，包厢的门开了，有人走了进来，我看了两眼才认出他来，是莫扎特，没有梳着辫子，也没有穿齐膝的短裤和系带子的鞋子，而是一身时髦的装束。他紧挨着我坐了过来，我拦了他一下，以免他沾上从赫尔米娜胸前流到地上的鲜血。他坐在那里，开始摆弄放在身边的那些小设备和仪器。他这里摆弄一下，那里拧动一下，我则用羡慕的目光看着他那娴熟而灵活的手指，我多么想看到这些手指在弹钢琴啊！我若有所思地看向他，或者说像做梦一样，我把自己沉浸在对他那双漂亮、智慧的双手的欣赏里。我在近处体味着他的温暖，还怀着几分胆怯。他究竟在那里干什么，他在拧动着什么，操作着什么，我根本没有注意。

他在这里组装调校的是一台收音机。现在，他开了扬声器，说道："现在听到的是慕尼黑音乐会上演奏的亨德尔的《F 大调协奏曲》。"

让我感到无法形容的诡异与恐惧的是，这个魔鬼般的铁皮喇叭开始发出了声音，它吐出的是黏痰和嚼碎的橡皮沫的混合物，就是留声机的主人和收音机广告商们统称为音乐的东西。在那浑浊的黏痰和杂音后面，却可以依稀分辨出神圣音乐那奇妙而庄严的结构，缓慢的呼吸顿挫，饱满浑厚的弦乐之声，就好像在肮脏的层层尘垢下，隐藏着一幅古老珍贵的图画一样。

"我的上帝，"我惊恐地叫道，"您在干什么，莫扎特？难道您是认真的吗？让您和我一起同这些乱七八糟的东西打交道？您要用这些可怕的仪器来向我们进攻吗？这些仪器是我们这个时代胜利的标志，也是最终毁灭艺术的必胜神器。您必须这样做吗，莫扎特？"

啊，这个可怕的男人在大笑时是怎样的一副模样啊！他笑得冷漠而诡异，他的笑是无声的，却把所有的一切毁灭成了瓦砾。他幸灾乐祸地看着我的痛苦，拧着那些该死的旋钮，摆弄着那个铁皮喇叭。他微笑着让那些被扭曲的、失去灵魂的、含有毒素的音乐继续在房间里回荡。他微笑着给了我答案。

"请不要激动，我旁边的这位先生！另外您注意到这儿的徐缓音乐了吗？想起来了？好吧，您这个没有耐心的人，那我们就来一次，让徐缓音乐的思想进入您的内心。您听到低音了吗？它们像上帝在前进。让老亨德尔的想法穿透您不安的心，让您的心灵得到慰藉！您听，您这个可怜虫，不要激动，不要嘲讽，蒙在这台愚钝、无望、可笑的仪器的面纱下面的，正是神圣音乐远观的形象。只要您留心一下，是可以从中学到一点东西的。您要注意的是，那些错乱的管乐是怎样做出了世界上最愚蠢、最没用和最该受到诅咒的事情，那些无论在哪儿都能演奏的音乐是怎样毫无选择性地、愚笨地、粗糙地，让人感到受虐般的痛苦，它侵入一个陌生的、不属于他们的空间，然而它们却没有破坏音乐的精神本原，而只是显示出了他们自己糟糕的技术和单调无味的操作。您听好了，这对您很有必要！把您的耳朵竖起来！现在您所听到的不过是被收音机蹂躏了的亨德尔的曲子，然而这样的曲子用这种可怕的表现形式展现出来还算是神圣的。您，最可敬的人，还能听到和看到一些生活中的好的例证。如果您去听收音机，您会听到和看到思想和现象、永恒和时间、圣人和人类之间的最原始的博弈。正因如此，我的亲爱的，当收音机把世界上最美妙的音乐毫无选择地抛进不适合的空间里播放十分钟，比如抛进世俗阶层的沙龙中，抛进简陋的阁楼里，抛到喋喋不休的、大吃大喝的、打着哈欠的、打呼噜睡觉的人中间去一样，它掠夺、玷污、损耗和败坏了音乐的美妙，然而却不能杀害音乐的精神。生活，就是所谓的现实，不过是世界弄出的一个表面崇高的游戏，还把生活搞得一团糟。在演奏亨德尔作品之后接着就举行一个报告，内容是在中小工业企业如何隐瞒账目的技巧，这样就会把美妙绝伦的交响音乐变成让人倒胃口的声音堆砌，把它的技术、忙乱、粗野的冲动和弊病一起塞进思想和现实之中，穿插在交响乐和耳朵之间。整个生活就是如此，我的小家伙，而我们不得不任其自然。如果我们不是笨驴，那我们就付之一笑。像您这一类人根本就无权去评论收音机或者生活，还是先去学习洗耳恭听吧！要学习对待事物的认真态度，首先要知道认真的价值所在，然后再去嘲笑其他的东西。或者您自己已经做出了更好、更高尚、更聪慧、更有品位的事情？噢，不，哈里先生，您还没做出来。您把您的生活写成了一段可怕的、病态的历史，您的才能变成了不幸。就像我所看到的，您除了向这样一位漂亮、甜美的年轻姑娘身上捅一刀将其杀死之外，别无他法。您也认为您做得很对吗？"

"很对？不！"我绝望地喊道，"天哪，所有这一切都是错误的，是那么愚蠢，那么糟糕！我是一个畜生，莫扎特，我是一个愚蠢而可恶的畜生，我有病，我堕落败坏，这一点你说得千真万确。可说到这个姑娘，这么做是她自己的愿望，我也只是实现了她的愿望。"

莫扎特无声地笑起来，然而他还是好心地关掉了收音机。

刚才我还由衷地相信我的辩护词是言之有理的，可现在听起来，连我自己都意外地发现，这种辩护是那么愚蠢。我突然回忆起赫尔米娜曾经谈起的关于时间和永恒的话题，当时我立刻认定，她的思想就是我自己思想的镜像。但是，赫尔米娜想让我把她杀死的想法，却是赫尔米娜自己的观点和愿望，没有受到我的影响。可我当时为什么不但接受并相信了这一可怕、奇怪的想法，而且还事先预料到了呢？也许根本不是那么回事，而只是我自己的想法？我为什么把赫尔米娜杀死，偏偏是在发现她赤裸裸地躺在另一个男人怀里的时候？莫扎特无声的笑显得无所不知，充满了嘲讽。

"哈里，"他说，"您是一个滑稽可笑的人。难道这个漂亮的姑娘除了让您给她一刀之外，就不存在其他的愿望了吗？这话您还是拿去骗别人吧。不过，至少您还有勇气去杀人，让那个可怜的孩子马上就死去了。现在也许已经到了反省的时候，您明白您对女士的这种行为所产生的后果吗？或者，您想逃避后果？"

"不，"我喊道，"您现在还不懂吗？我怎么能逃避这件事的后果?！我现在所渴望的就是去赎罪，去赎罪，去赎罪！把我的脑袋放在断头台上，惩罚自己，消灭自己。"

莫扎特用他那让人不可忍受的嘲讽神情看着我。

"您总是那么严肃而激动！可您还要学会幽默，哈里。幽默一向是绞刑架下的苦笑，必要的时候您要到绞刑架那里去学习它。您准备好了吗？是吗？好，那么您现在就去找检察官先生，让法官们用他们那套冰冷的法庭机器来审判您吧，直到在监狱里，某个清晨，您的头被砍下来。您准备好了吗？"

一个牌子突然在我的面前闪亮起来：

哈里的处决

我点点头表示同意。在一个四面有围墙的空空的院子里，墙上有许多钉着铁栅栏的小窗，有一个很干净的断头台，站着一群穿着法衣和礼服的先生们。我站在院子的中央，在清晨寒冷的空气中瑟瑟发抖。我的心在充满惊恐的痛苦中揪在一起，但对即将发生的一切却做好了接受的准备。我按照指令走向前来，跪在那里。检察官摘下了他的帽子，清了清嗓子，其他人也都清了清嗓子。他展开一份庄严的官方文件，读了起来：

"尊敬的先生们，在你们的面前站着的是哈里·哈勒尔，他被起诉犯有任意滥用我们的魔幻剧院的罪行。哈勒尔不仅伤害了高雅的艺术，他把我们美丽的画厅和所谓的现实混淆了，他用一把镜子里的刀子杀死了一位镜子里的姑娘。除此之外，他还试图把我们的魔幻剧院毫无幽默感地当成一个自杀的工具。为此，我们判处哈勒尔终生不死的惩罚，并在十二小时之内剥夺他进入魔幻剧院的权利。

还有就是，被起诉人不得赦免被彻底取笑一次的处罚。尊敬的先生们，现在开始：一，二，三！"

数到"三"的时候，所有在场的人都非常完美地投入到大笑之中，异口同声，振聋发聩，这是人类几乎难以忍受的来自地狱的笑声。

当我苏醒过来的时候，莫扎特还像刚才那样坐在我的身边，他拍拍我的肩膀对我说："您已经听到对您的判决了。您以后必须要习惯从收音机中听更多生活的音乐。这会对你有好处。您的天分实在太差了，可爱的笨蛋，但这么做，您会逐渐明白对您的要求是什么。您要学会笑，您需要笑，您要掌握生活的幽默，懂得生活中的那种绞刑架上的幽默。当然，您会准备好去应付世界上的任何事情，而不仅仅去做您被要求去做的事情。您准备去刺死一个姑娘，您准备去被处以极刑，您当然也准备好了，去接受一百年的清心寡欲和鞭笞。对吧？"

"是的，发自内心地准备好了。"我痛苦地喊道。

"当然！所有愚蠢而毫无幽默感的娱乐项目，您都会参加的，您是个豪爽大气的先生，对所有激情高昂、毫无乐趣的事情都是慷慨大方的。现在，我可不想再为此在场了，我认为您那些浪漫的把戏一文不值。您想被处决，您想被砍头，您这个疯子！为这些该死的主意您应该再被暴打十遍。您这个胆小鬼，您想死，就不要活。可真是见鬼，您现在却还活着！如果您能受到最严厉的惩罚，那才是对的。"

"噢，应该是一个什么样的惩罚呢？"

"比如说，我们可以让那个姑娘复活，然后让您和她结婚。"

"不，对此我还没有准备好。也许会很不幸。"

"好像不会有您想象得那么不幸吧！但激情和暴打到现在为止应

该结束了。您还是理智些吧！您应该学会笑。您应该学会去听那些该死的、生活中的收音机音乐，在收音机音乐的后面是我们所尊崇的精神，应该通过收音机音乐里那些乱七八糟的东西学会去笑。就这些，对您没有更多的要求。"

我紧紧咬着牙，轻声问道："如果我拒绝呢？莫扎特先生，如果我剥夺您去支使荒原狼，去干预他命运的权利呢？"

"那么，"莫扎特说，语气很平和，"我想给您一个建议，来吸一支我这神奇的香烟吧！"他一边说着，一边从衣兜里像变魔术一样拿出一根香烟来。递给我烟的时候，他突然不再是莫扎特，而是变成了我的朋友帕博罗，黑色的异域眼睛里闪耀着温暖的光芒，又像是教会我下棋的那位棋手的孪生兄弟。

"帕博罗！"我快活地叫了起来，"帕博罗，我们在哪儿？"

帕博罗把香烟递给我，又为我点上火。

"我们现在，"他笑着，"在我们的魔幻剧场里。如果你想学习探戈，或者想成为将军，或者想同亚历山大大帝谈话，下次我们都可以满足你。但是我必须要说，哈里，你让我有一点小小的失望。你完全忘乎所以了，你破坏了我的小剧场的幽默，做了一些很糟糕的事。你用刀杀人，用你现实生活中的污垢玷污了我们美丽的图画世界，这可不怎么样。但愿你是因为看见赫尔米娜和我躺在一起，出于嫉妒才这么干的。可惜你还不懂得怎样来演好这个角色，我原以为你已经把这个游戏玩得不错了呢。不过，下次你会做得更好的。"

他拿起赫尔米娜，她在他的手指上瞬间变小，变成了棋盘上的小人棋子。他把它放进了衣服口袋里，又掏出香烟。浓浓的烟雾在空中散发着惬意的芳香，我感到自己已经精疲力竭，真想睡上一年。

啊，我明白了所有的一切，我理解了帕博罗，理解了莫扎特。

我听到身后不知什么地方传来他们可怕的笑声。我知道在生活的游戏中，有成百上千个小人棋子在我的口袋里。我震撼地预感到了这场游戏的意义，我想重新开始这个游戏，再一次去付出痛苦的代价，再一次因其荒诞不经而战栗，再一次走过我内心的地狱，并往来穿梭。

　　总有一天，我会把小人棋子游戏玩得更好。总有一天，我要学会笑。帕博罗在等着我，莫扎特也在等着我。

ⓒ 赫尔曼·黑塞 2017

图书在版编目（CIP）数据

荒原狼 /（德）赫尔曼·黑塞著；张黎译 . — 沈阳：
万卷出版公司，2017.6（2023.4 重印）

ISBN 978-7-5470-4498-8

Ⅰ . ①荒… Ⅱ . ①赫… ②张… Ⅲ . ①长篇小说—德
国—现代 Ⅳ . ① I516.45

中国版本图书馆 CIP 数据核字（2017）第 088821 号

出 品 人：王维良
出版发行：北方联合出版传媒（集团）股份有限公司
　　　　　万卷出版公司
　　　　　（地址：沈阳市和平区十一纬路25号　邮编：110003）
印 刷 者：辽宁新华印务有限公司
经 销 者：全国新华书店
幅面尺寸：145mm×210mm
字　　数：210千字
印　　张：7.5
出版时间：2017年6月第1版
印刷时间：2023年4月第2次印刷
责任编辑：张鸿艳
责任校对：张　莹
封面设计：仙　境
版式设计：展　志
ISBN 978-7-5470-4498-8
定　　价：38.00元
联系电话：024-23284090
传　　真：024-23284448
常年法律顾问：王　伟　版权所有　侵权必究　举报电话：024-23284090
如有印装质量问题，请与印刷厂联系。联系电话：024-31255233